他乡之客

田千武 著

中国文联出版社

图书在版编目（CIP）数据

他乡之客 / 田千武著. -- 北京：中国文联出版社，
2023.12

ISBN 978 - 7 - 5190 - 5322 - 2

Ⅰ.①他… Ⅱ.①田… Ⅲ.①长篇小说—中国—当代
Ⅳ.①I247.5

中国国家版本馆 CIP 数据核字（2023）第 256750 号

著　者	田千武
责任编辑	胡　笋
责任校对	李海慧
装帧设计	中联华文

出版发行　中国文联出版社有限公司
地　　址　北京市朝阳区农展馆南里 10 号　　　　邮编　100125
电　　话　010 - 85923025（发行部）　　　　010 - 85923091（总编室）
经　　销　全国新华书店等
印　　刷　三河市华东印刷有限公司

开　　本　710 毫米×1000 毫米　　　1/16
印　　张　13
字　　数　199 千字
版　　次　2024 年 3 月第 1 版第 1 次印刷
定　　价　68.00 元

关山难越，谁悲失路之人？
萍水相逢，尽是他乡之客。

——唐·王勃《滕王阁序》

●●●●●● 目录

第一章　生死约定

1

退伍老兵杨修敬坐在妻子孙兰的墓前脑海中一下子浮现出 20 多年前那场特殊的审判。

淮江县法院民事审判庭，一场离婚诉讼审判正在进行，被告杨修敬神情严肃地坐在被告席上，40 出头的他已出现了许多白发。原告孙兰坐在原告席上，低着头不停地哭泣，披散下来的头发遮住了她的脸让人无法看清她的面容。

审判长是位女法官，坐在正中高大的椅子上，身后墙上是一个巨大的国徽，散发着金灿灿的光芒。女法官面无笑容神情严肃，按规定的法律程序询问原被告双方。

偌大的旁听席上只有十来个人在旁听，他们聚精会神地听着，没有人说话。

与法庭上紧张的气氛不同，此刻法院外面晴空万里，两只喜鹊在一棵杨树上叽叽喳喳地叫着，来回跳跃嬉戏。

法庭上还在进行着辩论。

"被告这么多年没有家庭责任把家中积攒的钱全部在外面挥霍了，甚至连孩子上学的钱都没有了……"

杨修敬依旧一言不发，他甚至连代理律师都没有请。

在法庭调解时，旁听席上有人喊了一声："修敬！"

杨修敬转过头。

"大江！麦子！"杨修敬离开被告席，走到一个中年男人面前与他紧紧拥抱在一起。

"你们都到了啊，我以为你们赶不上了呢。"

旁听席上的人，法庭上的女法官、书记员都望着他们。和中年男人一起来的女人走向原告孙兰。

"嫂子，我叫麦子，是杨修敬大哥战友大江的妻子。"

孙兰紧紧地握住麦子的手，啜泣着。

"妹子，我和杨修敬走到今天实在是迫不得已啊。家中这些年的积蓄全被他败光了，也不知道咋没的，他天天在外面做活，说不定全给了哪个女人了。"

"嫂子，我们家那口子也是这样，家中也没有积蓄，我也疑惑，我们家是有家庭作坊的，收入还行，只是赚的钱不知都去哪儿了？后来有一天我终于发现了秘密。"麦子说着，眼泪不知不觉地流了下来。

"什么秘密？"孙兰急切地问。

"生死约定！"

"生死约定？"

"是的，这是他们战友间的生死约定。"

麦子慢慢地讲述着，仿佛在诉说着一个别人的故事。"我们家的经济大权是大江掌握的，我也曾经许多次问大江这些年赚的钱哪去了，大江就是不说，问急了还冲我发火。我说儿子也大了，家中房子也需要翻新，儿子娶媳妇是要新房的，他依然不言语。直到一天我在给他洗衣服时发现了一叠汇款单。"

大家都在静静地听着麦子的讲述，法庭里静悄悄的。

"我翻看着不同时期的每一张汇款单，其中有一张单子写的是我父亲的名字。我认为他给我父亲汇款也算正常，毕竟是女婿，况且我哥哥牺牲后只剩下我一个女儿，赡养父母也是我们的分内之责，只不过不必偷偷摸摸，这也是光明正大的事。当我把这些汇款单放到大江面前时，他感觉再也瞒不住了，便开始给我讲了这个生死约定的故事。"

杨修敬望着麦子，泪水不知不觉地流了下来。

"那是他们班8名战友在一场恶战前的生死约定，如果在战场上牺牲，那么活下来的战友要承担起赡养牺牲战友父母的责任。战斗结束后8名战友牺牲了6名，只剩下大江和杨修敬大哥，牺牲的战友中就包括我哥。按照当初的约定，大江和杨修敬便承担起了6名牺牲战友的责任，照顾他们的父母。

我想你和杨修敬大哥的积蓄也应该是这样没有的。"

此刻孙兰早已泪流满面。

大江和杨修敬站在麦子和孙兰身边静静地听麦子讲述,思绪再次回到十几年前的烽火岁月。

作为侦察班的战士大家心里都明白,他们是最危险的,充当打前锋的重任,伤亡率也是高得惊人。

在战前动员会上,侦察连的官兵站在最前排,他们头戴钢盔胸戴红花,接过壮行酒一饮而尽。师团首长说,你们是勇士,是敢死队,祝你们胜利归来!此刻老山上松涛阵阵,残阳如血,一棵棵老山兰在春风的吹拂下怒放着生命,微风中夹杂着花香,有不知名的鸟儿在空中悠闲地飞过。

老山的4月就是春天该有的样子,一切都是那么安静和美好。

动员会后3班的8名战友紧紧地抱在一起,或许明天将是一场生死别离。

深夜,大江和杨修敬所在营担任穿插任务,夜色深沉,高大的乔木如一个个巨人挡住了去路,一场雨刚过,道路泥泞,距离军里下达的指定地点还有很长一段距离,而这一段山路正是敌人封锁区域,敌人炮火覆盖的范围。路上荆棘遍布,漆黑的夜里战士摸索前行,用砍刀砍去前方的荆棘,无数只蚊子扑向战士,他们的腿上、手臂上被叮咬起了大包。突然天空中火光一闪,炮火照亮了战士们刚毅的脸。

炮火过后树林里响起了密集的枪声,大家意识到敌人已经包抄过来了,连长组织就地还击。

作为班长的杨修敬带领3班战士紧跟着连长,队伍打散了。连长大喊:"哪里有枪声就往哪冲!"接着连长中枪倒下,杨修敬抱起连长,连长说,你带领战友占领旁边1072高地吧,那儿枪声密集,敌人就在那儿。说罢便牺牲了。杨修敬强忍悲痛带领3班战士向1072高地冲去,当成功占领1072高地后,杨修敬一看身边的3班8名战友只剩下自己和大江了。

杨修敬和大江抱头痛哭,此刻枪炮声已渐渐稀疏,后续增援部队已经到达。

一丝光亮从树林里的缝隙中射进来,接着一声清脆的鸟鸣打破了宁静,林中的雾开始弥漫,一会儿就看不到对面的东西了。

清晨，刚刚发生的战争就像一个梦。

杨修敬宁愿相信这就是一个梦，但他不得不面对现实，身边的 6 位战友实实在在地消失了。

大江拉着他发疯似的下山寻找失散的战友，运送伤员……

杨修敬清醒了，沿途随处可见敌我双方人员的尸体，有的头被炸没了，有的腿被炸没了，有的手臂挂在树枝上，有的相互掐着对方的脖子，空气中弥漫着硝烟的味道。

这就是战争的残酷！

许多年过去了，他都不愿意回忆那个残酷的夜晚。

此刻法庭上下众人都在看着麦子，静静地听着她讲述那个不太遥远的故事。

故事讲完了，空气凝固了一般，安静得一根针掉在地上似乎都能听得到。

"是真的吗？是真的吗？家里的积蓄都资助了战友的父母？"孙兰哭着摇晃着杨修敬的手臂。

杨修敬木然地点了点头。

孙兰一下子扑到杨修敬的怀里放声痛哭："你怎么不告诉我真相，为什么？"

法庭里响起一阵雷鸣般的掌声。

甚至那个严肃的女法官也流下了泪水，使劲地鼓掌。

2

20 多年过去了。

时间过得真快，一切都在不经易间悄然发生着变化，比如容颜，皱纹已爬满了杨修敬的脸庞，黑发已变成了白发。两个儿子杨满、杨军已长大并成家立业，甚至都有了自己的孩子，现在两个孙子都已长大了。

老伴孙兰已去世，这个陪伴他度过最艰苦岁月的伴侣的离世成为杨修敬最为心痛的事，毕竟她还没有真正过上几天享福的日子，甚至可以说她过的是清苦的日子。

对于曾经牺牲的战友，杨修敬遵守了当初的约定，每季度把自己的收入分成7份，其中6份邮寄给牺牲战友的父母，剩下的一份留给自己家庭开销。他感到有些亏欠孙兰，为了信守这份约定让孙兰陪着自己过了20多年的苦日子，对自己产生了严重的误解，甚至要离婚，好在后来理解了他和战友们的那份生死约定。

如今6位战友的父母都已作古，他也用行动践行了自己的承诺。

他始终无法从孙兰去世的痛苦中摆脱出来。大江来电话邀请他今年清明到云南麻栗坡看望一下牺牲的老战友。

杨修敬答应了，他这段时间遇到了太多的事，心中淤积了太多的痛，感觉到自己快要生病了。他有太多的话需要向人倾诉，需要出去散散心，理一理自己的思绪，老伴孙兰虽然不在了，可生活还要继续，日子还要往下过呢。

这些年身边的亲人一个个离去，父母去世时他也是消沉了好一阵子。"父母在人生尚有来处，父母去人生只剩归途"，杨修敬甚至认为人的一生太短暂，当他有记忆时父母是那么年轻，而当自己感觉还年轻时，父母却都已经不在人世了。他从部队复员后除了搞些养殖等家庭副业之外，还学了一门油漆的手艺。本来有人劝他学一门木匠手艺，他不感兴趣，他认为做油漆工更有意思，如同化妆一样，让人更加漂亮，美的东西谁不喜欢呢？

20世纪80年代苏北淮江地区家具行业流行大衣橱、写字台、四腿大桌等。姑娘出嫁都要陪嫁妆，那个时代市场上还没有家具店，木料或买，或用自家栽的树，请木工和油漆工上门现做，做一家活至少也得十天半月。冬天农闲时也是木匠、漆匠最忙的时候，一家接一家的活一直能干到过年的时候。想想那时候是多么风光，忙碌并且充实、快乐。

杨修敬本想最近几年抽空带上老伴去云南一次，看看长眠在那里的战友，只是这个愿望他永远也无法实现了。两个孩子还好，这一点让他感到欣慰。只是大儿子杨满自小身体不太好，6岁那年得过脑膜炎，在医院住院半个月才治好，后来初中时又有过乙肝，这样一来上学也就时断时续，初中毕业也就没有考上高中。杨满后来跟着自己学了油漆手艺，前些年在家具厂做油漆工，这些年房地产行业兴起，装修成了一个新兴行业，他又改做内墙涂料，刚开始跟别人干，赚的钱仅够养家糊口，后来他开始独立揽活儿做，一套房的内墙做下来几天就完工了，平时都是媳妇李霞和他一块儿做，夫妻俩相互帮着好做活。想起李霞，杨修敬打心里喜欢这个儿媳妇，聪明、能干，孝敬老人，做起活来干净利索。

前些年，杨满征求父亲杨修敬的意见想做外墙涂料，认为赚钱多。杨修敬不同意，虽说做外墙内墙工艺一样，只是用料不同，他觉得做外墙风险太大，如在钢管架子上施工还好点，用吊绳施工有着很大的危险性，尽管杨修敬自己也经常做吊绳施工，但他不愿儿子冒这么大的风险。工地上每年都有吊绳施工过程中工人掉下来身亡的事件，他不想让儿子干这活，尽管赚的钱比做内墙多得多，但杨满一直坚持，杨修敬只好作罢。杨满有时接到大点工程还让杨修敬去帮忙，帮上料子、管理工地。杨修敬对管理有着一套理念，如在部队当班长带兵一样有一套方法。

杨修敬做内墙粉刷时，老伴孙兰在世时会帮他打打下手，打砂纸、和腻子、递东西等。老伴去世后，他也没有心思出去做活了。

二儿子杨军几乎没让杨修敬操什么心，从小学到高中没有留过一级便考上了江西财经大学财政专业，毕业后本想在北上广深大城市发展，但孙兰希望儿子回到家乡工作，杨军听从母亲的意见回乡上班。他想考公务员，只是不太顺，考了几次也没考上，后来在开发区企业上班，干得挺好，接着企业倒闭。感觉还是体制内稳定，他于是又开始接着考，最终考上了县财政局，现在又调到了县政府办，找了个城里的媳妇，小日子过得挺好。

杨修敬有时感觉人生就如一场梦。

60多年的人生历程如同做梦一般，有时梦里会回到小时候，虽缺吃少穿，但人是快乐的，大人们参加集体劳动，孩子们放学后也为集体做事。春耕时田野里飘荡着悠扬的号子声，他一下子就能分辨出父亲的号子。父亲是个种地老把式，年轻时给地主家做长工，他吹拉弹唱样样精通，地主的女儿看上了他的才艺，要嫁给他，地主不同意，后来两人私奔，不久当地解放他们才回到家乡过起了正常人的生活。

杨修敬听母亲说，新中国成立后不久，外公就被清算处决，自己家也受到了牵连。杨修敬出生于三年严重困难时期的第一年，父亲后来说杨修敬能活下来也算是奇迹，那时太困难了，树皮都被吃光了，村民甚至尝试吃各种树叶。刚生下来的孩子能活下来的很少，他活下来了算是命大。

上小学时正赶上十年动乱，小学上完又接着读了两年初中，他的成分不好，当时高中靠推荐，他知道没戏，也压根没指望，大学就更不用想了，似乎很遥远，永远也无法企及。

18 岁那年杨修敬想当兵，但政审没过。第 2 年政策终于放开了，他走进了向往已久的军营，靠着初中文化又能吃苦耐劳，他成为连队文书。3 年后杨修敬面临退伍时因表现好转为志愿兵，当志愿兵的第 1 年有亲戚给他介绍了孙兰，他回来探家时见了面，见孙兰第一眼杨修敬便喜欢上了这个纯朴的农村女孩。

当志愿兵的第 2 年他们便结婚了，此时家乡已实行联产承包责任制，孙兰拖着怀孕的身体还要下地干活，生活的艰辛可想而知。杨军出生后杨修敬申请退伍，部队不同意。不久，战争开始，杨修敬所在部队接到通知开拔前往战场，这是他第一次上战场，当听到第一声枪响时，他意识到血与火的战争到来了。他可以听到自己的心跳，看似平静茂密的原始森林有着无数双相互对峙的眼睛以及无数黑洞洞的枪口。

直到现在杨修敬都觉得参加这场战争是自己一生的荣光。

第二章　住院的日子

1

杨满又病了。

他自己也搞不清原因，只感觉浑身没有力气，头重脚轻，腿上如注了铅，迈每一步都很困难。

起初，杨满以为是前一段时间接了一个工程，工期紧加班加点太累太忙所致，以为过几天就会歇过来，可是过了好多天不但不见好反而有加重的迹象。妻子李霞让他去医院，他想拖一拖，结果实在不行，他一下子有了一种恐惧的感觉，仿佛感到了世界末日的来临，他不得不去医院。

杨满此时静静地躺在淮江县人民医院的病床上，他的床靠近窗户，夕阳的余晖透过玻璃照在他灰黄的脸上，显得容光焕发，沉陷眼窝中紧闭的双眼和身上穿着宽大的病员服才会使他与病人联系在一起。

3 人床位的病房里，此刻只有他一个病人，另两张床空着，新的病人还没有住进来。其实也只是今天才空着，昨天两个病人已经离开，准确地说一个病人昨天早上已去世，另一个放弃治疗回家了。

昨天早上去世的是个孩子，正读小学五年级，她有着一双大而明亮的眼睛，长长的睫毛，两个深深的酒窝因消瘦只有在笑起来的时候才能看到模糊的影子，她平时喜欢戴着一顶大红贝雷帽，上身穿一件红色羊毛衫，在白墙、白床、白被子的白色的病房里像一团红色的火焰。

当杨满住进这个病房时，这个小姑娘已经住在这个病房了，后来杨满知道这个小姑娘的名字叫小雨，这是小姑娘主动告诉他的。小姑娘说，小雨是她的乳名，妈妈生她的时候正下着小雨因而给她取了这个乳名，她的学名叫欧阳婧雪。同处一个病房不到一个月的时间里，欧阳婧雪这个孩子留给杨满的印象是坚强、乐观、积极、向上，病痛严重时她躺在被子里流着泪，咬着被子的一角也不发出一声呻吟。

小雨的母亲之前和丈夫一起在外打工，小雨生病后母亲就回来照顾她。小雨的母亲很少说话，有时默默地坐在床边或站在窗户边望着窗外。小雨有时反而会安慰妈妈，这时妈妈会忍不住地抹眼泪。

杨满偶尔也会和小雨的母亲交流一两句，知道她们老家是本县顺河镇农村，老家拆迁后住在县城。

有一天中午，小雨的精神状态不错，妈妈回家做饭了，她对杨满说："叔叔，我来给你唱一首歌吧，是我生病前学校老师教的，我特喜欢。"

杨满点点头。

"我有一个梦，埋在泥土中，深信它不同，光给了它希望，雨给了它滋养，它陪种子成长……"

小雨微笑着，轻轻地唱，有玫瑰花和槐树花的香味从窗外飘进来，与这甜美的、稚嫩的童声交织在一起，一切似乎都很轻松、和谐。

3天前，小雨陷入昏迷，爸爸从打工地苏州赶来，这个坚强的中年男人整天都坐在床边望着小雨。

小雨还是走了，她去了天国。妈妈哭得死去活来，爸爸忙里忙外，眼里没有一滴泪水，遗体运走后，他望着空空的床不说一句话。

杨满后来了解到小雨是从上海大医院转回本地的，上海有个医院是治疗肝病全国最好的医院之一，只是小雨的病情到了晚期，没有继续治疗下去的必要，况且医疗费用高昂，医生建议放弃治疗。

父母无奈只好带小雨来到了本县人民医院，希望能减少些痛苦走完最后这段日子。

病房另一个病人老许也是本县人，名叫许国庆，杨满从老许床头病人卡片知道了老许的姓名和年龄，老许刚好比杨满大一旬。

杨满有时也在想，自己咋会得肝病呢？自己平时不喝酒不熬夜。

生病会死去，杨满想到了死亡，他小时候特别害怕死亡，长大后特别怕生病，现在反而不怕了，他只是担心父母以及儿子小满。父亲年事已高，已60多了，早年在战场受过伤，身体也不太好，假如真有那么一天自己真的不在这个世界上了，白发人送黑发人该是多么悲伤啊。

老许是比杨满早一个星期住进这个病房的。

除了上厕所，老许就是躺床上，眼睛直直地望着天花板。到吃饭的时候，他也是一个人从柜子里取出碗筷慢慢去医院食堂，也不和杨满打招呼。

老许的老伴到医院的时间不多，大多是老许要做检查的时候才会来，她又瘦又小，甚至腰还有点驼，满头白发，同样不说多少话。老许躺床上，他老婆就默默地望着他。

后来老许病情加重，下不了床，老伴便不走了。

李霞一直在医院陪着杨满，偶尔回家看看儿子小满，小满已11岁了，正上小学五年级。杨满住院后，都是奶奶在照顾小满。

老许陷入了昏迷，老伴坐在床头抹眼泪，在外地打工的女儿回来了，但不见有儿子来。

李霞问老许老伴家里的一些事。

老许的老伴说，两个儿子对他们老两口有意见，认为老两口积攒的钱全给了唯一的女儿。其实根本没这回事，女儿女婿在外打工收入不错根本不需要老两口的钱。老许没病以前在工地做木工，有些收入，本打算给孙子孙女上大学交学费，不承想得了这病，积攒的钱也花得差不多了。

杨满说："两儿子这样做不对，毕竟是自己的父亲啊。"

李霞给了杨满一个白眼说："家家都有一本难念的经，亏你还是从农村过来的。"

医院给老许下了病危通知书。

床位医生委婉地对老许的女儿说，按当地农村风俗，留口气进家门吧。

老许的女儿点点头，不停地抹眼泪，到病房外掏出手机给两个哥哥打电话，打电话的过程中似乎哭得更厉害了。

重新回到病房后，老许的女儿对她妈妈说，两个哥哥都不问事，都拒绝拉到自己家里去。

老许的老伴也没有主意，只是不停地抹眼泪。

"找村里的干部协调。"杨满在一旁说。

"也是啊，但她有联系方式吗？"李霞说。

老许的女儿似乎也认可这个主意，她取过老许的手机，果真找到了村书记的号码，她说村书记和她家还沾点亲。

她和村书记打了电话，村书记答应找她两个哥哥做思想工作。

第二天，村书记和两个儿子都来到了医院，两个儿子始终默不作声。

老许出院了，女儿出钱包了一辆面包车拉走的，两儿子用医院的推车把悄无声息的老许抱到车上推走，老伴和女儿跟在后面，一切都静静地，他们一家甚至没有跟杨满和李霞打声招呼。

现在整个病房只有杨满和李霞夫妻俩，他们默默望着病房的门，没有说一句话。

新的病人还没有入住，李霞夜里便偷偷睡在病床上，盖的是自家带来的被子，天亮的时候再把被子收在杨满的柜子里。

杨满又做了一次检查，他通常 10 天左右做一次检查，在结果未出来之前，他显得忐忑不安。李霞也是，想尽早知道检查结果但又怕看到，总是担心病情恶化。

通常早上检查，下午 3 点左右结果就出来了。

好不容易等到下午 3 点，李霞忍不住了，她的心似乎跳得很厉害，医生办公室和病房在同一楼层，她轻轻推开医生办公室的门，还好杨满的床位医生王医生正在办公室。

这个腿有残疾的中年医生戴着眼镜，正在翻看病人的检查单。病房的检查报告都由护士到化验室取回后再送到住院医生处。

李霞性格外向，待在医院陪护的时间也比较长，杨满的住院医生对李霞很熟悉。这个姓王的住院医生见李霞进来，脸上露出了笑容。

"杨满这次检查的结果不错，最头痛的黄疸指标下降了不少，住院以来这个指标一直降不下来，谷丙转氨酶和谷草转氨酶还较高，下降不明显，要慢慢来。"

李霞悬着的心稍稍放下了。

她拿过检查单，扫了一眼，心里便有了数，检查单上一些向上或向下的箭头，就像是一支支锋利的箭头刺向她的心脏。诸如胆红素、谷丙转氨酶和谷草转氨酶、蛋白、白球比代表着什么她也都大概明白。

李霞甚至和王医生讨论了几个具体指标变化与用药的关联。

王医生笑着说："你这辈子不做医生可惜了。"

"久病成医，这陪病的家属也快成了医生了。"李霞笑道。

李霞发现王医生桌子上的玻璃台板压着两张照片，她经常来王医生的办公室，之前好像没有看到这两张照片，也许是没心思观察，这次杨满的病情稍好些，她的心情也好了许多。其中一张照片上是一个可爱的小男孩，皮肤白白的，双眼皮，大眼睛，骑在一个玩具鸭子上，开心地笑着。照片的上方写着：两周岁留念。另一张照片上是两个人，其中一个人还是这个小男孩，另一个人是王医生，尽管王医生和照片上相比有些不一样，显得有些老，但李霞还是一下子就能判断出来是王医生年轻时候拍的照片。她想这个小男孩应该是他的儿子了，李霞心里有了疑惑，她想问又不好意思问，但她又实在好奇，最终还是没有忍住。

"我猜啊，这个小帅哥一定是您的儿子。"

王医生微笑着点点头。

"嫂夫人一定是个大美女。"

王医生沉默了。

他从口袋里掏出一包香烟，从中抽出一支，放在嘴里，右手伸进裤子口袋摸什么东西。

李霞猜一定是在掏打火机了。

突然王医生放在口袋里的手不动了，他有些不好意思地望着李霞。

"不好意思，我忘了两条禁令。第一条是在女同志面前不能抽烟，第二条医院里面也不允许抽烟。"

"在我面前抽烟倒没什么，我倒习惯了，我们家的杨满没住院前一直抽烟。"

"还是算了。"王医生把放在嘴里的烟又取了下来，放进烟盒子里，他把目光再次转移到杨满的报告单上。

"谷丙转氨酶和谷草转氨酶想短时间降下来也不是没有可能，现在的降酶药很多，就是怕降得快停药后反弹也快。"

王医生岔开了李霞的问话，回到杨满病情讨论上。

李霞也感到刚才自己问得有些唐突，或许这是王医生的隐私不便透露，她也不好继续再问下去，自己虽是一个农村长大不识多少字的女人，但察言观色的能力还是有的。直到许多天后，李霞从一个护士那里得知，王医生离婚好多年了，妻子跟着一个大老板走了。

"我倒是希望一下子能把两个酶都降下来，在这儿每一天都是煎熬呢。"

"可以理解，只是这种病要慢慢来，你看他的白蛋白已很低了，甚至考虑要补充蛋白，蛋白价格太高，我只是考虑你的家庭承受能力。"

"只要能把他的病治好，哪怕倾家荡产也不怕。"

王医生笑了。

"不少病人最后都是人财两空，比如和杨满同病房的老许，但杨满不一样，不太严重，治愈的可能性很大。"

李霞点点头。

"就按你的方案去治疗吧，急不得，大概还需要多少钱呢？"

"除了医保外，还需要多少我也不能准确说出来，这要看杨满的病情发展，我会尽力为你们省钱的。"

"谢谢！"

"你快点回病房把这个好消息告诉杨满，他这几天情绪有点不对劲，大概受到了另外两个床位病人的影响吧。"王医生又低下头开始整理病案以及其他病人的检查报告。

当李霞回到病房时看到杨满把头埋在被子里，她过去坐在床边，杨满还是一动不动，李霞推了他一下，杨满还是不动。

李霞知道杨满怕知道结果但又想知道结果，只是不问，他想让李霞自己把结果说出来。

"黄疸降了。"

"什么？降了啊。"杨满一下子把被子掀开，坐了起来，望着李霞，眼里闪烁着兴奋的光芒。他甚至一把抓过李霞的手问检查报告在哪。

李霞说，检查报告在王医生办公室，明知故问！

第二天，王医生查房的时候，笑着对杨满说："这下开心了吧。"

杨满黄里泛着红的脸上露出了笑容，他是一个不善言辞的人，只是一个劲地说："谢谢！"

李霞在旁边说，如果需要用蛋白就用吧。

王医生说，再观察几天看，能把蛋白升上去就不用了，节省一点。接着他又对夫妻俩交代了一些注意事项。

走出门后，王医生又返了回来。

"今天又要有一个病人住在这病房里。"说着便出去了。

午饭后，杨满正在床上似睡非睡，李霞也坐在房间的椅子上打着盹，头向下点了一下抬起来，又点了一下，她干脆把椅子向前拉，头趴在杨满的床边，这样感觉舒服了好多。

大约下午2点时，病房的门开了，护士推门进来，接着一前一后进来两个约莫50岁的男女，看来是一对夫妻。男的头发已经发白了，脸色黄里透着黑，愁眉苦脸，一看就是肝病特有的模样。

李霞完全清醒了，她抬起头望着这两人。

那个女人冲着李霞点点头，接着整理带来的物品，一件件往柜子里放。护士则在整理床铺，那个男人就站在旁边默默地看着。

护士整理好床铺后，又挂好了病人基本信息卡片，那个男人干脆直接坐在了床沿上，女人整理完后也坐在了床沿上。

杨满也完全清醒了，他坐起来，也开始默默地看着他们。

护士最后简单地交代几句后便出去了。

此刻病房里又安静了下来，他们四人就这么看着。

"你们是哪儿人？"李霞率先打破了沉默。

"王集水庄的。"那个女人回答。

李霞感觉到这女人的口音怪怪的，不像本地人。

"听口音你不像淮江本地人啊。"

"婆家是四川那边的，来这边有20年了。"

正说着话，护士拿着输液瓶进来了，看样子要挂水了。那个男人已躺在了床上，伸出右手让护士输液。

两个女人一下午就这么有一搭没一搭胡乱地聊着，当李霞问关于她老公的病情时，那个女人只是摇头，只说是老毛病了，肝炎病，好多年，这次又复发了。

到晚饭时两家的女人带着饭盒去医院食堂打饭，房间里只剩下两个病人了，他们也开始了交流。

"老哥，尊姓啊？你得这病多少年了？"杨满问。

"免尊姓张，生这病有近20年了，我这个是家族遗传，父亲、哥哥都是这病走的，我恐怕也逃不过这一劫。"老张掀开被子坐起来，用左手把刚才护士输液后粘在手面上的医用胶布揭下，端起床头柜上一杯水边吃药边说，"其实说不怕死都是假的，我也是，我只是舍不得我的两个孩子和老婆。"

杨满也从床上坐起来，他的心情看起来不错，大概是黄疸指标下降的缘故吧，他连忙安慰老张。

"没事的，这是慢性病，要不了命的，我听说好多人得了乙肝过八九十岁都没事。"

"我的病我清楚，生死由命，富贵在天，是福是祸躲不过。"老张顿了一下问，"你是什么样的肝病？总之住这个病区都是肝病。"

"我就是转氨酶居高不下，用降酶药降下来，停了药就反弹，反反复复，现在肝已有了纤维化。"

"那你比较轻，问题不大，去大医院看了吗？"

"去了，前一段时间去了上海几家大医院，如华山医院、长海医院、东方肝胆医院，在东方肝胆医院还挂了著名医生吴梦超的号，吴梦超让我做了肝穿刺。"

杨满想到上次的上海之行，心里都为之一紧，他是第一次去上海，没想到上海的大医院病人那么多，当他和李霞凌晨3点赶到华山医院时，没想到排队等待挂号的人已排了老远，排了好几个小时才挂上号，结果医生看病也就问了几分钟，就开了好多检查单叫去检查。检查结果出来后拿给医生看，医生说问题不大，吃点药就行了。李霞考虑来上海一次不容易，想多到几家医院检查以确诊，杨满同意了。夫妻俩又到了东方肝胆医院挂了吴梦超的号，等了一天终于等到了，听了杨满的病情介绍后吴教授笑着说，东方肝胆医院是外科医院，都是要动刀做手术的，这虽属疑难杂症但属内科诊治范畴，建议杨满到长海医院做个肝穿刺，做病理化验来确诊到底是什么原因导致转氨酶变高的。

　　杨满和李霞走出东方肝胆外科医院，拖着疲惫的身体来到了距离东方肝胆医院不远的长海医院。到了长海医院一打听，当天的号早挂完了，两人只好回到酒店打算第二天一大早去挂号，于是又经过一番折腾，终于见到了医生。在杨满的印象中，这是一个态度和蔼的女军医，个子很高，留着齐耳短发，一看就是精明干练之人。当杨满说完病情并且把带去的检查报告给她看后，她思索了一下："做个肝穿吧，如何？"

　　"痛吗？"杨满问那个女医生，面露紧张之色。

　　"痛也要做，不然来干吗？"李霞在旁边说，"痛也要忍着，来一次不容易。"

　　"这是在可忍受范围，不舒服是肯定的。"女军医保持着微笑，她在等杨满的回答，"如同意就开手术单了啊？"

　　"高医生，谁做的手术啊？"杨满问，他从诊室外的电子显示屏上知道这个女军医姓高，副主任医师。

　　"我做，不放心？"她笑了。

　　"好，我就希望您做。"

　　女军医面露疑惑，但这种神情只是一闪而过，立即又恢复了微笑。

　　杨满在过道上看过高医生的介绍，知道高医生从美国留学归来善于诊治各种疑难杂症，其中有做肝穿的描述。

　　从长海医院出来时已近中午12点，太阳火辣辣的，烤得人嗓子冒烟，李霞想找一个小超市买瓶水喝，环顾了四周除了高高的写字楼、车流、人流外，根本就没有超市，好不容易发现路边有一个小铁皮屋，估计是卖杂货的，走近一看才发现是一个书报亭，问了一下里面也没有卖水的。

　　李霞算了算从长海医院乘坐公共汽车回住的酒店要4站地，两人要8元，而打出租车要将近20元，打出租车速度要快些，随便拦一辆几分钟就可以到酒店，乘坐公共汽车，要等好久并且到所住酒店附近的站台后还要走一段路，但乘公共汽车省钱，为杨满治病已花了不少钱，现在已捉襟见肘了。李霞问满头大汗的杨满想坐公共汽车还是出租车，没想到杨满说还是坐公交车吧，省点，这与李霞的想法一致，都是农村人没必要矫情，以前在农田里干活比这累多了。

他们俩蹲在站台上，不时地望着从远处驶来的每一辆公共汽车，希望出现开往酒店的132路公交车，足足等了20分钟，才看见一辆老破的132喘着粗气慢吞吞从远处赶来。

当赶到酒店时两人的衣服全被汗水湿透了，他们决定先冲个澡，歇一会儿再出去找点饭填一下前胸贴后背的肚子，他们早就饥肠辘辘了。

在做肝穿刺手术的前一晚上，杨满有些紧张，甚至睡不着觉，好不容易快进入梦乡的时候，李霞又喊他起来抓紧吃点东西准备手术。和杨满住在同一病房的还有两个人，一个来自江苏江阴，另一个来自浙江温州。来自江阴的是一个60多岁的老人，杨满住进病房后他们俩已住进来了好多天。病人见面通常会了解对方的病情。杨满躺到病床上不久，那个年龄大的老人便问起了杨满的病情，杨满实事求是地告诉了他，那人听后说："哎呀，没想到你们俩还是一样的，不明原因肝病。"

那个来自温州的小伙子也笑了，他黑黑的胖胖的，露出了洁白的牙齿，看起来很憨厚，他说在当地医院也查不出原因来，所以来上海查个明白。杨满了解到小伙子是修理摩托车师傅，自己开店，生意不错，这次一个人来，老婆在家带孩子，他已做过了肝穿。

杨满问，做肝穿痛苦吗?

小伙子笑了笑，总之很难受，但速度很快，几秒钟的事，穿过就不痛了。

进手术室后，杨满开始有些紧张，手术室温度不冷不热，但他头上已出了汗。高医生见状连忙安慰他，让他不要紧张，没有想象中那么恐怖。

当酒精擦过皮肤时，一阵凉凉的感觉霎时传遍全身，杨满感到那个女军医在他的肝部位置上画了一个小圈，这大概就是要穿的位置了。

"不要动，忍着点。"高军医对杨满说。

"啊!"杨满忍不住轻叫了一声，瞬间感觉整个内脏都被人拽了一下，突然的痛一下子传遍了全身，他有一种要窒息的感觉，这是一种从未有过的痛。

他的头脑是清醒的，他还在想医院做这种手术为什么不用全身麻醉呢，那他就感觉不到这种痛苦的存在了。

"哎呀，没穿到。"杨满清晰地听到了那个女军医轻声的话，旁边那个助手也说："是的，没有发现肝组织。"

17

"再来一次吧。"女军医又轻轻地说。

对于杨满来说，这几个字不啻一个个惊雷。他几乎绝望了，甚至在心里暗暗地骂这个医生，难道不是你的身体就这么随意了吗？你不知道有多痛，见鬼去吧，但他又无可奈何，自己如一条案板上待宰的鱼，没有选择的可能了，既来之则安之，不管了。

"别动了，忍住。"高医生轻轻地说。

杨满一句话也不说，只是紧紧咬着牙，他感到整个世界仿佛在不停地旋转，一些声音正慢慢地离他而去。

"啊！"刚才的感觉又一次重复，甚至他的眼泪已不争气地流了下来，他连忙用手捂住脸，他不想让自己的脆弱呈现在女人的面前。

"这下好了。"女军医轻轻地说。

杨满闭着眼睛，剧痛之后，他感觉整个世界一片平静，他仿佛听到了有鸟的鸣叫声从很远的地方传来，阳光带着粉红色的金边从树叶的缝隙射进来，地面上有许多奇形怪状的图形。他想起小时候在河堤上奔跑的样子，许多蜜蜂和蝴蝶在一朵朵野花上穿梭，河水静静地流淌，他跑累了就停下来，坐在一棵洋槐树下，微风轻轻拂过脸颊，有点凉，他就这么坐着、想着，如现在这个样子。

当杨满被推进病房时，李霞立刻迎了上来，关切地摸了摸他的额头问，"感觉咋样？"

"还好吧。"杨满有气无力地回答，他感到很疲倦，有想睡觉的感觉。

两个病友看着杨满进来，没有说一句话，只是望着他。

病理检查报告出来了，那个女军医在查房时告诉杨满，排除了甲肝、乙肝、丙肝、丁肝、戊肝等目前发现的几种肝炎病毒，也就是说还是不知道什么原因造成了肝损伤。

直到杨满从长海医院出院时，他才真正看到了病理检查报告，那是一张彩色打印的报告。上方是放大了的紫色肝组织，如一只紫色的大蜈蚣，上面一圈又一圈相连，又像一大串紫色的葡萄，让人生畏，这就是自己的肝啊，没做这个穿刺永远不会看到自己肝的样子。

报告的文字部分是这样写的：

小叶结构存在局灶性肝细胞大泡性脂变，汇管区少量单个核为主混合性炎细胞浸润，纤维组织轻度增生。

高军医说："从活检情况来看，肝的质地还可以，没有肝硬化等严重情况，但还是没有发现导致炎症的原因。"

李霞在旁边说："难道是世界疑难杂症了，总归是有原因的，有因就有果。"

高军医笑了笑说："任何致病都是有原因的，只是医疗水平达不到，发现不了而已。"接着，她又问杨满以前喝酒多吗。

杨满说："以前在广东打工时，会经常和老乡在一起喝酒，每顿能喝半斤左右，喝多了就会醉。"

高军医说："现在的肝炎还包括自身免疫性肝炎，从目前检查的情况来看，你这也不是自身免疫性肝炎。"杨满自己高度怀疑就是酒精性肝炎，因为每个人的肝脏解酒能力是不一样的，你喝半斤说不定已经超负荷了，而别人喝一斤说不定一点问题也没有。

杨满问下一步如何治疗，高军医说："还是按保肝护肝来治疗吧。"

温州的那个小伙子肝穿刺活检结果也出来了，只是显示有轻微的炎症。

那个老人对杨满说："我就感觉他比你轻。"

李霞问老人什么原因住院的。

老人笑着说："我这是开刀的，肝癌切除，早期发现的，没有扩散。你们看我的心态，开心就好，我活60多岁了，也够本了。我儿子自己开公司，女儿是公务员，我没有后顾之忧。"

出院时，高军医又开了好多药给杨满，让他定期复查。

回到淮江县人民医院时，杨满原先的床位又调整了，他调到了另一个病房，和欧阳婧雪、老许一个病房。

2

杨满从老张的床头病人信息卡上知道老张名叫张立山，今年52岁，病名：肝钙化。

老张的媳妇正常在医院里陪伴，几乎没见离开老张超过一天。

李霞一有空就和老张的媳妇聊天，天南海北，打发这无聊的时间，上午通常是输液的时间，杨满和老张静静地躺在床上看着瓶子里的药水一滴一滴地流入身体里，床头上方的挂钩上吊着两三瓶大小不一的药水，颜色有深也有浅。两个女人边聊着天边时不时瞟一眼瓶子里还剩多少药水，发现快要结束时，连忙跑去按床头的提示铃，不一会儿护士便跑过来换药。

一瓶一瓶就这样慢慢滴着，有时护士会提示不能滴得太快，太快会感到不舒服。李霞不用看瓶子上的标签就知道是什么药，她在医院待时间长了，感觉大家用的药水都差不多，大多是保肝护肝的，如深褐色的红糖水一样的是丹参，专门用于活血化瘀的，作用是舒张血管；浅得像水一样颜色的是甘利欣，李霞知道是降酶药，甘利欣是专门降酶的，一瓶注入 3~4 支。老张媳妇，什么也不懂。老张媳妇有时看到医生来查房时，李霞和医生讨论杨满的病情，说得头头是道，她不由得从心里佩服李霞。

"你咋什么都懂，像个医生？"老张媳妇对李霞说。

"待的时间长了吧。"李霞回答，其实她自己有时也在想，自己究竟是不是一个聪明的人呢？好多人都夸她聪明，她甚至有些洋洋自得，虽然自己的学历并不高，也好像听人说过，学历与人的聪明程度不一定就成正比，况且她是被迫中止读书，说不定一直读下去也能考个 985 或 211 大学呢。李霞想起小学考初中的那年春天，她小学升初中考试考了全班第 1 名，本来可以到乡里的中学读初中，但她放弃了，家里穷得连学费都交不起，父母生一个弟弟甚至很长时间连影子都见不到，更不要说要交钱了。爷爷奶奶对女孩子上学一直不赞成，认为认识眼前几个字就行了，终究要种地和嫁人，早点下来还能帮家里做些活。妹妹第二年小学毕业也没有继续上学。

老张的最新检查报告出来了，住院医生单独把老张的媳妇喊到办公室，拿出老张的 B 超及生化检验报告说："从目前的检查来看，老张很大程度上是肿瘤，也就是癌症。你看这肿瘤标志物超过标准值太多了，还有 B 超显示肝部有明显的占位，当然你们可以到南京上海大医院再确诊下。"

老张媳妇站在那儿，傻了一样，半天才缓过神来，眼泪不知不觉地流了下来。她用手擦去眼泪，哭哭啼啼地说："难道就不能治了吗？"

"他的这种情况已基本上算晚期了，存活时间最多也就是 3 个月左右，现在要做的基本上就是减少他的疼痛。"

"怎么办呢？怎么办呢……"

老张媳妇自言自语道。

"这样吧，为了防止病人情绪崩溃，最好不要把真相告诉他，对他就说是肝钙化，入院时初诊也是这样的。"

当老张媳妇回到病房时，她试图掩饰情绪波动带来的表情变化，似哭又似笑，老张觉察到她不正常。

"王医生找你干吗？"

老张躺在床上，眼睛直直地望着自己的妻子。

"没，没什么，只是随便聊聊……"

老张媳妇快步推开卫生间的门又关上门，好久也不见出来。

老张长叹一声。

李霞和杨满只是静静望着这一切，没有说一句话，

过了好久老张媳妇从卫生间出来，眼圈红红的。

吃过晚饭后，李霞约老张媳妇出去走走，这是她们的惯例，每天晚饭后总会到医院的院子里转转，或坐在医院的花坛边聊天。

但这次老张媳妇明显迟疑了一下，但还是点了点头。

老张媳妇跟在李霞身后一路无话，她们到经常坐的那个花坛边坐下后，老张媳妇还是一脸心事重重的样子。

"老张这次恐怕过不了这个坎了。"老张媳妇说着，眼圈红了，眼泪不由自主地流了下来，她用手抹去眼泪，抽噎着，又把头埋在膝盖上，两肩不停耸动着。

"他总是不听我的话，我早就要他来医院检查，他一直拖着不想来，怕花钱。我再劝他来，他又不敢来，担心查出什么来，这下好了，真的查出东西来了。"

李霞忙安慰她："现在医疗技术发达，什么病都能治好的。"

"唉——"老张媳妇长叹一声，"你不知道老张这次查出了什么，癌症！肝癌！上午王医生喊我去就是谈这个的。医生说考虑到病人的情绪可以暂时

不告诉他，依然说是肝钙化。"

李霞只是望着老张媳妇，一时不知道说什么好，她甚至陪着流了几滴眼泪。

西边树梢上的太阳慢慢向下落，红红的，圆圆的，大大的，天空一片金黄，有几只飞鸟从头顶上飞过，不发出一点声响，一眨眼的工夫便消失得无影无踪。天开始变凉，有风吹过，街道影像店放的音乐，或清楚或模糊。天色开始慢慢暗下来。

老张媳妇还是没有要返回病房的样子，李霞也只好陪她。院子里路灯亮了起来，病房大楼的灯也亮了起来。

李霞望了望病房大楼，她能准确地判断出哪一间是杨满的病房，此刻那一间病房的灯也亮了起来，或许杨满和老张正在聊天。

正如李霞所猜想那样，此时老张正和杨满聊得热火朝天。

老张已感觉到妻子的不正常，作为丈夫太了解自己的妻子了。老张已隐隐地感觉到自己病的严重性，但他不动声色。

"我老婆年轻时可漂亮了，都说四川出美女一点不假。我家里兄弟多，家庭困难，我排行老大，下面还有3个弟弟，最小的弟弟还有残疾。没有姑娘愿意嫁到我家，我作为老大要担起家庭的重任。我原先在广东打工，后来两位老人年龄大了需要照顾，老二老三也在外打工，我只好回来，就在建筑工地上干，眼看过了30岁，父母也很着急，催着我去云南或四川带一个媳妇回来，那个年代去云南或贵州带老婆太正常了。"

杨满说："我们村里就有好多人从云南或四川带媳妇的，我的亲戚就有好多个，包括我的亲舅舅和表叔。"

老张感觉有点口干，下床去倒水，倒了一杯水放在床头柜子上，爬上床继续讲，他似乎还饶有兴趣地沉浸在回忆之中。

"我这辈子做过最疯狂的事就是去四川带老婆这件事，你知道20多年前还没有手机，我身上揣了东拼西凑的几千块钱就去了四川，只记了一个宜宾下面小县城的一个村庄名字。我在广东打工的时候有一个工友是那儿的人，他邀请我去他们家乡玩，我就这样瞎摸过去了。我去的时候抱着这样的想法——带不回媳妇一辈子就不再想这事了。"

杨满笑了笑说:"你当时确实还够疯狂的,我们那里就有人财两空的,人是去了,到现在也不见回来,没有任何音讯,都说在那边被人谋财害命了。"

"我们那儿也有这种情况,我只是比较幸运而已。我从淮江乘汽车到徐州,从徐州坐了几天的火车到了成都,后又换乘,到宜宾后又坐汽车,到县城后又走山路好不容易才找到那地方。"

老张端起水杯,喝了一口,又把桌子上的药各取出一部分吞了下去。

杨满见了,也赶紧下床倒水吃药。

"我第一次见到我老婆心里那个激动啊,心是蹦蹦地跳,手都有点发抖,说有触电的感觉是一点不假。"老张笑着说,"我老婆是我那工友的远房表妹,当时还不到 20 岁,她愿意跟我走,我比她大了 10 多岁,想想真是不可思议啊。"

老张还沉醉于 20 多年前和老婆的那场初会中。

"后来我们一起回到村里,全村人都惊呆了,想不到我能带回这么漂亮的媳妇,事实上我确实带回来了。此后,我在村里也敢挺直腰杆子走路了,以前打光棍时总感觉低人一等。"

杨满说:"张大哥确实是人生赢家啊,又有一儿一女。"

"还行吧,只是我这病——"老张又长长地叹了一口气,闭上眼睛失望地摇了摇头,"没有这病该有多好啊。"

"哪有十全十美的事,月亮还有阴晴圆缺呢。"杨满安慰老张。

"你的媳妇小李也不错啊,不光长得可以人又聪明。"

"嘿嘿,"杨满笑了两声,"人倒长得一般,聪明吧确实比我好多了。她上学确实是误了,家中姊妹 3 人,她是老大,下面还有一个妹妹和一个弟弟。妹妹也是小学毕业,妹妹出生后国家实施了计划生育政策,父母铁了心要生一个男孩,于是开始了东躲西藏。李霞和妹妹由爷爷奶奶照顾,爷爷奶奶要下地干农活,还要照顾李霞叔叔家的孩子,姐妹俩小时候过着饥一顿饱一顿的生活,小学毕业后便没有继续上初中。李霞考初中是村里小学的第 1 名,本来可以到乡里初中读书,却又不得不放弃。"

"可以看得出来聪明,讲讲你跟你老婆的恋爱史吧。"老张看起来兴致不错,面带笑容看着杨满。

"其实我和李霞认识属于偶然，她还是我的救命恩人呢。"杨满笑着说。这时有风从开着的窗户吹进来，房间里有些冷，杨满起身把窗户关上。

"李霞和我是一个村的，她家住民便河边，我家离河边较远，小时候家里人不让我下河游泳，怕我被水淹死。奶奶那时还在世，我奶奶一到夏天就看着我不让我下水。在我10岁那年夏天，有一天我乘奶奶上街赶集不在家就跑到民便河边下河洗澡，刚开始在浅水区，不知不觉就到了深水区，我霎时感到整个世界都是水，呼吸困难。"

"你不会水干吗向深水中去呢？"老张不解地问。

"刚开始在岸边玩，水也不深，哪知水流很快，不知不觉就向河中心走去。我想走回岸边，可是不但走不到岸边反而向河中间荡去，不一会儿河水便达到胸口处。水流很快，我感觉自己都站不住了，我吓得哭了起来，身体还在不由自主地往河中间荡去。刹那间水漫过头顶，我只感觉两只耳朵一下子就灌满了水，两眼一下子就看不到东西了，无法呼吸，一下子喝了好几口水，我感觉快要死了。"

"这时你媳妇出现了？"老张笑着问。

"我感到有一双手抓着我的头发向上提，当头一出水面的时候，我感到外面的阳光刺眼，猛地吸了好几口空气，一下子舒服多了。那双手还在拉着我的头发，直到岸边，我疲惫地爬上岸，才发现救我的人是个小女孩。"

"看来我猜得没错。"老张说。

"李霞救了你，可是她一个小姑娘真的会水吗？"老张似乎有些疑惑。

"她确实会水，河边长大的女孩大多都会，包括她妹妹都会水。"杨满说。

"有意思，真有意思，人家是英雄救美，你是美人救狗熊。哈哈！"老张大笑起来。

"就这样我和李霞认识了，之后我们经常在河堤上割草遇到，便开始打招呼。后来我初中毕业后在乡里板材厂上班，刚好李霞也在那儿上班，我们经常下班后一起回家，时间长了也就相互离不开了。"杨满若有所思地说，"其实我确实要感谢李霞，没有她，我坟上的草可能都长得老高了。"

老张说："其实我们都应享受每一天，活着一天就应该开心一天。我觉得这辈子值了，有我喜欢的老婆，有女儿有儿子。"杨满说："想开就好，有时我也在胡思乱想，有时不得不接受现实。"

老张这次检查过后的第三天上午，他正在挂水的时候一个大约60岁的老妇人走进了病房，此时老张媳妇刚好出去了。她进来向3张病床扫了一眼，老张的床在靠近门的第一张，她走到老张的床边站住了，也不说话只是静静地望着老张。此时老张闭着眼睛，好像进入睡眠状态。

老张媳妇进来后，一下子就看到了那个老妇人。

"大姐，你来了。"老张媳妇说着忙从窗户边把一张凳子提过来放在那个妇人的身边，"大姐，快坐下，快坐下，一定走累了吧。"

老张也睁开了眼："大姐来了啊，什么时候回来的？"

"我昨天回来的。"那个老妇人坐下了问，"现在身体感觉咋样了？"

"还可以，没什么感觉。"老张边回答边坐起来，"现在南京家里的孙子谁带啊？"

"你姐夫带，他退休后也没什么事。二毛现在谁带的啊？你们两口子都在这儿。"

"她奶奶在家做点饭给她吃，自己去上学。"老张媳妇说，"孩子也不小了，该锻炼一下她的自立能力。"

老张的脸色渐渐变黄，精神也渐渐不如以前，每次下床后动作有所迟缓，甚至上卫生间都有些困难。

一天晚饭后，老张对他媳妇说："我的肝区隐隐地有些痛。"媳妇让他好好休息一下。

第二天王医生来查房的时候，老张向王医生说了肝区痛的事。

王医生问："是否在可忍受范围？如痛得厉害就开点止痛药吃吧。"

老张说过几天再说。

又是一个星期天，天色晴朗，老张的大姐又来了，老张媳妇回家了，看来是在电话中沟通好了。

下午3点多，老张媳妇领着一个10多岁的小女孩进了病房。

那个小女孩小脸红扑扑的，两只大眼睛忽闪忽闪，扎着两根羊角辫，走起路来，两根辫子一晃一晃地左右摆动。

老张的眼睛明显一亮，精神也似乎一下子好了许多，他坐起身来："圆圆，圆圆，我的乖女儿，你怎么来了？"

那个女孩来到老张身边，老张用他那粗糙的大手抚摸着女孩的头，黄里发黑的脸上露出了笑容。

"爸爸，你什么时候回家呀？我还要你带我玩呢。"女孩望着老张说。

"快了，快了，爸爸快要回家了。"老张的脸上掠过一丝悲哀的神色。"圆圆几天不见，又长高了。"老张自言自语道，他忙问媳妇吃过了没，如没吃过赶快带孩子去吃饭。

小女孩走到窗前，聚精会神地看着窗外一棵树，有一只鸟在树上欢快地叫着，不一会儿那只鸟飞走了，女孩似乎很失望，又回到了老张的床前，而后又一个人到门外的过道上玩去了。

"这次我回家后圆圆非缠着我要来看爸爸，我才不得已带她来了这儿。"老张媳妇说，"过一会儿还要带她回家，明天还要去上学。"

老张点点头。

"你家的丫头真机灵。"李霞坐在杨满床边的凳子上，她突然想起了什么，"我这里还有些糕点，前天刚买的。"她站起身来到床头柜子里取出一包糕点。

刚好女孩从外边回来了，她把糕点递给女孩，女孩把手背到身后，望着她妈妈。

"阿姨给的就拿着吧。"老张媳妇说。

女孩接过了糕点，说了声："谢谢！"

女儿在的时候老张脸上始终都带着微笑，他的眼睛几乎一刻也离不开女儿。当女儿走的时候，老张明显出现了一种落寞的神情，但很快又恢复了正常。

"我之所以玩命地在工地上吃苦都是因为两个孩子。"老张对杨满夫妇说。

"是啊，一切都是为了孩子。"李霞说。

"不瞒你们说，今年过年我都没休息，工地上一天的工资是平常的3倍，你想不想干？"老张笑着说，"只是赚的钱后来也都送到这医院来了。"

老张似乎痛得更厉害了，趴在床上，用手捂住肝部，有豆大的汗珠从额头上流下来。看来他实在坚持不住了。

王医生为他开了哌替啶，注射后，缓解了好多。

老张的精神状态一天比一天差，说话也一天比一天少。他有时一天也不说一句话，默默地看着那本《圣经》。

"你认为真的会有上帝吗？"一天午饭后，老张问杨满。

"我也不太懂，可能你内心相信就会存在吧。"杨满说，"我老家那儿有好多老年人相信这个。"

老张媳妇不知从何处得到了一个偏方，脸上也似乎阴转多云，她悄悄地对李霞说："听说一个有肝癌的人喝了癞蛤蟆煮的水，竟然喝好了。"真是"偏方气死名医"啊。她想给老张试试。

李霞吃惊地睁大了眼睛："这个味儿老张能喝得下吗？也许'良药苦口利于病'，还是问一下王医生吧。"

王医生听了老张媳妇的想法后也吃了一惊，癞蛤蟆可是有毒的。老张媳妇想着"死马当活马医"，万一出现了奇迹呢。

第二天，老张姐姐和老张媳妇一起进了病房，老张姐姐提着一只黑陶罐，她把黑陶罐向老张的碗里倒出了像绿茶一样的液体。

老张问是什么东西。

老张媳妇说是药，有些苦，赶紧趁热喝了吧。

老张端起碗，喝了一口，差点吐了，好不容易喝点到了肚子里，他的脸色由黄变红又变黑。

"一口气闭上眼喝下去吧。"姐姐说，她眼圈似乎红了，背过身去。

老张果然一扬脖子全喝了下去，嘴巴张了几下，又要吐出来的样子，他努力闭住嘴。

"这种药我再也不喝了，现在就是死了也不喝了。"老张说着，一边下了床进了卫生间。

过了好久，老张才推开卫生间的门慢慢地向床边走去，他老婆见状忙上去扶着他。老张慢慢走到床边，试图把腿放到床上，努力了好几次都没放上去，他姐姐忙过来和老张媳妇一起把他扶上了床。

老张显得很疲惫，他闭着眼躺在床上，一句话也不说。

两个女人也不说话，站在床边望着他。

过了好久，老张睁开眼："我想回家看看，田里的麦子好久没见到了，我想回去看看长得怎样了，在这春天里一定会长得很好。"

两个女人依旧不说话。

当王医生到病房里来的时候，老张再次说想回家看看，王医生看了一眼老张媳妇："我开些药带回去用，想回去就回去吧，可以出院，需要时再过来看看吧！"

老张不再言语。

王医生走的时候对老张媳妇说："过来一下，开些药你带回去吧。"

老张媳妇和老张姐姐一起去了王医生的办公室，王医生说："老张情况已经很不容乐观了，回去准备后事吧，没有几天了。"

从王医生办公室出来后，两个女人没有回老张病房，眼睛红红的，一起在过道上来回走。

老张出院了，临走时和杨满夫妻打了个招呼，老张媳妇勉强挤出一点笑容，算是打了招呼。

老张走后就再也没有回来。

3

李霞弟弟李方出现在了病房。

杨满感到很意外，他这个小舅子大约有两年没见了，平时也很少联系。

李霞很开心，忙着为弟弟李方倒开水和削水果。

李方坐在床头的凳子上，望着杨满。

杨满问李方什么时候回来的。

李方说："昨晚刚到家，就被妈妈催着过来了。其实这次回家主要就来看你的，毕竟住院了。"

杨满问这次回来什么时候回广东。

"我不想回广东了，想回来发展，这次回来也顺便考察了一下，这几年家乡发展很快，不比南方差，老家也正赶上拆迁，母亲也需要照顾，这都需要我待在家里。"

"只是你在这边没一点基础啊，不知深浅，能做什么呢？"杨满问。

"没事，我以前合作的开发商也在这边发展，我们淮江旁边的淮安就有他的项目。"

杨满知道李方高中毕业后一直在外打工，先是在电子厂打工，听说赚不到钱，又到建筑工地上干。从小工开始干，能吃苦，老板喜欢他，听说已做了一个包工头，手中有不少钱。

李霞至今对弟弟都没有怨恨，自己没能继续读书就是命运安排。想当年弟弟出生后她看到第一眼就喜欢弟弟，弟弟长得像妈妈，大眼睛双眼皮，当她冲着弟弟笑的时候弟弟也笑了，笑起来两个大酒窝就出现了。她一直疼爱弟弟，这种感觉一直延续至今，尽管弟弟已30多岁，并且也有了孩子。为了这个弟弟，自己和妹妹小时候受了太多的苦，流了太多的泪。

往事一幕幕在李霞眼前浮现，家乡民便河的两岸边栽满了一棵棵洋槐树，灰色的树干上凹凸不平，布满了一个个尖尖的树针。每到春天，洋槐树开花时，从远处看，犹如一条银白色的长龙卧在翡翠般碧绿的麦田里，淡淡的清香飘满附近的村庄、田野。

辍学后的李霞为了喂家里的猪和羊，从春天到秋天经常和妹妹、弟弟到河堤上去割草。她会爬上高高的洋槐树，小心地避开树针。

弟弟在树下大声喊："小心点。"

"没事！"她大声回答，声音很快消失在暖暖的阳光里。

李霞摘下一串串白得像雪一般的洋槐树花，扔给站在树下的弟弟和妹妹，她轻轻摘下一朵花放在嘴里咀嚼，甜甜的味道一直甜到心里。一阵风吹过，有鸟叫声从树荫里传来，李霞一下子就能分辨出是什么鸟的叫声，那是一群灰喜鹊。家后面一棵柳树上就有一个灰喜鹊的鸟巢，很大，离老远就看到了。每天天刚亮就听到灰喜鹊叽叽喳喳的叫声，她对这鸟叫声太熟悉了。

那时的弟弟就是一个跟屁虫，每走一步都要跟着。现在眼前的弟弟一身笔挺的西装，俨然是一位成熟的老板，岁月啊岁月，你让这人、这世界变化得也太快了。

李方说："姐，你需要钱就说一声，我知道你们现在很困难，急需要钱，我已不像以前了，手头还可以，要多少支持多少。"

李霞说："暂时还不需要，需要时我自然会找你的。"

李方掏出一个信封说："这里有 5000 块钱，给姐夫买点营养品吧，我也不清楚他爱吃什么。"

杨满说："哪能要那么多呢，再说了病情也控制住了，快出院了。"

李方把信封放在杨满手里，杨满推辞不要，李方硬放在床上，便出去了，李霞也跟着出去。

到过道上，李方对李霞说："姐，刚才我在病房里不好当面对姐夫讲这事，其实我这次回来，还有另一件事，就是打官司的事，我被人告了，是被陷害的。"

"啊！吃了官司。"李霞吃了一惊。

"咋回事？"李霞急切地问。

"唉，一言难尽啊！"李方似乎有些犹豫，欲言又止，他说，"也怪我自己，把控不了自己，管不住自己的裤腰带，被坑了。"

"啊？"李霞不相信自己的耳朵，她好像陌生人一样盯着李方，她从来没想到这个在自己印象中一直老实巴交的弟弟竟然做出这等事来。

"那个女孩是谁？"

"你还是不知道好。"

"为什么？"

"不为什么！"

李方从口袋里掏出一包烟来，从中抽出一支，放到嘴里，好像意识到医院里不准抽烟，又把烟放到烟盒里。

李方默默地走着，李霞跟在身后，到了医院的院子里，医院花坛里各种花儿在春天里肆意开放。

"坐坐吧。"李霞在那个和老张媳妇经常坐的花坛边站住了。

姐弟俩坐下后，李方说："刚才在病房里没和姐夫说这事，因为牵涉到他的亲属。"

"谁？"李霞问。

"姐夫二叔的女儿杨静。"

"啊？小静？"李霞惊得张大了嘴巴，"小静不是嫁了一个大老板吗？"

李方苦笑了一下，再次把烟从口袋里掏了出来，抽出一支用打火机点燃，猛吸了一口，他缓缓地开始讲述似乎遥远而又正在发生的故事。

15年前，当他高考落榜后，父母想让他复读一年，他看着家徒四壁的家拒绝了，他想赚钱改变家里的经济状况。

"为什么非要上大学呢？不上大学难道就不能干一番事业了？"他毅然在春节后就跟着村里人一起直奔广东而去。

尽管当时也有同学邀他一起去当兵，说这是一条很好的出路。当年农村青年有两条比较有前途的出路，一是考大学，二是当兵。当考不上大学后只有当兵也许有前途。当兵到部队可以提干也可以考军校，当了军官一辈子铁饭碗多好。李方小时候也崇拜解放军，想长大了当解放军，甚至将来还想当一名将军，指挥千军万马，多威风啊。高中毕业后他的这一想法变了，他听说在部队当兵受到许多纪律约束，他感觉自己读这么多年书受到学校约束太多了，自己向往一种自由的生活。他听过村里许多在广东打工人的讲述，广东如何好，在他的想象中，广东就是一个天堂般的存在。

当他来到广东东莞的一家电子厂上班后，这远不是他想象中的生活，每天甚至上班10多个小时，除了上班就是睡觉，一个月仅有4天休息，遇上赶工甚至一个月都没有休息。收入也没有想象中那么多，他不喜欢这种生活但也没有办法，又能上哪去呢？

他在这样的生活状态中度过了5年，这个电子厂还有个特点就是女工多，而男工却相对少。

在这家公司里，有着高中以上学历的工人不多，李方有着高中学历，喜欢文学，有时还会写几首小诗，也投过一些报刊，当然了大多是杳无音信，泥牛入海。有一次在《东莞晚报》上发了一首不足10行的小诗，下面作者单位写着"远大电子有限公司"。刚好公司老板也是一名文学爱好者，他看到了李方刊登在晚报上的小诗，一看见作者竟然是自己公司的职工，感到很惊讶，没想到自己的公司还有这样的人才，立马让公司的人事部查找李方所在车间并把他喊到办公室。

有了这一首小诗，李方脱离了繁重的体力劳动，坐到了公司宽敞明亮的办公室中，成了某种意义上的白领。李方后来还经常感慨，文学的力量咋就这么大呢！

　　他再也不用去车间加班了，他也成了坐办公室的人了，办公室有着温度适宜的空调，甚至有好几种茶叶供他享用，事不多的时候他经常端着茶杯到曾经的车间里转转，看见曾经的工友在不停地干活，他心里甚至有些得意，有高人一等的感觉。

　　当然，他还住在以前集体宿舍里，住宿的待遇没有改变，晚上工友们在一起讲荤段子，他也会津津有味地听着。有一天夜里，他翻来覆去睡不着，心想："寂寞！太寂寞了，真需要一个女人了。"他迅速把经常在他身边转的女孩在头脑中过滤了一遍，没有让他心动的女孩。有没有让他心动的女孩呢？有！但他实在没有勇气去追她，甚至连这样的想法都不该有，他为自己有这个想法而难过，这简直是癞蛤蟆想吃天鹅肉。

　　当他第一次见到这个女孩时，他的心控制不住怦怦直跳，她穿着一身洁白的连衣裙，脚上穿着白色的高跟鞋，头上戴着一顶白色的渔夫帽，披肩长发一直拖到修长的腿上。那个女孩从他面前经过时，一股让人很舒服的香气迎面扑来，刹那间李方甚至想起高中时读过的一首诗，好像是戴望舒写的，"撑着油纸伞……丁香一样……的姑娘。"

　　这个姑娘望都没望他一眼，甚至也没望其他人一眼，就径直往老总的办公室走去。

　　他后来才知道这个让他心跳不已的姑娘是厂里老总的千金，刚从美国留学回来。

　　后来每次厂长的千金从他面前经过，他的心都会狂跳不止，他很想和她讲上一句话，哪怕只讲一句他都会心满意足。

　　有一天他到老总的办公室送材料，刚好老总的千金也在办公室正在与老总聊天。他敲了敲门，老总让他进去，当他发现那个姑娘也在的时候，他的心又忍不住跳起来，他不敢正视她，当他把材料放到老总桌子上的时候就出门了。他偷偷地瞟了那姑娘一眼，那姑娘看都没看他一眼只是低头玩手机，而老总也没有给他介绍一下，这让他很懊恼，甚至有一种失落的感觉。从那一刻起，他的内心就有了一个想法，将来一定做个老总，不然被人瞧不起。

　　他后来在围着自己转的姑娘中选择了一个做他的女朋友，这个女孩是四川人，也姓李，名叫李雨。李方其实也算不上多喜欢这个女孩，只是感觉这个女孩长得还可以，加上父母经常在电话中催婚，他也觉得应该有个女朋友，应该结婚了。正如一棵果树长到一定时期就会开花结果一样，是自然界的一个规律。

李方结婚后不久有了孩子，老婆在淮江的老家带孩子，他依然在广东这家电子厂打工，每年春节时回家与妻儿老小团聚，和绝大多数打工人一样，这样的日子过得平淡而又充实。

在他到广东的第8个年头，发生的一件事直接改变了他后来的走向。

这一年春节后他回广东时，村里照例又有一些青年男女跟他到广东打工，这其中有一个名叫杨静的女孩也跟他来到了广东。这个女孩是杨满二叔杨修志家的女儿，高中毕业没考上理想的大学，大专又不想上，想到外面去见见世面。李方考虑姐姐家的这一层关系，算算还是亲戚，当时杨满的二叔还专门到杨满家让他跟李方打招呼，多照顾一下杨静。在村里人看来，李方在广东混得不错，跟他混不会差。

这时的李方在公司的办公室写材料，意气风发，回乡俨然像个成功人士。在公司杨静对李方崇拜得五体投地，时间长了竟然有了依附之感。李方妻子李雨远在老家带孩子，李方长时间不碰女人也是饥渴难耐，加上杨静少不更事，主动接近李方，男女之事也就自然发生了。有了第一次就有第二次，李方后来干脆不住公司集体宿舍，和杨静在外租房过起了夫妻般的二人生活。

世上没有不透风的墙，这个公司好多工人都是李方和杨静同村的人，李方和杨静的事瞒不了同村的人，他们平时见到李方和杨静都好像用一种怪怪的眼神看着。杨静不再上班，花钱大度，靠李方养活，时间长了，李方捉襟见肘，收入成了问题。他还要定期打钱回去养活老婆孩子，又要养活杨静，眼看手中的钱快要用完了，维持生活都快成了问题。

杨静也慢慢变了，她开始和家乡的小姐妹出去玩，有些家乡的小姐妹嫌工厂的活累，赚钱少，便去了足疗店服务、KTV陪唱，工作轻松而且来钱快。

李方反对杨静这样做，时间长了，矛盾也就多了起来，争吵不断。

有一天杨静对李方宣布：怀孕了。

李方一听就傻了。

杨静说："咋办吧？生下来，那你要与老婆离婚。"

李方说："打下来。"

杨静把头一扬："什么意思？你以我是小猫小狗想咋弄就咋弄？"

李方说："那你想咋办？"

杨静说："想打下来也行，要赔我精神和身体损失费。"

李方说："赔多少？"

"30 万！少一分都不行！"

李方以为杨静是在开玩笑，自己有几斤几两她难道不清楚？

"啊？你把我杀了吧，我上哪弄这么多钱呢？"李方问。

"这我不管，你自己想办法，否则我生下来直接住你老家去。"

李方这下没辙了，他哀求杨静："你也知道我现在的处境，别说 30 万就是 3000 也拿不出来啊。"

杨静想了一下说："这样吧，我看你也可怜，有本事快活没本事承担后果。你打个欠条给我，3 年内还我欠条上的钱，我这也是对你仁至义尽了。"

李方被迫写下了一张 30 万的欠条，杨静拿着欠条仿佛从人间蒸发一样，消失得无影无踪。

此后 3 年李方坐了 2 年牢后，从钢筋工干起，后来又带班，自己包活儿干，直至包整栋楼建，李方俨然成了一个包工头，腰包也渐渐鼓了起来。

3 年后的一天，杨静出现在了李方的面前，她显得更加妖艳了。眼睛周围描了黑眼圈，假睫毛长长的，有些像童话书上公主的眼睫毛，黑色的头发已染成了金黄色，高跟鞋跟只有尖尖的点接触地面，由于跟太高走起路来真让人担心会跌倒。

"我信守承诺，3 年内没找你吧，现在 3 年也过去了，按当年的约定给钱吧！"杨静望着李方，嘴角似乎有一点笑意。

李方说手中没钱。

杨静淡淡一笑："没钱，谁不知你是个包工头啊，不想给是吗？法院见。"

没想到，杨静真的上法院把李方告了。

在开庭前，杨静又来找过李方几次，只不过不是一个人来的，而是带着一个光头男人。这个男人脖子上戴着像狗链子一样粗的金项链，粗壮的手臂上还文着一条龙。那条龙龇牙咧嘴，仿佛要把人吃了。

　　李方很害怕，不停地换住处，但也奇怪杨静总能准确地找到他新的住处，李方觉得自己被长期跟踪上了，想想都不寒而栗。

　　李方后来晚上都不敢回住处，总担心那个光头男在房门前。他晚上愁得睡不着觉，干脆到酒吧喝酒消愁。一天晚上，李方在酒吧喝酒突然看到一个熟悉的面孔，他的心猛地狂跳起来，一种很久没有的激动感觉又重新出现了。

　　一个女人正向他缓缓走来。

　　他几乎屏住呼吸。

　　"帅哥，可以请我喝杯酒吗?"

　　"好……好……好!"李方似乎都有些语无伦次了。

　　他头脑中一下子出现了几年前的那个场面，那个一身白衣从眼走过的高傲女子。

　　"对，就是她，以前电子厂老总的女儿。"

　　谢天谢地，这个女人认不出他。

　　李方一杯酒下肚，胆子也大了起来，开始和那个女人一杯一杯地喝。

　　从聊天中，李方得知以前的老总破产了，工厂因欠银行贷款被拍卖，这个女人为了生活只好到酒吧推销酒水。

　　李方想到以前的老总对自己很好，一时竟涌上些许伤感。

　　他们都喝高了，临走时，那个女人说需要陪可以跟李方去，李方摇摇头拒绝了，他不想破坏这个女人在自己心目中的高贵形象。

　　李方给了她双倍的小费，头也不回地走了，而且以后再也没有光临这家酒吧。

　　为了躲避杨静的纠缠，又听说姐夫杨满住院，李方决定回家一趟，也想一想解决办法。

　　"李方啊，李方，你叫我咋说你好呢?"李霞恼怒地望着李方，"妈都这么大岁数了，你还不省心。"

　　李方默不作声。

4

又一次检查结果出来了。

当李霞看到检查结果时，这段时间的好心情迅速消失了，杨满的各项检查指标与半个月前检查的结果基本没什么变化。

王医生对李霞说："肝病就是这样的，反复不定，有的指标降了以后过些时间还会反弹，这也就是肝病难治的原因。人们说谈肝色变，也就是说肝病不好治，难治也要治，终归会治好的。"

王医生似乎在安慰她。

杨满得知结果后似乎有些着急，躺在医院都一个多月了，又去了上海一次。

他开始变得沉默不语。

星期天，小满来看杨满，是奶奶带他来的。

母亲看到杨满愁眉不展的样子，知道检查结果不理想。她想了想，把李霞叫到病房外的过道。

"我在老家听说金锁镇有一个神仙，能除病祛灾，好多人都看好了，我想让杨满也去找他看一下，说不定就看好了呢。总之也不远，才七八十里地。"

李霞惊讶地望着婆婆问："可行吗？"

"这有什么不行的。就是买点礼物带上就行了，就当是走一回亲戚。"

"我还是问下杨满的意见，病房里还有另外的病人听到这事也不好，下午我和杨满出来散步的时候和他商量一下。"

当李霞向杨满说这事时，杨满惊讶地望着她："这能行吗？"

"妈也说了只当是走一回亲戚，刚好也出去转转，我待在这里这么多天都快闷死了。"

杨满点点头。

"选择一天，挂完水就去，坐车要一个多小时。明天就去吧，我就和王医生说想回老家看看。"

"我待会儿回去一下和妈说一下，准备一下礼物。"李霞以商量的口吻对杨满说，"今晚我就不过来了，明早再来好吗？"

李霞回到家后却看到公公杨修敬正坐在沙发上生闷气，婆婆孙兰坐在房间里的床上也是一句话也不说。李霞感到气氛不对，把婆婆房间门关上，悄悄问婆婆发生了什么事。孙兰说："老杨不同意去金锁镇看那个神仙，他说这是封建迷信，是装神弄鬼糊弄人的把戏。我只是想这事宁可信其有不可信其无，试试有何不好？也没有什么大损失，只是带点礼品而已。"

李霞笑了："我当是多大的事，原来是这样，我去和爸说。"

"爸爸，您也不要生气了，这神仙我们也早就听说了，也早就想去看他长啥样子。我就想带杨满去舅舅家散散心，待在医院也太久了，顺便去神仙那儿看看热闹，让杨满开心开心。"

杨修敬点点头。

"带杨满散散心这还差不多，都什么年代了还相信迷信。"

当杨满娘仨坐上开往金锁镇的公共汽车时已近中午 11 点。

时值初夏，春天的繁花已落尽，树木尽显葱绿。一些鸟儿在碧绿的麦田上空悠闲地飞翔。

杨满他们乘坐的公共汽车很破旧，噪声大，车速慢，其实速度也根本开不起来，路况也不太好。虽说是柏油路，但年久失修，坑坑洼洼，有时乘客都被颠得从座位上弹起来。

李霞和婆婆坐在一排，她紧紧抓着婆婆的手，担心她摔倒，毕竟年龄也大了。杨满似乎习惯了，他眼睛一直向着窗外看风景，好久没有出来了，这些熟悉的景致再一次出现，他看着这一切感到很舒服。作为礼物的一箱洋河大曲酒放在座位下，杨满一直担心酒瓶会被颠碎。

出了县城，一路上不时有乘客上上下下，加上车本来就行驶不快，杨满已感到有些饿了。

临河、仓集、洋河、陈集，这些熟悉的乡镇一个一个过去了，屠园也快到了，这个他生活了近 40 年的地方，在杨满看来，它既熟悉又陌生。

他听到屠园名字的时候心都感觉暖暖的，这是屠园乡的地界，麦浪像一片海洋，望不到头。阳光里夹杂着麦香味道，天是蓝的，像倒挂的海，两片海在无边的尽头交汇。

原先的一些村庄都是散落在麦田中的，那些红色的房屋像一团团红色的火苗在海浪里燃烧。如今这些火苗再也不见了，包括自己家的那团火苗，他试图寻找自己原来家的地点，但除了麦田还是麦田，没有一点家的痕迹。杨满似乎有些伤感，他看了一眼母亲和妻子，她们闭上眼睛似乎已进入休息状态。

金锁镇属邻县的一个乡镇，也是老家屠园的一个相邻乡镇，杨满以前经常来这个乡镇，母亲的娘家就是金锁镇人，他的舅舅和姨的家都在镇上，小时候只要放假他都会来这个镇上，他对这个镇太熟悉了，熟悉得哪家他都能叫上名字，甚至比自己村里还熟悉。

下午1点多，公共汽车终于晃到了金锁镇的大街上。

人疲惫不堪，感觉车也疲惫不堪。孙兰说："已过了饭点，不好再到舅舅家去了，人家已经吃过了，找个小饭馆吃点吧。"

金锁镇的主要街道是一个十字街道，由于已是下午1点多钟，街道上人已不多，这一天也是逢集日，卖布的、卖菜的、卖杂货的、卖鱼虾的都在收拾东西准备回家了，空气中飘荡着臭鱼烂虾的味道。

一行3人走到十字街道向东的一个名为"风味小吃"的小饭馆，此时饭馆里显得冷冷清清，一个50多岁的胖女人，坐在吧台后边打着盹，一只手还拿着一个粉红色的苍蝇拍子。一些苍蝇飞来飞去，有的落在桌子上吮吸着没有擦尽的油水，也有一些落在胖女人胖嘟嘟的脸上、手臂上，胖女人立即拿着苍蝇拍使劲地拍着，不一会儿就有几只苍蝇尸体躺在桌面上或地上。

看到杨满一行进来，胖女人立马站起来从吧台后面走出来，满脸堆笑，问吃点什么，鸡、鱼、肉、蛋，炒菜、烧菜都有，随便点。

李霞随那个胖女人到厨房间点菜，杨满和母亲在一张桌子后坐了下来。此时他们已渴得嗓子冒烟，杨满从桌子上的铁茶壶里倒了三杯水，一杯递给母亲，一杯放到自己的面前，还有一杯给李霞。

不一会儿两菜一汤上来了，三个人赶紧吃饭。

那个胖女人又站在吧台里，看来是等着结账了。

"请问金庄的金神仙家怎么走？"孙兰问那个胖女人。

"他啊，很好找的，顺着这门前的大路直向东走，到第二个十字路口，那儿有台变压器，再向西走过两个庄子就到了。大约有4里地。去他家的人可多了，看病可神了，人家是神仙哟。"

杨满看了看地上的酒，又看了看李霞："我看还是借自行车去吧，这空身人好走，这酒不好扛啊。"

"那到你舅舅家去借吧，离这儿也不远。你俩都去，一人一辆，我在这等。"孙兰说。

杨满和李霞一起出去了，不一会儿一人骑着一辆自行车过来了，杨满背着酒，李霞用自行车带着婆婆按胖女人所指的方向而去。

一路上又问了两个人才找到金神仙家，此刻金神仙家大门紧锁，门前有几个满面愁容的人在等待。

听说金神仙去前庄打麻将去了，有一个中年人自告奋勇要到前庄去找，他说："如果他要打一下午的麻将这岂不是白来了吗？我们还要急着赶回家呢。"

下午3点多钟，在大家焦急地等待中，金神仙回来了。

金神仙60多岁，花白头发，背有点驼，上身光着，一件单衣挂在肩上，嘴里还叼着一根烟。他见到大家也不打声招呼，甚至看都不看一眼，径直到了家门口，掏出钥匙打开了前门，自己先进去，看病的人一起跟在后面。到了堂屋门口，他停住了："按来这儿的时间顺序一一进来，其余人在门外等着。"

一对老夫妻进了堂屋，其他人只好在外边慢慢等着。

杨满一行是最后进入堂屋的，其他人都比他们来得早。杨满娘仨进入屋内时，看到金神仙正在抽烟，他皱着眉，歪着头看着外面，眼睛也不眨一下。金神仙家堂屋正中墙壁上挂着一幅松鹤延年图，丹顶鹤的红顶已被灰尘盖住，看不出红色，两边的条幅一个从中间撕破了。松鹤延年图的上方挂着马、恩、列、斯、毛五位伟人画像。条幅的右边是一张《红灯记》剧照，奶奶和李铁梅高举红灯，目光坚毅。两边墙上各挂着褪了色的大红灯笼，灯笼下面分别是《智取威虎山》系列剧照和《天仙配》系列剧照。

"你们谁看病？"金神仙开口说话，吐出一口烟雾，屋里顿时烟雾缭绕。李霞被呛得忍不住咳嗽了几声，金神仙瞟了她一眼。

"是我，我看病。"杨满说，此时不知是天热还是紧张，他已满脸是汗，他用手抹了一把汗水。

"把手拿过来。"金神仙说着，猛吸了一口烟，刚好吸到烟蒂，他把烟蒂往门口使劲一扔，刚好有一只苍蝇不知什么原因掉在那个烟蒂旁边，苍蝇似乎还没有死但又飞不起来，腿在胡乱地动。

"你的胃不好，有胃炎吧，消化功能差。"金神仙也不问对方有什么病，只是一个劲地说着。

"是有些不好。"杨满想肝功能不好也是属于消化之列，只能从大的方面来联系了。

"你老家院子西边是不是有一棵老桑树，老桑树向东有一个枝丫被锯了留有一个大疤？"金神仙此时眯着眼睛，似乎已进入梦幻中。

"是啊，确实是这样，这棵桑树直到拆迁时才挖了。"孙兰连忙说，她眼中一亮，仿佛对金神仙的准确判断而惊讶。

"你家东边还有一棵老柳树，主干歪向东，上部直着向上。"金神仙也不回应孙兰刚才的话，还是按自己的方式说着话。

"是啊，老神，你说得太对了。"孙兰指着杨满说，"他小时候还在这棵柳树下荡秋千呢。"

李霞一句也不说，静静地看着金神仙说着，也不知道她内心在想什么。

杨满对此却不以为然，以前老家没拆迁时，家家户户门前屋后都是桑树、柳树、洋槐树。

他想试着再进一步问自己还有哪些病，心里想如果他提到肝就说明他算得准。

这时金神仙已经把手从杨满的手腕上移开，不再号脉。他从桌子上的烟盒里抽出一支烟放到嘴里，用打火机点燃。

"你看他还有什么毛病？"李霞突然问了一句。

金神仙看都不看她一眼，"刚才不是说了吗？消化不好，胃不好，还包括胆囊等都不好，你这地方是不是不舒服？"他指了指杨满肋下，依然没有说出肝的问题，杨满想总算也沾点边了。

"你说他哪来的这病？"孙兰问。

"是猴子精附身。"金神仙说。

"啊!"孙兰惊讶地张大了嘴巴,她连忙问如何把这猴子精请走。

金神仙用手指着孙兰和李霞说:"你们俩出去一下。"

她们俩出去后,金神仙到里面房间里取出桃木剑披上法袍,围绕着杨满挥舞着桃木剑转圈,口中念念有词。

过了10多分钟,金神仙坐在自己原先坐的凳子上,直喘粗气。

又过一会儿,他脱去法袍。

"好了。"他把法袍和桃木剑又送入里屋。

杨满到屋外把母亲和李霞叫了进来。

金神仙闭着眼,也不说话。

孙兰站起来:"今天来也没有什么东西带给你,带一箱酒给你喝。"

金神仙微微点点头。

他们仨告别金神仙向屋外走去,金神仙也不起身。

"他说的能信吗?"李霞问。

"宁可信其有也不能信其无啊。"孙兰说。

杨满在一旁默默地走着,此刻太阳已到树梢,红红的,天空中有许多飞来飞去的蜻蜓,似乎漫无目的地飞,有微风吹过,杨满打了一个寒战。

他们骑上了自行车向金锁镇方向出发。孙兰说:"神仙真是神仙,真准!"

李霞和杨满只是骑车,一句话也不说。孙兰依旧坐在李霞的车上,杨满本来要让母亲坐他的车,孙兰不让,说他病还未好,身子骨还很弱。

快到金锁镇街上时,李霞问并排骑行的杨满:

"你相信金神仙说的话吗?"

杨满摇了摇头。

"他几乎没一点对上的。"

"我感觉他说得很准啊,比如他说我们老家的桑树位置、柳树位置……"孙兰反驳。

"农村哪家不栽这树呢?"李霞笑着说,"我们回去过一段时间就知道结果如何了。"

"治好了也是医院治好的,我也怀疑这个神仙,说这些都没用,只当过来看热闹的。"杨满说。

还车时，杨满的舅舅和大姨都挽留他们吃晚饭，住一宿再回去，天已很晚了。杨满外公更不让孙兰走，父女俩也是好久没见了。孙兰说："杨满明早还要挂水，今晚必须赶回淮江县人民医院。"

亲戚也不好再留，他们送杨满3人至公交车经过的地方，刚好有一辆公共汽车开过来，问司机是到淮江的，一行人上了车。车上乘客不多，3人分散3个座，车上正放着一首流行歌曲：

"就让这大风吹，大风吹，一直吹，吹走我心里那段痛，那段悲，让暴雨冲洗风中唏嘘……"

乘客们都闭上眼睛，车窗打开，有大风吹进来，接着黑暗也涌了进来。

5

杨满怎么也没有想到，住在同一栋楼的何有为会到医院来看望他，还带来了一篮子水果和一箱牛奶。

他们两家是有矛盾的，甚至还动过手。

这件事还是从半年前说起。杨满老家拆迁，他搬到了县城，购买了这个名叫城西花园的小区，他们村拆迁户好多都购买在这个小区。他和李霞商量后便决定购买这个小区的房子，主要是考虑到这个小区有好多熟人，将来也好相互照顾，另外一个原因就是这个小区房子价格便宜。夫妻俩征求杨修敬和孙兰的意见，两位老人也同意，只要你们看好就行，哪有不同意的。

当杨满和李霞来购房的时候，这个小区的房子都卖得差不多了，只剩下部分一楼和顶楼。两口子商量后决定买一楼，一楼不用电梯，两人都不想爬楼，父母年龄也大了爬楼更是不方便。

拆迁款是不够买房子的，本来购房可以做一部分银行按揭，李霞不同意做按揭，她认为家里没有固定收入，每月都要付银行按揭，压力太大，心理承受不了，想借钱全款付清。这个年代谁肯轻易借钱呢？除了自己的父母和兄弟姐妹外都不好张口。

杨修敬复员回来后一直在家务农，老人很低调从不在外人面前炫耀自己曾经的辉煌，就想老老实实做一个农民。他把军功章放在一个箱子里，从不

42

示人，甚至杨满都没有看到过。从部队复员回来后，他也搞过一些副业，种过蘑菇，搞过水产养殖，后来又学了一门油漆手艺。杨修敬也算是头脑灵活，这些年手中也有一些积蓄。杨军 2016 年买房时，杨修敬拿了 10 万元，现在 4 年过去了他又积攒了 10 来万元。

这次杨满要买房了，杨修敬自己也清楚必须支持。他利用自己过生日的机会，在饭桌上公开宣布，自己把全部剩下的积蓄 10 万元给杨满，刚好兄弟俩买房都一样，每人 10 万元。

李霞说："爸，无论怎样我和杨满都尊重您的决定，只是这钱我们不能要，您老两口留着养老吧。拆迁后你们也没地方住干脆就住我们家吧。"

这话说得杨修敬心里暖暖的，老伴孙兰更是感动得不停用手抹眼泪。

杨修敬望着杨满说："将来我和你妈就住你们家，一来我和你妈一直和你们住一起也习惯了，二来小满还需要人照顾，放学回家后要有人给他做饭洗衣。你们平时忙，也照顾不了小满啊，我和你妈还能帮着带带孩子。"

孙兰看了看二儿子杨军和二儿媳妇王诗远一眼，两人都在低头吃饭。

孙兰说："两家孩子都小，我们做老人的轮流照顾吧，谁家需要去谁家。"

王诗远说："大哥买房子按道理讲我们家也应支持的，只是买房后每月还要还按揭，实在没钱支持了。"

杨修敬对杨军说："老房子拆迁的钱本来是你们兄弟俩共有，只是你哥手里也没什么钱，先给他吧，你应得的部分我再赚钱给你。我现在还不算太老，还能赚几年钱，再赚个十万八万应该没太大问题。"

杨军看了一眼王诗远。

杨军说："我读了这么多年的书，花了家中不少钱，哥哥很早就不读书出去赚钱养家了，这拆迁款理应给哥哥。"

杨满说："按我们当地风俗，老人财产下一代都应平分的。"

李霞说："杨满这几年也没赚到多少钱，房子买下后过几年家里条件好些我们再拿出钱给杨军。"

王诗远说："都是一家人不分彼此，我们不要你的钱，只要二老幸福就行了。"

杨修敬微笑地看着眼前讲道理明大义的儿子和儿媳妇，一种幸福的暖流涌上了心头。

拿房那天，杨满和李霞开心地在房子里一个房间一个房间地看着。

终于有属于自己的房子了。

李霞说："你自己就是油漆工，过些日子你把墙面大白做一下我们就搬进来吧。"

杨满说："还是要简单装修一下，毕竟是自己住，你看楼上那些人家装修得多漂亮！"

李霞说："现在不是没钱吗？有钱都好看，谁不想往脸上贴金呢？刮上大白比老家的房子好太多了。"

杨满说："也不能太寒碜，亲友来家做客看了也不好。"

两口子经过反复权衡，打算简单装修一下。

李霞向自己的弟弟和妹妹各借了几万元简单装修了一下便住了进去。

谁知住进新房才几天，杨满便和住在楼上的何有为发生了矛盾。

何有为是城里人，其实也不完全算城里人，他的父亲是县轧花厂老工人，以前也住在农村，后来他和母亲沾了父亲的光，"农转非"成了城镇户口，便和母亲一起来到了城里。何有为来到城里读小学，后来读到初中毕业没考上高中，帮母亲在小市场摆了2年地摊，后来通过招工进入了县纱厂，纱厂倒闭改制后他成了下岗工人，为了生活他又跑起了出租车，据说出租车的生意还不错，比一般工厂上班人收入高多了。

何有为这人来城里时间长了真的把自己当成了城里人，对农村人有些瞧不起了，他老婆更是如此。原先也就是城郊的农民，后来城市扩张，县化肥厂搬迁到郊区刚好占用了她家的土地，便土地带人也成了城市户口，成了所谓的城里人，她也到县化肥厂上班，几年后化肥厂也倒闭了，后来夫妻俩一合计便跑起了出租车。

本来住一个单元楼低头不见抬头见，何有为这夫妻俩见面几乎不和本单元的邻居打招呼，尤其是杨满和李霞一家，他知道杨满一家是从农村来的，见面似乎望都不想望一眼。

一天，李霞在自家阳台外面的被架子上晒被子，下午李霞收被子时发现被子上被烟头烧了一个大洞，找物业，物业的人说一定是楼上的人干的，至于谁家也不好判断，没有监控，认倒霉吧。李霞气得站在楼道口大声嚷嚷，让扔烟头的人赶快承认，下来说一声，结果没有一家下来承认。

第二天中午吃饭时，李霞又在楼下嚷嚷，说再没人下来就要骂人了。还是没有人下来承认，李霞便开始骂起来了。

这时何有为出现了。

他老婆替他开车，他回来吃饭。

李霞骂得很难听，何有为指着李霞说："骂都骂你自己，是我不小心扔出的烟头，我咋知道你晒被子？"

"你他妈的没长眼！扔之前不能把狗头伸出来看一下吗？"李霞不依不饶。

"你一个乡巴佬狠什么狠，再骂打你的嘴。"何有为说着便向前扑上去。

杨满听到李霞和何有为在对吵，连忙出来，正好看到何有为向李霞扑去，他一个箭步上去，揪住了何有为的领口。

这时围观的邻居见两人打了起来，便纷纷上来拉架。

自此两家成了仇人。

这次何有为竟然提着水果来看望住院的杨满。

杨满和李霞以为何有为走错了门，便装作没看见，哪知何有为进入病房后，站在杨满的床前没有要走的意思，看来没有走错门。

"兄弟啊，你身体不舒服我也不知道。你也知道我开出租车不知道也正常，我也是刚听说这就过来了。"

"请坐，请坐。"李霞拿了个板凳让何有为坐下，又拿了个苹果削好了皮用水洗了洗递给了何有为。何有为连忙推辞说不用。

李霞硬塞给了何有为。

何有为边吃边说："我现在是小区里我们住的这栋楼的楼长。大家都住一栋楼，远亲不如近邻嘛，有困难都伸伸手拉一拉就不一样了。"

"做官了啊。"杨满笑笑说。

"你就不要笑话兄弟了，是这样的，物业的老板是我同学，我们这栋楼没人愿意做这个楼长，我这个同学硬把这个头衔安在我头上了。"何有为笑着说，"其实啊，这是个挨累不讨好的差事，我也就勉为其难了。"

"总之能为大伙做事都是不错的，至少能有一份担当，能把大伙团结起来。"杨满说。

"我以前做得也不太好，甚至还和你们发生过不愉快。后来我想了许多，自己做的不到之处还是请你们谅解一下。"

李霞说："上次的事我骂人是不对的，你也别往心里去。"

何有为说："我何有为做错在先，说道歉应该是我才是啊。"

杨满本来是躺在床上，他连忙爬起来，笑着说："我们是不打不相识，有多大事啊，都是兄弟。"

李霞想为何有为倒一杯水，她摇了摇开水瓶，空了，连忙出去到开水房打水。

"我还是听儿子说你住院的，我儿子何谷和你家小满在学校是一个班的，还是好朋友呢。"何有为说。

"我也听儿子说过他和何谷是同学。"杨满说。

何有为顿了顿，从口袋里掏出了一个信封说："这是我们这栋楼的捐款，一共 5000 元，你收下吧。"

"啊？"杨满和李霞都惊讶地张大了嘴巴。

"这事你也没告诉我们，也太秘密了吧。"李霞说，"太感谢你了，谢谢！"

"说感谢就不必了，楼上楼下的。谁家有困难拉一把是应该的！"何有为说，"我们这栋楼的业主还是团结的。"

"你这个楼长功不可没啊。"李霞说。

何有为告辞的时候，杨满和李霞坚持送到楼下。望着何有为的背影，杨满说："都说江山易改，本性难移，我看何有为就变了不少。"

"就凭给你组织捐钱就证明了？还要长期观察的。"李霞说。

此刻县医院门前的大街上人来人往，汽车喇叭声不时响起，杨满感觉自己是被关在笼子里好久了，他渴望出去，在大街上自由行走，哪怕像一只流浪狗也行啊，至少是自由的。

第三章　到南方去

1

月亮升起来了，月光把整个村庄照得像白昼一样。

虽然已经立夏，但入了夜还是让人感到一丝冷意。夜风吹动树梢，轻轻摆动，在李方的眼里，这仿佛就像是魔鬼在舞蹈。

池塘里的蛙声在风中时隐时现，或高或低，如交响乐。李方对蛙声似乎很烦躁，他不停地在家门口的打麦场上走来走去。

他已 3 年没有回到老家，家乡已经变得很陌生。以前熟悉的人，有的死了，有的离开了，新生的一代他也不认识。

在家乡，他似乎是一个外乡人。

打麦场上除了李方之外再没有第二个人，月光照在他身上，地上也留下了他长长的影子。随着他的走动，影子也在不停地动，如同鬼魅相随。

好多事凑到一起迫使他不得不回来一次。

他最近被杨静搞得焦头烂额，杨静回来了，甚至去找了他母亲，母亲在电话中亲口说的。杨静对李方母亲说，李方借了她一大笔钱赖着不给，她已起诉了，要李方母亲用拆迁款抵债。杨静的父亲杨修志更是到处散布李方是个大骗子，在外边专门坑蒙拐骗，让李方无颜回来。

李方妻子李雨在老家带孩子，也听到了李方和杨静的风言风语，她在电话中质问李方，刚开始，李方也不承认，妻子也只是猜测没有证据。后来和李方一起在广东打工的村里人回来说得多了，她慢慢开始相信了。杨静回乡后甚至专门找了李雨，说李方在广东追求她，还借了她钱赖着不还。

李雨长期和李方在电话中争吵，李雨提出了离婚，李方不愿意。

他不想和杨静结婚，在李方看来，杨静只适合玩玩不适合结婚，如果他和杨静真结婚了，他一辈子也不好再回到村子里了，甚至母亲也会被气死的，她把脸面看得比生命还重要。

李雨后来实在忍无可忍就带着孩子回了四川。

李方想去找回妻子，觉得自己有错在先无颜见娘俩，又被杨静缠得没办法，只好暂时放一放。

这次村里拆到了他的房子，有不少人家已经签订了拆迁协议，甚至有些人家的房子已经开始拆了。

姐姐李霞家是村里第一批拆迁户，去年拆迁的时候遇到的阻力比较大，甚至有些村民拒绝拆迁，抱出煤气罐要与房子共存亡。

李方的房子属于村里第二批拆迁的房子，有了上一批拆迁的基础，第二批拆迁工作就好做多了，这一批一共涉及 30 多户人家，现在已经有一半人家签订了拆迁协议。

拆迁工作队人员每天都到李方家做他母亲的工作，李方母亲心里也很着急，多次打电话让李方回来把拆迁的事定下来。

现在就要拆迁了，李方不知如何处理。还好房子的产权是母亲的，现在杨静胜诉了，李方的银行账户被法院冻结了，如拆迁费打到自己的账户上一定会被法院执行，现在产权是母亲的，那钱一定会打到母亲的账户上。他和杨静的事以及家里拆迁已经让他心烦意乱了。

李方想起 30 年前，当时他还是一个孩子，村里的孩子特别多，整天叽叽喳喳的，如冬天傍晚停在屋檐上、树枝上的麻雀一样多。好多个夏夜，各家门前的打麦场上，大人们坐在凉席上聊天，孩子们在周围跑来跑去。后来和他差不多大的孩子渐渐长大，如候鸟一样飞向远方，只有到夏收或春节才会回到家里。再后来自己也变成了其中一只候鸟，高中毕业后便和同伴一起南下广东打工，刚出去的几年似乎很想家，每年都要回来几次。

后来李方回家的次数渐渐减少以至于几年也不回家一次。家乡对他的吸引力越来越弱，更准确地说，他适应了广东这个地方，特别是春节时，南方温暖舒适，而家乡则是冰天雪地，他虽然生在北方却天生怕冷。作为一个 80 后，他小时候不像大姐李霞还受过缺吃少穿的罪。

没去广东之前，李方认为广东是个大地方，有着想象不到的富裕。每到春节，从广东回来过年的年轻人都会说广东如何好，李方会想象着广东的样子——数不清的高楼和工厂，那儿的人们过着天堂般的生活。他对广东充满着向往。高中毕业后的那个春节，李方便跟着初中同学田小雷前往广东，到广东后李方先在东莞工业园区的一家电子厂上班。在苏北农村，他的眼里东莞就是一个大都市，大街上有着数不尽的高楼，他从高楼下走过都不敢过于靠近，总是担心楼会倒下来砸到自己，他也不敢看楼顶，头晕，仿佛一座大山压下来。

这家名叫远大的电子有限公司有 1000 多个工人，每天下班时工人黑压压一片，远看像蚂蚁搬家一样，李方从来没看到这么多人在一起上班。他在工厂里干的是搬运工，组装电子元件大多是女工，她们穿着工作服在车间里紧张地忙碌着，每人面前一盏台灯，整个车间亮得像白昼。

李方和田小雷在不同车间，但是住在同一宿舍，每间宿舍 8 个人，4 张高低床，李方和田小雷住一张床的上下铺，另外 6 个人分别来自河南和山东，这样一来这间宿舍就住着 3 个省的工人。

李方和田小雷是最后住进来的，几天后就和其他工友非常熟悉了。男人之间似乎没有谈话壁垒，晚上熄灯后便是卧谈会，女人则是永恒的话题。哪个车间又来了一个美女，哪个老乡又谈了一个女朋友，厂里那个好色主管上了哪个漂亮女工的床，谁晚上路过公司外面的小树林看到一对男女脱光了衣服……

李方和田小雷最渴望睡觉前这样的卧谈会，他俩会感到莫名兴奋。长这么大，他们除了自己的母亲外似乎还没碰过女人，身体中的雄性激素像海水一样波涛汹涌。

周六晚上老乡们会相约到公司附近的小饭馆喝酒，李方酒量不大，喝几杯脸就红了，感觉头脑晕胀，不想喝，但老乡们不让，只有硬着头皮喝下去，一直喝到吐了才肯罢休。这个聚餐通常是轮着请，吃饭是最放松的事，再也不用说拗口的普通话，乡里乡音，听起来特亲切舒服。家乡的人和事总是说不完，这家的老人去世了，那家刚娶了媳妇，另一家刚生了一个胖小子……

有的老乡回家相亲成功，回来后免不了主动请客，这不在轮流坐庄排序之内。

李方有时在卧谈会结束后，在漆黑的夜里会睡不着，他索性睁着眼睛，想着他喜欢过的每个女孩。

在每一个学习阶段，他都有一个喜欢的对象，幼儿园时他喜欢一个邻组的女孩，那个女孩白白胖胖的，老师喜欢叫她回答问题，比如参加学校宣传队等好的机会总是找到她。李方喜欢看着她，渴望和她同桌，这种感觉一直持续到小学二年级，这个小女孩不读书了，原因是她的父母不让她读了，认为女孩不需要读多少书，总之要嫁人的，便让她回家带弟弟妹妹。李方现在甚至记不清这个小女孩的名字。

李方后来又喜欢班上一个叫夏晓玲的女孩，这个女孩个子高高的，像他家门口高大挺拔的白杨树，他常常望着她的背影发呆。直到小学考初中，夏晓玲没有考上，而他却考上了初中，渐渐夏晓玲便从他的世界里消失了。

初中时李方到乡里中学读书，这里他见到了让他一生都无法忘记的美女同学，名字叫王晓霞。王晓霞是个外乡人，爸爸在乡政府上班，好像是个什么助理。在李方的眼里助理可是个大官啦，王晓霞在李方眼里就是仙女一般的存在，白白的脸盘，大大的眼睛，亭亭玉立的身材，他见到她眼睛都不会离开。他时常想上帝咋会创造出这样的美女，希望她一直在自己的视线中不得离开，他每次见到王晓霞都有一种心跳的感觉。

王晓霞比李方低一级，他知道她的教室所在，每次经过那个教室他都会情不自禁地向窗户内瞟一眼希望看到她。有时与王晓霞走路时相遇，李方都会停下来，静静地看着王晓霞走过，呆呆地望着她的背影，直到消失。

李方无数次憧憬将来能和王晓霞结婚，想象着婚后的幸福生活，他甚至想只要王晓霞同意和自己结婚，哪怕王晓霞让他立即死去都愿意。

中考后李方考上了一所乡镇普通高中，他了解这所高中，连续几年高考都没有考上一个本科生，本来想放弃出去打工但父母不同意，李方的高中3年就是打架斗殴、谈情说爱的3年。高二时他给一位女生写了一封情书，这也是李方生平写的第一封情书，其实他并非真心喜欢这个女生，只是附庸风雅而已，班上好多男生都写了，他不想写但他那些狐朋狗友一再让他写，他也就勉为其难写了，写好后他的好朋友帮他放在那个女生的书包里。他知道这个女生无法替代王晓霞在自己心中的地位，他把对王晓霞的暗恋只能偷偷地埋在心里。还好那个女生收到情书后也没什么动静，他似乎有些沮丧，后来也就淡忘了。他到广东和老乡们一起喝酒，喝高后谈到女人时会毫无顾忌地说这一辈子只喜欢过 3 个女人，老乡问这 3 人中最喜欢哪位，他会脱口而出王晓霞，又问他咋不去追啊。李方总会摇摇头，说自己配不上她，他说到广东后的第一年春节还大胆地找过王晓霞，这也是他到广东后锻炼的胆量，他打听到王晓霞家所在地，废黄河北岸，一个叫杨庄的村庄。他骑着自行车到了那个村庄，打听到王晓霞家的具体位置，当他来到王晓霞家附近时又有些后悔，自己贸然前来似乎又有些不妥。他绕到房子前面，一条大白狗坐在门口虎视眈眈地望着他。王晓霞家的宅基很高，红砖红瓦的房子被高大的树木包围着，有洋槐树、柳树、杨树、桑树等。

李方和那条大白狗对峙着，一个老妇人从前屋里出来，花白头发、圆圆的脸，她吆喝了一下狗，那条大白狗便乖乖地向屋里走去。

那个老妇人微微一笑，对李方说："到家里坐啊!"

李方发现那老妇人的笑容与王晓霞的笑容非常像，就是民国时期大明星胡蝶那样的笑。

"不用了。"李方显得有些局促，又有些尴尬。他不敢说自己是来找王晓霞的，他一下子失去了那个勇气。

李方后来了解到王晓霞后来到重庆读了中专，中专毕业分配到了乡政府，和一个财政所的副所长结婚了。

2008 年，也就是北京办奥运会的那一年，李方 20 岁，同宿舍的几个工友，有的结婚，有的有女朋友，就连田小雷都有了心仪的女孩，而李方依然是孑然一身。

田小雷心仪的女孩，名叫王小云，河南驻马店人，那时广东老板对河南人印象不错，他们是中国改革开放后第一代打工者，绝大多数人勤劳朴实。老板喜欢用河南人，因而东莞那地方河南人特别多。王小云和田小雷在同一个车间，王小云个子不高，1 米 55 左右，小巧玲珑。据说两人认识还有点戏剧性，田小雷有一次在车间里用拖车拉好几个大纸箱，纸箱里都是用一小袋一小袋塑料袋装起来的电子元件，由于码得太高，经过王小云身旁时纸箱突然倒了，有一个纸箱刚好砸到了王小云的身上，王小云"哎哟"一声大叫，田小雷连忙道歉说对不起。王小云望了一眼田小雷，红了脸，笑了笑说没关系，田小雷心里一动，一时竟有别样的感觉。接下来的日子，田小雷只要见了王小云都会主动打招呼。有时在食堂吃饭，田小雷只要看到王小云就会跑过去坐到她身边。

当田小雷告诉李方说自己喜欢上了一个河南女孩时，李方并没有表现出很惊讶的样子，他凭直觉已经感觉到了，这段时间田小雷好像疏远了自己，有时一个人躺在床上发呆。

有一天田小雷问李方是否认识王小云。李方说不认识。田小雷说："明天在食堂吃饭时会给你介绍一下。"

第二天中午吃饭时，田小雷真的介绍了王小云给李方认识，在李方看来王小云就是一个很普通的女孩子，是那种从身边走过都不会留下印象的女孩子。

近来晚上"卧谈会"时，李方发现田小雷经常不在，常常到很晚才回到宿舍。

大概和王小云约会了，李方想，想想也正常。

到公司办公室工作后，李方开始注重打扮自己，油头粉面，西装革履，加上人也长得可以，一时成为公司里众多未婚女工心中的白马王子。

李方挑了一个四川的女孩子李雨作为自己的女朋友，李雨看着还算顺眼，可远远达不到第一次见到王晓霞的感觉。

李方后来和李雨结婚后，两人在外面租房，李雨怀孕后快要生的时候，李方把她带回到苏北老家，母亲好照顾她。

孩子生下后不久李方又回到远大公司上班，李雨在家专心带孩子。

杨静后来来到远大电子有限公司，对李方由羡慕慢慢产生了爱慕。

时间长了，杨静成了李方的情人。

李方和田小雷依然是好朋友。

田小雷的感情生活也似乎太过曲折。

杨静离开后为了节省开支，李方又回到了公司集体宿舍居住，继续和田小雷住同一宿舍。

李方发现田小雷最近显得很不开心，经常一个人待在宿舍抽闷烟。

"我发现王小云总和一个男人在一起！"有一天下班后田小雷抽着烟气愤

地对李方说。

"在一起也不一定说明问题，说不定是老乡在一起聊天也可能啊。"李方安慰他说。

"我发现王小云对我的态度变了。"

"你再找她好好谈谈。"

"我想修理一下那个男的。"在一次老乡聚会后回来的路上，田小雷对李方说。

"那男的是王小云的老乡，我已调查清楚了，他在追王小云，而且王小云已动了心，现在王小云对我已采取了躲避态度。"

夜里，田小雷的烟头一闪一闪的，照亮了他那充满仇恨的脸。

"你能帮助我吗?"

李方知道田小雷的意思，是帮他打架，他想都没想就答应了。

多年以后，李方回想起那个晚上的月亮似乎很诡异，明明是农历八月十六日，可月亮好像是缺了一个角，好像被利刃切下一样。

李方约了田小雷还有另外一个老乡，赶到公司外面约定的小树林时，对方早已在那等候，对方好像有五六个人。

"老子早就在这儿等了，还以为你不敢来呢!"对方人群中一个人粗声粗气地说。

"老子约的架难道会做缩头乌龟? 说吧这事怎么解决?"

"王小云是我们河南女人，当然要找我们河南男人了，你一个苏北人有多远滚多远!"

"放你的狗屁! 我偏要追王小云看你能咋地?"

"还敢骂人揍你!"

对方有的持棍棒，有的手握砍刀，砍刀在月光下发出耀眼的光芒。

李方没想到对方会来这么多人，而且准备那么充分，他们3人也没带家伙。此时，李方头脑中闪过一个念头，跑! 当他看到田小雷和老乡站在原地丝毫没有逃的意思便只好打消了这个念头，虽然这也只是瞬间的念头。

"绝不能当孬种!"李方想。

当对方扑过来时，李方3人迅速在地上寻找合适的防御武器，哪怕一块碎砖头也好，但地上除了杂草什么也没有。

李方一方显然吃了亏，有的挨了一棍，有的手臂上挨了一刀，但近身之后武器的优势就不那么明显了，双方交织在了一起。对方虽然人数和武器占优势，但个个身材矮小力气上并不占明显优势，到后来甚至处于劣势，有的人手中的棍子都被李方一方的人夺了下来。

田小雷人高马大，几个回合下来，他一个人便把对方两个人打趴下了，对方一个持砍刀的人乘田小雷不备突然从身后砍向他的脖子。

田小雷"哎哟"一声赶紧用手按住了伤口，慢慢蹲了下来，鲜红的血从他的指缝里流出，在月光下成了黑色。

"出人命了，快停下！"李方大喊。

对方一看真的伤了人，立马作鸟兽散。

李方一把抱住田小雷，语中带着哭腔："小雷，小雷……"

他感到田小雷身体软软的，很沉重。

"我感到不行了，浑身没有一点力气。"田小雷用微弱的声音说。

"你没事的，快，快去打电话叫救护车！"李方对他的老乡大喊。

当救护车把田小雷拉到医院时，田小雷因失血过多宣告不治。他被对方伤到了要害，大动脉被砍断。

李方因这次打架斗殴也被法院判了两年。在狱中，他一直是沉默着，几乎不想同任何人说话也不想与任何人有联系，包括自己的父母和兄弟。

2

当李方恢复自由再次站在阳光下时已经是2年后了，这2年外面的世界发生了翻天覆地的变化，他站在监狱的门口呆呆地望着这熟悉而又陌生的世界，想迈开脚却似乎又迈不开。

他来到当年上班的地方，远大电子有限公司已消失得无影无踪，取而代之的是一个名为大华机械制造有限公司，以前低矮的厂房被高大的厂房所替代。下班了，蚂蚁一样的工人从车间里涌出来，他们都很年轻，那么阳光和朝气蓬勃，正如2年前的自己。

父亲因脑出血已经去世，现在家中只剩下体弱多病的老母亲，家中的责任田以800元一亩的价格承包给了种地大户耕种。

妻子带着儿子很早就回了四川老家。

在李方没有出事之前，李雨听到了李方和杨静的风言风语，便开始争吵，提出离婚。后来李方出事更坚定了她离婚的想法，只是李方不同意。

对于有名无实的婚姻，李方打算出狱后就把手续办了，他也想通了。

李方现在一个人漫无目的走在东莞的大街上，他不想回到老家，也无颜回到老家。别人都是衣锦还乡，他当然不能落魄还乡，本来坐牢就已经让人瞧不起了。

人总是要吃饭的，总不能一直饿着肚子，也不能去偷去抢，他实在不想待在监狱里，对于今后的生活他不知怎么办？他拉不下脸去当乞丐，觉得实在丢不起这人，虽然目前整个东莞市没有一个人认识他。

他漫无目的的在大街上走着，一个打扮时髦的年轻女士向他身边走来，她不时仰起头喝着王老吉，火红的颜色在阳光下很刺眼。当走到李方面前时，她使劲地摇了摇，又仰起头……

"当"的一声金属落地，刚才女士喝完的王老吉易拉罐刚好扔在李方的脚边，伴随着高跟鞋着地有节奏远去的声音。

李方吓了一跳，"妈的，狗眼看人低。"他心里暗暗骂道，一脚把易拉罐踢得老远，他认为刚才那个女人是故意扔给他的。李方背了个大蛇皮口袋，里面装着换洗衣服，在外人看来就像装着垃圾。

刚好另一个也背着蛇皮口袋60来岁的老人经过，老人的头发很长，似乎结成了一块块饼子，长长胡须盖住了半边脸，另外半边脸是枯黄的，没有一点血色。老人迅速拾起易拉罐装进了口袋，眼睛望着地面，慢慢地向前走去。

李方此时身无分文，走累了就坐在街道边香樟树下的石头凳子上休息一会儿，接着继续向前晃。他拐进一个小巷子，又走了一会儿，一些自建的破旧小房子逐渐增多，各家门口的垃圾桶里发出一股难闻的味道，数不清的苍蝇上下飞舞，这俨然是一个城中村。

在一处用院墙围起来的院子里，分类堆积了大量烂铜废铁、废纸、饮料瓶等，凭直觉判断这是一个废品收购点，李方这时发现了一个熟悉的身影，刚才捡他踢飞的易拉罐的那个老人。

出于好奇，他走近了那个院子，他们正在交易，老人从口袋里倒出了废报纸、饮料瓶等一大堆废品，当然包括那个王老吉易拉罐，它此刻也静静地躺在收购点的地上，在一堆废品中，红得耀眼。经过分类，收购点老板给了那个老人五六个1元硬币。

他们看到李方走到院子里来时看了他一眼，继续忙着交易。交易完后，老人拿着空口袋夹在腋窝下慢慢地走了，甚至都没再看李方一眼。

"你卖废品？"嘴里叼着一根烟的老板眯着眼打量着李方。

"不是，我随便看看。"

"哦！"老板的烟依然叼在嘴里。

其实当李方看到刚才老板给老人几个硬币时头脑中就已有了念头，去捡垃圾卖，至少可以填饱这饥肠辘辘的肚子，毕竟这是目前面临的最现实的问题。

他问了几样废品收购价格便离开了，饥饿已经迫使他把眼睛望向脚下可以换钱的废品。

"一个王老吉易拉罐能卖1角钱，5个易拉罐卖5角钱就可以换一个烙饼。"他想着计算着，捡易拉罐似乎很容易，有了烙饼可以安慰一下自己前胸贴后背的肚子，想想都是一件幸福的事，他脸上甚至都露出了微笑。

平时随处可见的废饮料瓶，但真正找起来却不是那么容易，他不得不眼睛盯着行走的路人，每当看到一个人手中拿着一瓶饮料在喝的时候，他甚至悄悄地跟在身后，只等着那人喝完了把饮料瓶扔到地上，他便迅速捡起来放到蛇皮口袋里。两个多小时下来，他好不容易捡了20多个废饮料瓶，此时他已饿得头晕眼花，两条腿像是注了铅再也走不动了，他几乎是咬着牙再次来到了刚才的废品收购点。

当换回的2块多钱拿在手里的时候，他的手在微微发抖，可能是饿的，也可能是兴奋激动的……

李方站在一个卖饼摊前，伸出脏兮兮的手递上这2块多钱。卖饼的是一位50多岁的阿姨，她似乎有点嫌弃，皱了皱眉接过了钱，掀起饼箱子上的薄被拿出4个小团饼放在李方的手中。李方接过饼转过身，拿出一个饼往嘴边送，当他把饼送到嘴边时又停下了，他不想让这个卖饼的阿姨看到他的吃相，他赶紧走到旁边一个小巷，里面空无一人，他迫不及待地开始享用他的劳动果实。4个饼不一会儿就全被他吃进了肚子里，他似乎还没有吃饱，蹲在地上，身上慢慢有了一些力气。

太阳慢慢落下，躲在了城市的高楼之后，天色也渐渐暗了下来，南方的秋天依然是那么炎热，他索性脱了上衣，光着上身。路灯亮了起来，下班的人们匆匆赶回家，他不知道晚上该往何处去。

夜深了，行人和车辆渐渐稀少，李方依然在街上毫无目的转着，见到废饮料瓶他会捡起来放到袋子里，在他的眼里这就是食物。晃了一天，他感到十分疲劳，有了一丝睡意，但不知要到哪儿睡。睡到大厦门前，他似乎又不想，在他眼里只有乞丐才这么干，他还不把自己当乞丐。

他看到不远处有一座城市立交桥，桥上来往车辆依然不少，车灯和桥上的路灯交汇成一道美丽的彩虹。

"何不到桥下睡呢？"他心里想。当他走到桥下时，发现最高桥孔的下方有一条道路穿过，在道路的两边则是空地，停着好多汽车，在最矮桥孔的下方似乎可以睡，他走过去发现有一些景观植物，不太浓密，刚好可以躺里面睡觉。他走过去，进入植物丛中，光线也暗了好多刚好适合睡觉。他庆幸找到了这一处绝佳的休息之地，突然他的脚下好像被什么东西绊了一下，吓了他一跳，仔细一看原来是个人躺在这里睡觉，看来也是无家可归的人。那个人骂了一句："瞎眼了？没看到老子在这睡觉？"接着又呼呼睡去。李方也没有和他理论，他觉得也没有和这种人理论的必要，他想，人咋和狗生气呢？他不断自我安慰，这个人躺在这不就是个乞丐吗？而他是瞧不起乞丐的，自己现在又恰恰和乞丐差不多。

李方走到旁边一处植物丛中的平地，放下蛇皮口袋，从口袋里掏出几张旧报纸铺在地上，把口袋放在一头当作枕头。他终于可以躺下了，浑身酸痛像是散了架。李方刚闭上眼睛，旁边的那个人却响起了鼾声，声音或高或低，响声如雷，低声似无声息，如窒息一般，突然又一高声吓了他一跳，高高低低毫无节奏感。

李方实在太累了，他也不想再另找其他地方了，索性就在这儿听这兄弟的鼾声。

就这样不知过了多久，李方竟然睡着了，他自己都不知道如何睡着的。当他醒来时，太阳已升得老高，大街上熙熙攘攘，旁边那位打鼾的兄弟已不见踪影，新的一天又开始了。

他坐在地上，望着远处街道上来来往往的行人，感到很迷茫。当肚子里空空的提示要吃东西时，他感到了饥饿，他不得不背起口袋走出桥洞重复昨天所做的事。

见到垃圾桶，他也像其他捡垃圾的人一样，在桶里翻找可以卖的东西。他的胡须长了也不想刮，头发长了也不剪，事实上他也没有多余的钱去处理这些。

时间长了，他与之前他瞧不起的捡垃圾的人也经常坐在一起闲聊。同是天涯沦落人，相逢何必曾相识，难道就这样一直下去？他有时躺在冰冷的水泥地上也会不由自主地想，可不这样还能干什么呢？像自己这样有前科的人谁会要呢？再说了自己什么也不会，30多岁了一无所有。

时间一晃2个月过去了，有一天李方和一个捡垃圾的人一起闲聊，那人40来岁，从山东来，姓李，被人骗到广东搞传销，好不容易逃出来，身无分文只好靠捡垃圾糊口。李方第一次看到他就感到这个人与其他捡垃圾的人不同，不是那么颓废。闲聊了几句算是认识了，李方此后见到他都点个头打个招呼，渐渐也就熟悉起来。李方喊这个人李大哥，李大哥喊李方为李老弟，有时两人身上除吃饭外还有些节余钱，会购买几瓶2元一瓶的廉价啤酒，再买上几块钱冷菜，找一个安静的桥下或大树下，举起啤酒对饮，酒红耳热之际，也不免感慨人生，但两人对未来的打算是一致的——不能再这样混下去了。

一天傍晚，李方到常去的那个废品收购点卖一天捡到的废品，见到了老朋友李大哥，李大哥见到李方笑了笑说等他老半天了。

李方也笑了笑："几天没见了，等会儿去吹几瓶？"。

"当然了，刚好有个事要商量，今天我请客。"李大哥说。

处理完废品后，他们一起走出废品收购点。

"今晚我们去下馆子，也奢侈一回。"李大哥说。

"看来李大哥遇到喜事了。"李方说。

他们来到一处靠近工地旁边的小菜馆坐下，这家小菜馆有不少戴着安全帽的工人陆续进来，有的已经落了座，看来主要做工地上工人的生意。

李大哥点了几个炒菜，要了几瓶啤酒。

酒菜上好后，李方为两人倒满了啤酒。李大哥说昨天他捡废品路过这个工地，听到有人喊他的名字，他吓了一跳，在这个陌生的城市里已经有好多年没听到有人喊他的本名。当他转过头一看原来是他老家一个村里的老乡，小学时还是同学。老乡说他就在这个工地上打工，做钢筋工，80 块一天，一个月下来算上全勤也能挣 2000 多。老乡问他现在做什么，他说无事可做，不好意思说是捡废品。李大哥问工地上还要人吗，老乡说正好缺人呢，不过没技术，工钱要少些。李大哥问大约能开多少，老乡说学徒工 40~50 块一天包吃住。李大哥请他向老板打听是否可以进去做，老乡让他第二天也就是今天等回话。今天一早他就等在工地门口，见到了老乡，老乡说老板同意了，50 块钱一天包吃住。

李大哥说完后问李方能不能去，李方说这是天大的好事啊，哪有不去的道理，举起酒杯说，祝贺一下！

两人一饮而尽。

李方说："等你上班后再给我看看，如有可能把我也介绍进去。"

李大哥说："好的，有机会一定帮忙。"

此后几天李方再也没有见到李大哥，他感到了寂寞和孤独。有时他会到李大哥工地的路边默默地向里面望一会儿，然后又慢慢走了，他希望再次见到李大哥。

奇迹真的就出现了。一天晚上当李方躺到他的老住处立交桥下时，一个熟悉的身影出现了，是李大哥。

李大哥知道李方常住这儿并且也来过这儿。李大哥说："我和工头混熟了，工头同意我介绍你来做工。"

李方一听，激动地握住了李大哥的手，连声说谢谢！他感到眼睛火辣辣的，黑暗中两行热泪流了出来，这意味着他可以暂时告别这流浪的生活了。

工地是一个喧嚣的世界，水泥搅拌车、塔吊起降声等声音交织在一起。

李方所在的钢筋工棚位于两栋楼之间一个相对比较开阔的地带，因是学徒老板要求从基础学起，绑扎钢筋。也就是把加工好的箍筋绑扎到主筋上，技术含量不高。李方很珍惜这份来之不易的工作，至少不用为吃住而发愁。

李大哥到工地时间长一些，老板已经让他参加立钢筋笼了，俨然上升到一个技术层面。李方和李大哥吃住在一块，搭建的简易工棚宿舍比住立交桥下好得太多。下午下班吃完饭后回到宿舍，他们有时会打打牌，或各自躺床上吹牛聊天，对李方来说，久别的"卧谈会"再次重现了。

女人依然是"卧谈会"聊得最多的话题之一，工友小王是山东人 30 来岁，身体强壮，喝过酒后回到宿舍会毫无顾忌地炫耀玩了多少个女人，甚至还向大家介绍东莞哪个地方洗头房女人漂亮，哪个洗浴中心又来了年轻女孩。当小王谈这些时，李方会感到一种莫名的兴奋感，他对女人有一种渴望，为此他暗暗记住了小王说的洗头房或洗浴中心地点，他也想偷偷地光顾一下。

到工地上班已经过去了一个月，终于等到了发工资，第一个月他出了全勤，领到了 1500 元工资，他拿着这厚厚一叠钱激动得手都有点发抖了。这时，他想到了远在苏北老家的老母亲以及四川的妻儿，想给他们寄一些，这么多年来也没有尽一点做儿子的孝心和做父亲丈夫的责任，但他又立即打消了这个念头，还是多攒几个月钱多寄一些或自己回去一次吧。

这是一个尚未拆迁的城中村，名叫李庄，是东莞著名的休闲之地。李方以前捡废品时经过这里，不过那时他没有心思关注女人，这一次李方来特意买了一身新衣服，理了短发，看起来一下子年轻了 10 岁。

从两座高楼间的一条小巷向里走不远就进入了另一个世界，一条小路两边是低矮的砖瓦房，有不少打扮妖艳的女人站在房间门口，见有男人经过便去搭讪。

在一家足疗店里，李方终于如愿以偿，那种在女人身上发泄的奇妙感觉让他回味了好久。

他似乎上瘾了，每一个星期都要去，完事后又后悔，心里感觉空落落的。

当口袋里的钱用得差不多时，李方感觉到他的工资几乎用在女人的身上了。当真正身无分文时，他不得不变得老实起来，等下次发工资，当工资到手后，晚上再次直奔李庄。

在李庄，李方认识了一个名叫小寒的按摩女，小寒独自开店，第一次光顾小寒的店后，李方就被小寒吸引了。他觉得小寒与其他的按摩女不同，身上有一种东西吸引着他，他便经常去小寒的店里。

有一次他在小寒的店里，看到小寒脸上青一块紫一块，便问原因。小寒一开始不说，后来被问得实在没办法了便说："你是我什么人啊，为什么要告诉你呢？"

按摩结束后，李方买了一个西瓜切好回到店里，与小寒边吃边聊，最后小寒告诉了他脸上伤的原因，说是被这本地的一个地痞打了，至于被打就是因为没有满足他的无理要求。

李方产生了保护小寒的冲动。

"难道我真的喜欢上小寒了？"李方躺在宿舍的床上想，有几天不见她，就控制不住地想要去找她。

李方也知道小寒以前有个男朋友，小寒非常喜欢他，小寒说她可以为男朋友付出一切甚至包括生命，她的身体只能男友一个人拥有。她的男友最后有了新女友后无情地把她抛弃了，她为了报复前男友就选择做这一行，但绝不卖身。

有一次小寒为李方按摩后，李方离开之前紧紧地抱了一下小寒，小寒没有拒绝。

工地快要结束了，工地的老板没有新的工地，好多工友都在联系下一个工地，李大哥干了这么久手里也有了一点积蓄想回老家了，他想在老家找点事做，不想出来了。李方不知道自己怎么办，他请工友找到新工地时把他也带上，工友们也答应了，但他们一个个离开后便没有了回音，问了都说工地上不缺人。

不知什么原因，李方最近总感觉下身奇痒，晚上下班后洗澡，他仔细察看，竟然有许多针眼粒大的小肉疙瘩。

"莫非是皮肤病？"他决定请假去医院看一下。

"你和许多女性有过性关系？"皮肤科的一位中年女医生在检查过后问李方。

李方表示认可，问这是什么病。

"尖锐湿疣。"

"好治吗?"

"容易复发,不过也能治愈。年轻人要洁身自好啊!"

治疗是用液氮冷冻,当零下100多度的液氮喷在患处时,李方痛苦得生不如死。

他不敢向任何人说这事,他怕别人瞧不起他。

工地结束这天,他接到母亲打来的电话,说老家要拆迁了,两种方式供选择,一种是货币补偿,另一种是房屋安置。所谓货币补偿就是补钱让拆迁户自己买房,但补的钱是远远不够买房的,房屋安置就是不补钱直接安置新房,但同样要出一笔钱补差。

母亲说:"你大姐家已签订了拆迁协议,咱家是第二批拆迁,估计不久就要拆迁了。"

李方的钱除去治病已所剩无几,他没有钱补差买房,如买不了房意味着他真正是无家可归了。

当李方拎着行李最后一次出现在李庄时已是初夏,本应是东莞最炎热的季节,而此刻似乎很反常,他感到特别冷,如苏北风雪交加的冬天。他站在小寒店外不远处,看到房间内橘红色的灯亮着,他没有推开那扇门,也没有勇气推开。自从查出病后,李方便没再来这里,手机上出现了小寒的信息他也没回,小寒打他电话他也没接,他想让自己从小寒的世界里消失。

狂风吹起路边落下的梧桐树叶,哗哗地响,有泥沙扬起遮住了他的眼睛,他看不清这世界……

3

正当李方迷茫之时,他又接到了一个工友的电话,说他所在的工地要人,李方答应明天就去。挂了电话,李方想,再找不到活干,说不定他又要去拾垃圾了。

这个工地的总承建商是江苏人,李方没想到在这个工地迎来了人生的重大转机。

一天老板到工地来巡查，刚好到了钢筋工棚，李方正在那里认真扎钢筋，老板就和李方聊了几句，没想到一听是家乡的口音，再一打听果真是老乡，老板是淮安人，与李方老家淮江仅相距几十千米。老板问李方什么文化水平，李方回答高中学历，又问李方干了多少年钢筋工，李方回答已干了五六年，其实李方干了连半年都没到。李方心想反正说谎你也不知道，其实他不想让人知道自己的那段黑暗历史。

没想到几天后老板让人把李方喊到办公室，李方不明白发生了什么事，心想自己在工地这些天也没偷没抢，没什么好怕的，便去了。

老板问李方想不想做包工头。

李方心里一惊，心里想莫非好事到了，便说："想啊，感谢老板能想到我这个小老乡。"

老总说："我打算先让你承包一栋楼的钢筋施工，工钱算你20块一平方米，比他们稍高些，如何？"

李方连忙站起来说："感谢！感谢！只是我实在拿不出保证金啊。"

老总哈哈一笑，我要你什么保证金啊，家乡人就是自己人，只要你干得好，以后工程有你做的。

说真话，李方做这一栋楼的钢筋施工还真没赚到多少钱，他把赚来的几万块全用来公关了，经常请工程部经理、项目经理、技术员、监理等一班管理人员到酒店吃饭，吃饭后便去洗澡，甚至有一次还把老总请到了场。在远大电子公司办公室期间，他学会了为人处事这一套，学会了察言观色，见机行事。

整个工地上下都说李方好。

李方也一下子拿到了下一期5栋楼房的钢筋施工，他成了真正意义上的包工头，工程完工验收后，他甚至还学了驾照，购买了一辆二手本田汽车。

钱啊，真是好东西，最难搞的东西都能用钱搞定。他不再亲自干活，每天只是看着工人干活，协调一下与甲方的关系，有时坐在自己的那辆二手本田汽车里发呆。

他不满足干这点钢筋工程，他还想干土建。

当他向老总提出自己的想法时，没想到老总竟然同意了，答应李方先做一栋看看。

这对李方来说真是个锻炼能力的机会。他开始招募瓦工、钢筋工、水电工、木工组成不同班组。

他还花高薪请了一个兼职技术员，对于李方来说除了钢筋外，他不懂其他工种。

每天工人没到工地时李方已到了工地，他看着楼层慢慢长高如同心中升起的希望。

一年后工程结束并且通过了验收。

除去人员工资等各种开支后他有了十几万的纯收入。第一次有这么多钱，李方觉得可以衣锦还乡了，而事情却没有那么简单。

杨静再次出现在李方的面前。

李方坐牢前这个女人就没出现过，李方在牢里就发誓这辈子再也不见这个负心的女人，让他不安的是自己有一张欠条在她的手里。

杨静的目的很明确，就是讨要欠条上注明的 30 万元欠款。

李方又从老总处接了三栋楼的土建承包工程，他打算一年后能在这三栋楼上赚 100 万元。

杨静现在出现了，这可怎么办呢？

李方说："你也知道我现在的钱全投在了工程上，还借了一部分高利贷。"杨静说："这我不管，我只要属于我的欠款。"

李方当然不想给，给她 30 万元自己所剩也不多了，等于为她嫌钱了。

开庭后李方败诉被判还款，李方把自己账户上的钱全转移了。法院执行不到欠款，让原告杨静提供执行渠道。

杨静便使出了各种手段，甚至找了打手，李方不停变换住处，但他的工地杨静知道，她经常去工地闹，甚至工地老总也知道了这个事，这让李方很恼火。

为了解决杨静的事和老家拆迁的事，李方决定回一次老家。

第四章　白猫之死

1

欢欢死了，欢欢是一只雄壮的公猫。

杨军分明还在夜里听到欢欢兴奋的叫声。一只母猫声嘶力竭的吼叫声中夹杂着欢欢的声音，好像还有其他的同伴，总之不止 2 只猫，有好几只猫的声音混在一起，形成了一支交响乐。有来回跑动的声音，有混战龇牙相对的声音。当时杨军还紧张地看了一眼熟睡的儿子阳阳，担心猫们的快活吵醒了他。

阳阳已经 3 岁了，经常会问杨军一些稀奇古怪的问题，有些问题让杨军这个爸爸都答不出来，假如他醒了问猫在干什么，杨军还真不好回答，难道说它们在打架？昨天晚上杨军一直在心里骂这几只可恨的猫，肆无忌惮地寻欢作乐严重影响了他的休息。

今天早上，杨军去上班的时候看到妻子王诗远的好朋友李星，她抱着欢欢呆呆地站在小区路边，欢欢在她的怀里好像睡着了一般。

杨军与她打招呼，她似乎很悲伤，脸上还有泪痕。

"杨哥，欢欢死了。"

"啊，咋死的？"杨军感到很吃惊，心里想昨晚还在快活地大喊大叫，今天咋就这样了。

"我也不知道，昨夜没有回家，今天一大早我就起来找，好不容易找到了，却是躺在草地上，死了。"

"怎么会是这样呢？昨天中午下班回来还看见它从我眼前跑过去。"

杨军没有对李星说昨天夜里猫的爱欲大战，对于一个年轻的未婚女性，杨军还真不好意思说这事。

杨军不知道如何安慰李星，上班的时间也快到了，便对她说再去宠物市场买一只吧，或许能碰上比欢欢更可爱的猫，又说了一通缘分理论，说可能是她与欢欢的缘分已尽。

李星茫然地点了点头。

杨军匆匆走了，快到路的转弯处杨军回头一看，李星还站在那儿。

对于欢欢，杨军经常在小区看见它，有时杨军在小区里的道路上走着，它会突然从道路一侧的绿化带中窜出来，从杨军面前一闪到了道路另一侧绿化带里。杨军只看见了一道白影闪过，但杨军判断那只猫就是欢欢。因为杨军对欢欢这只猫是熟悉的，还抱过它，李星带欢欢来家里玩的时候，杨军便和儿子阳阳一起逗欢欢玩，用手撸欢欢光滑的脊背，时间久了，欢欢也认识杨军。

李星是杨军妻子王诗远为数不多的闺密之一，杨军总感觉她们俩是两个年龄层面的人，志趣爱好多有不同，还能玩到一起总感到很奇怪。比如王诗远喜欢运动，跑步、野外拓展，只是有了儿子后没有时间出去运动了。长时间不运动体重也增加了不少，王诗远认为她这变了形的身材全是杨军和阳阳所赐，杨军反驳："那是你嘴馋的缘故吧。"李星是个文艺青年，据杨军所知她喜欢唱歌和看书，甚至还参加过市里流行音乐节的比赛并进入了决赛。俗话说道不同不相为谋，她们两个人为何能相处这么好？杨军分析有两个原因，第一个原因是从事的职业相通，李星是县税务局税政科专门负责税收政策，解释执行的青年税务干部，王诗远是企业的会计，企业会计与申报税收密切相关，有业务上的往来，因业务而熟悉；第二个原因也是最重要的原因，她们俩对美食都有研究，这也是她们为数不多的共同点之一。只要城里新出现一个特色小吃，总逃不过她俩的眼睛，一定相约前去品尝。王诗远回家后不免在杨军面前评论一番所品尝的美食。

杨军总是会挖苦她，胖成猪了，还去吃。

她也不恼，还咯咯地笑。

杨军其实是喜欢偏胖的女人，有肉感，觉得是健康的表现，只是杨军对王诗远嘴上从来没这么说过。

杨军在王诗远面前敢硬气，主要原因是谈恋爱王诗远倒追他。

杨军与王诗远以前是同事，大学毕业后杨军的第一份工作是在淮江的一家服装公司做会计，这家服装公司规模不大。王诗远也是这家公司的会计，比杨军早2年到这家公司上班，岗位是材料会计。她毕业于淮阴财经学校会计电算化专业，是高中考上的中专，据说在她那届以后国家就取消了高中考中专了，高中毕业考上的最低也是大专。她本来想复读一年，至少也考个大专，但她父母认为，小女孩有书读就不错了，回来还有分配，坚决不让她复读。她只好去读那个中专，2年中专毕业后就业形势严峻，行政事业单位根本进不了，公务员考试最低也要求大专，无奈之下她只好到民营企业上班。

杨军对王诗远的第一印象不坏，但谈不上一见钟情，从外形上看，她是杨军欣赏的那种身材类型，身高达到了172厘米，很丰满。内在方面，杨军从王诗远的身上还是找不到想要的东西，也可以说是气质吧，她性格开朗外向，而杨军需要的是高冷型，杨军本身就属性格内向型，杨军需要性格禀性相通而不是性格上的互补。

王诗远倒追杨军，这一点至今她也不否认。在一起上班后，王诗远对杨军表现得很热情，给杨军介绍公司里的情况和趣事。有一次办公室就剩下他们俩时，王诗远还悄悄对杨军说公司老总很好色，有一次老总喊她到老总的办公室，老总竟然一把抱住了她，她吓死了，赶紧挣脱跑了。王诗远说，这是她第一次和杨军说这事，其他人都没有说过，担心老总知道后找她算账，她打算一旦找到新工作后立马走人。杨军觉得一个女同事敢对自己说这么隐私的话，足以看出对他的信任。

有一次公司里几个年轻人晚上一起聚餐，杨军和王诗远都参加了。杨军喝高了，走路直打晃，王诗远主动提出要用她的电动车送杨军回家，其他人一直叫好，杨军答应了。当经过城市森林公园时，杨军尿憋不住了，提出停车到树林里方便一下，她便停了车。方便后杨军摇摇晃晃地走回来，当走到她身边时，杨军一个趔趄眼看就要摔倒，王诗远一把抱住了杨军，杨军敢对天发誓自己绝不是故意的。或许是酒精的作用，杨军也紧紧地抱住了王诗远，同时用嘴巴封住了她的嘴巴，杨军听到她"嗯"的一声，两个舌头便搅到了一起。

杨军发现路上有人走过来，便拉着王诗远的手向树林深处走去，王诗远也没有拒绝。到树木深处后两人又抱在一起，杨军感觉她紧紧吸住自己的舌头，让他呼吸急促，杨军觉得浑身血液流动加快。

第二天上班，杨军见到王诗远笑了笑，感到有点不好意思，说昨晚喝高了。王诗远笑了笑和平日里一样，好像什么事也没有发生过。

时隔不久，王诗远主动约杨军出去吃晚饭，杨军高兴地接受了邀请。杨军说："应该是我请你啊。"王诗远说："好啊，下次等你安排，这次我请你。"

吃完饭后，杨军约王诗远去他租住的宿舍，她迟疑了一下，还是跟杨军走了。

进门后杨军反锁门，杨军便抱住了王诗远，吻她，她没有拒绝。

杨军想和王诗远进一步发展，王诗远拒绝了。

王诗远坐在床边，望着杨军。

"你喜欢我吗?"

杨军从来没考虑过这个问题，但不假思索地说："喜欢。"

她咯咯地笑了起来。

"不以结婚为目的的谈恋爱就是耍流氓啊。"

杨军笑了笑。

"你大学一定谈过女朋友。"

"没有，我这样的人哪个女孩子要啊。"

"我不相信，你长得英俊又有才华一定会有很多女孩追。"

杨军在大学还真没有谈过恋爱，并且以此为憾事。

"你在学校一定谈过了?"

"没有，主要是我不想。"

"工作后谈过了吗?"

"别人倒介绍不少，但都没有感觉，没有真正意义上的恋爱。"

杨军不想判断王诗远说话的真假，但后来杨军竟然开始怀疑她是不是处女。杨军这个人有处女情结，因为杨军相信绝大多数中国男人都有处女情结，毕竟中国人受封建思想影响深重。

杨军偷偷下定决心一定要检验一下，不久就有了机会。

一个星期日的中午饭后，杨军邀请王诗远到他租住的宿舍，他第一次和王诗远做爱，王诗远没有拒绝。完事后，杨军特意看了看床单，洁白的床单出现一大片血迹，杨军内心欣喜，这是他希望看到的，杨军至今没有对王诗远说出内心的龌龊想法。

王诗远蒙住被子嘤嘤哭泣，杨军从后面紧紧抱住她。

在杨军入职这家服装公司的第二年10月1日，也就是国庆节那天，他结婚了，妻子是王诗远。杨军其实还没考虑好这么早就结婚，但形势逼迫杨军要结婚，原因是王诗远怀孕了，可以说是奉子成婚。王诗远说："你要是没想好，我们就不结婚，我可以打掉这个孩子。"杨军说："不可以，孩子是无辜的，我们都无权剥夺孩子的生命。"

杨军来自农村又刚参加工时间不久，没有多少积蓄，婚礼也挺简单，几桌亲友吃一顿饭而已，婚房就是杨军租的那间宿舍。

杨军没有邀请任何一个同学参加婚礼，包括最好的同学陈哲人在内。杨军不想兴师动众，更重要的是杨军没有结婚的兴奋感，杨军曾经无数次想象未来新娘的样子，现实还是让杨军有些失望，婚姻也许就是向现实妥协的结果吧。

儿子将要出生时，王诗远便从公司辞职了，她说生孩子时请产假带薪又会让抠门的老总不舒服。杨军想这也是好事，刚好在家专心带孩子。

王诗远离开这家服装公司后，杨军也不想在这家公司待了，但一时又找不到更好的工作。刚开始在这家服装公司，工资虽高，业务也不多，感觉还比较轻松，杨军总觉得看不到前途，后来遇到一件事让杨军彻底不想干了。一次老总与杨军闲聊时，谈到成本时说税收成本太高，让杨军想想办法压一压，杨军说能有什么好办法呢，他说虚开点增值税发票抵扣啊，以前同行经常这么干。杨军一听头就大了，这不是犯法吗？从那一刻起杨军就想到了逃离，重新找一家公司干，王诗远辞职后杨军更加坚定了离职的决心。

不过，杨军也要感谢这家公司，通过这家公司的2年工作，自己初步掌握了企业会计核算流程和会计软件的运用。杨军虽然在大学读了4年会计本科，感觉什么也没学到，只学到一些理论知识，在一个单位实习时也只是打打下手，公司的账根本就不让碰。

正当为工作苦恼之时，杨军接到了大学时期同学陈哲人的电话，陈哲人是杨军大学时最要好的同学，也是淮江老乡。陈哲人说他的老板要来淮江投资项目，问杨军想不想加入他的公司，杨军说要看老板能给几两银子。陈哲人问杨军现在能拿多少，杨军实话告诉了他。陈哲人说："放心吧，公司看门的都比你的工资高，放心去吧。"

陈哲人又简单介绍了一下老板的情况，老板是浙江人，姓方名清远，以前在浙江开家具厂，经常从淮江这地方购原材料，淮江这地方盛产意杨树，是做家具的重要原料。后来，家具行业竞争激烈，利润薄，考虑转型，刚好淮江地方政府积极开展招商引资，给前来投资兴业的老板好多优惠政策，方清远索性打算到淮江县办一个板材厂公司，专门生产家具用的板材，有多层板、木工板等。

陈哲人承诺会给老板好好举荐杨军，让杨军好好干下去将来没准还能成公司的 CFO 呢，等着发财吧。杨军说："有这等好事你咋不干？"陈哲人说有好去处了，要到澳大利亚发展，他女朋友在那定居让他过去完婚。

陈哲人的恋爱史杨军比较清楚，他的女朋友叫陈晓青，是个白富美，江苏昆山人，老爸是当地一家电子公司的老总，资产上亿。陈晓青是他的独生女，视为掌上明珠，典型的江南美女。陈晓青和杨军是同一个学校同一专业，比杨军低一级，在杨军所在的大学光彩夺目，追她的人没有一个连的人数至少也有一个加强排的人数了，陈哲人也是追求者中的一个。

尽管杨军也喜欢陈晓青但他没有那个胆量，杨军有自知之明，像自己这样要才华没才华、要家底没家底的人，可以说是门不当户不对，人家江南的白富美咋会看上他呢？陈哲人这小子就不一样，他喜欢心理学研究，弗洛伊德等人心理学理论如数家珍，他知道投陈晓青的所好。他知道陈晓青喜欢现代诗歌，尤其是海子、西川、汤养宗、陈先发等人的诗，可以说达到了痴迷程度。陈哲人的工作重心便从心理学研究转移到现代诗歌上来，写起了诗，而且写得有模有样，甚至在城市的晚报副刊发表了几首小诗，在校园内引起了轰动，成了大学著名的校园诗人，自然也就吸引了陈晓青的关注。

杨军读大学时大学里经常搞诗歌沙龙，陈晓青和陈哲人经常在诗歌沙龙上见面。陈哲人这小子善于表现，参加活动时侃侃而谈，必谈波德莱尔、艾略特等世界级大诗人，阐述自己的诗学观，显得很有才华，时间长了陈晓青对他崇拜得五体投地。陈哲人也就俘获了陈晓青的心，最终抱得美人归，陈晓青成了陈哲人的女朋友，其他那些追求者只有羡慕嫉妒恨的份了。

因陈晓青与程咬金谐音，学校里男生戏称陈晓青为程咬金。杨军有一次对陈哲人说："你小子得到了程咬金，将来不会倒插门吧？"陈哲人笑了笑："都什么时代了还讲这个。"

杨军和陈哲人大学毕业后，陈哲人和陈晓青的关系一直保持着。

有一年春节陈哲人回来过节，杨军请他吃饭。酒后，杨军问什么时候请喝喜酒。陈哲人说不知道，陈晓青的爸爸不同意他俩在一起，已把陈晓青送到澳大利亚留学了。

杨军拍了拍陈哲人的肩膀说："你小子那么聪明，这等小事不够你办的。"

陈哲人苦笑了下。

杨军工作这么多年，他和陈哲人很少联系，只有节假日发个信息问候一下。有一年春节杨军在电话中问陈哲人："这次去澳大利亚，程咬金的爸爸同意了？"

他在电话中"嘿嘿"笑了两声，说陈晓青怀孕了，

"是不是你的种？"杨军开玩笑问，"她可常年在国外呢。"

"我是放一百个心，半年前她回来几个月，我们没采取避孕措施。"

"你小子就是坏，想生米煮成熟饭啊。"

"不动脑筋不行啊，老爸老妈天天催。"

"她爸爸同意了？"

"怀孕后，陈晓青就向她爸摊牌了，她爸只好同意了。"

"祝贺你啊，到时候别忘了请我喝喜酒。"

接完陈哲人的电话，杨军心里五味杂陈，他还在这小地方待着，陈哲人却将要到澳大利亚享受富贵了。杨军感慨："这人与人差距咋那么大呢？"

2

杨军和方清远第一次见面是在淮江县最豪华的新世界大酒店。

方清远说此次来淮江是谈板材加工这个项目的，这个40出头的男人满面

红光，已开始秃顶，呈现出"地中海"的模样。他手腕上戴着表，站起来和杨军握手时，杨军看清那是一块劳力士，方清远个子不高，大大的肚腩看起来像个孕妇。

方清远显得很兴奋，他说项目已达成意向，刚才和县领导在一起喝酒。他抽出一支"中华"给杨军，杨军摆摆手说，不会抽。

方清远自己点了一支烟坐在沙发里。

"哲人推荐你来我公司，我这次来淮江顺便就约你见一下，聊聊。"

方清远吐出一口烟雾："你个人有什么想法，尽管说，我这个人直爽，喜欢直来直去。"

"我没有什么想法，只想把工作干好。"

杨军笑了一笑。

"哲人这小子确实不错，只可惜要去国外。你们是同学，我相信你各方面也不会差。"

方清远又问了杨军工作和家庭的一些情况，交谈还算顺利。

杨军告别时正拉开门，方清远突然说："这个项目月底就要正式签约，签约后就要举行开工仪式，到时请你来参加一下。"

杨军知道已通过了方清远的面试关，便没加考虑就同意了。杨军希望立即离开那家服装公司。

淮江县是一个人口大县但经济发展不行，主要经济指标在全省同类100来个县市区排名靠后，历任县委书记、县长都希望摘掉落后的帽子，出台了很多举措，招商引资无疑是其中最主要的举措。刚上任的县委书记组建了招商局，招商局下面又组建了江苏分局、浙江分局、广东分局、香港分局、台湾分局等若干个专业招商分局，分别从各单位遴选精干力量充实到这些招商引资专业招商分局中。

方清远在浙江招商分局领导的游说下，加上本身就有产业转移的打算，便打算前来淮江县投资办厂。

这个名为清远板材有限公司的企业落户淮江，在当地曾引起了轰动，主要是规模大，号称10亿元项目，这在5年前的淮江是第一个10亿元项目，县委书记亲自挂钩帮办。

　　当杨军接到方清远的电话通知时，他感到很兴奋，方清远让杨军以公司财务部负责人的身份参加清远板材有限公司的开工仪式。杨军在那个服装公司只是一名普通会计，方清远一下子让杨军做大公司的部门负责人，他竟一时无所适从，杨军感到真是被天上掉下的馅饼砸中了头，以至于当天夜里兴奋得翻来覆去睡不着，心生感慨，我一个农家子弟能有今天真是不易。

　　杨军家世代为农，父亲杨修敬看到杨军从小成绩优异，是可塑之才，便花大力气培养杨军，杨军也不负众望成为全村第一个考上一本大学的人。父亲希望杨军将来能够当官，好光宗耀祖，村里大多数人也认为杨军将来一定能当大官，原因是杨军这么有出息考上了一本，大概也受到了传统的"学而优则仕"的影响吧。杨军最终还是让他们失望了，毕业当年杨军考了一次公务员，报的是国考，他也付出了很大努力，每天拼命刷题，但笔试还是被刷了下来，后来接着报了省考，又失败了，后来到开发区企业上班。杨军总结失败原因，主要是没有参加专门的公务员考试培训，杨军其实也想参加，只是几万块的培训费他实在拿不出来也实在不好向父亲开口，家中就靠父亲一个人在工地上做油漆工赚钱，母亲身体不好，常年吃药，哥哥杨满身体也不好。

　　杨军读高中时，有一个星期天妈妈让他去工地给父亲送个东西，杨军第一次看到父亲工作的场景。十几层楼的外墙面上，一个个油漆工用一根绳子挂在腰上在墙面上来回摆动，像一只只正在织网的蜘蛛，所以大家都称外墙油漆工为蜘蛛人。杨军站在地面看父亲他们在墙面上如猫一样大小，杨军分不清哪一个是自己的父亲，他不敢往上看，总感觉他们会掉下来。

　　从此以后，杨军经常做噩梦，梦见父亲作业时绳子断了，从十几层楼高的地方摔了下来，躺在地上一动不动，鲜血从头下慢慢向四周流着，杨军扑上去抱着父亲大哭。

　　杨军每次醒来发现自己总是泪流满面，只要父亲从事这个职业杨军就一直担惊受怕，这比他在大学期间担心挂科毕不了业还痛苦。杨军曾经劝过父亲放弃做这职业，杨修敬不同意，他说除了这还能做什么，又没有其他合适的职业。从杨军记事起，父亲就是个漆匠，以前给家具刷油漆，后来给墙面上刷涂料，先是刷内墙，后来刷外墙，刷外墙风险高，收入也高。杨军说实在不行，再回头刷内墙吧。杨修敬说："刷内墙一天100多，不够你上学和家里的开支，家里的二亩地也仅能够保证家里吃饭。"杨军说等他大学毕业赚钱了就不要做了。他现在毕业七八年了，儿子都3岁了父亲还在刷油漆，只不过改刷内墙了，外墙包工头嫌杨修敬年龄大怕出问题不让他做了。刷内墙是家装，杨修敬手艺好工钱低，倒也忙个不停。杨军后来索性不管他了，主要是杨军考虑做室内没什么危险，父亲在家里也待不住，家里的责任田也被流转给了种田大户，每亩田每年给800元的流转费。

工作后的杨军一个月四五千块钱的工资仅仅够自己日常消费，没多余的钱去报培训班。杨军也不能再向父亲伸手了，加上后来又结婚生子，便放弃了考公务员这个念头。

父亲说杨军不是当官的料，祖上的坟里从来没埋过当官的。

3

清远板材有限公司的开工仪式很隆重，好多个红色的氢气球在空中来回摆动，巨大的红色充气圆柱拱形门上贴着"清远板材有限公司开工仪式"十二个大字。拱形门两侧八门礼炮身上扎着红绸，炮弹已上膛，只等宣布"鸣炮奏乐"。拱形门前方与台下队列之间有一个小土坑，内有一块立着的大理石碑，石碑上写着"奠基"两个红字，石碑周围松软的泥土里插着几把铁锹，每把铁锹上都扎着红绸。拱形门后面是舞台，铺着鲜红的地毯，台上众人喜气洋洋，胸戴礼花，舞台两边摆放两只黑色的大音响，正播放着《迎宾进行曲》，嘉宾正前方摆放着四只立式话筒。

开工仪式由县长主持，县长在讲话前习惯性地用手指敲了敲话筒测试话筒是否正常，接着宣布仪式正式开始。县长分别介绍了台上的嘉宾，方清远代表投资方也讲了话，最后是县委书记讲话。县直各单位、施工方代表都参加了开工仪式，杨军作为清远公司的工作人员站在台下的队列里。

开工仪式在清远板材有限公司的厂址上举行，地处县经济开发区，因入驻的企业还不多，周边显得很空旷，地上的庄稼都被毁了，光秃秃的。一阵风刮过，氢气球在空中呼呼作响，杨军发现方清远的一缕头发被风吹起来盖住了"地中海"一部分，杨军想这人咋不戴个假发或干脆把剩下的头发全剃干净，成了光头也很好啊，好多明星还专门把浓密的头发刮了呢。有个电视相亲节目《非诚勿扰》主持人孟非就是光头，还有陈佩斯……

杨军正在想的时候突然"轰"的一声炮响吓了他一跳，原来已到"鸣炮奏乐"这一环节了，礼炮声一声接一声，《迎宾进行曲》再次播放，台上的嘉宾们鱼贯而下，来到那块"奠基"石前，人手一把铁锹开始向"奠基"石上象征性地扔土。

奠基过后开工仪式正式结束。

杨军参加清远板材有限公司开工仪式的前一天，到服装公司办理了离职交接手续，接替杨军的是一名老会计，杨军和这个老会计在一起吃过饭，算是认识。杨军知道这名会计在同学的公司里做会计，有一次同学请杨军吃饭也喊上了这个会计，算是认识了。杨军记住他的名字主要是因为他的名字比较特别，叫刘文成，这让杨军想起中学历史教科书上的文成公主、松赞干布，杨军当时就奇怪，为什么不叫刘干布呢？或者叫刘干部也行啊。杨军家小区门的一条主干道就叫文成路，看来不少人对"文成"这么感兴趣。

移交手续很快完成，杨军和刘文成把会计凭证数了一下，又确认了会计报表，尤其是把银行存款余额科目核实清楚后便一起在移交表上签了字。

杨军的第一份工作便正式宣告结束了。

无论怎么说，这第一份工作还是让杨军得到了不少收获，除了实际工作经验外，最大的收获是收获了爱情，在这家公司杨军遇到妻子王诗远。

清远板材有限公司投产之前需要会计处理的业务不多，杨军比较清闲，月底处理一些基建方面的财务。公司板材生产线正式投产后，杨军手里的事也就多了起来，从原材料入库到产品售出，会计处理的业务很多，杨军整天忙得焦头烂额。

杨军本来在服装公司工作时已通过了一门注册会计师的考试，来到清远公司上班每天忙得不可开交，回家还得帮助带阳阳，没有一点闲暇时间，杨军不得不放弃注册会计师继续考下去的打算。

4

清远板材有限公司投产后确实成了淮江县的龙头企业、纳税大户，县里经常安排人前来参观考察，年底的人大、政协两会把它也作为代表、委员的观摩点。

方清远成了县里的红人，县里的"两台一报"，即淮江县电视台、淮江县人民广播电台、《淮江日报》经常报道他。许多荣誉纷至沓来，他不是领奖就是开会，风光无限，甚至县里政协换届时，方清远居然成了县政协常委。

公司年底通常要举办年会，清远板材有限公司成立以来已搞过了 2 次，规模仅限于本公司内部，眼看第 3 年年底又要到了，这一年公司的效益特别好，方清远很早就吹出风来，年会要扩大规模，邀请县领导参加。

12 月 31 日晚上，清远板材有限公司年会在新世界大酒店隆重举行，宴会安排在酒店最大的一个厅——宴会厅。大厅里张灯结彩，公司还请淮江县电视台策划了一台迎新晚会，主要是公司职工表演节目。为了扩大影响，方清远甚至还邀请了 2 位二线歌星前来助兴，主持人是县电视台 2 位当家花旦。这次年会一共摆了 60 桌酒席，公司职工及各界人士济济一堂。

方清远好酒量，喝得红光满面，他每桌都敬酒，喝到高兴之处甚至到舞台上唱了一首《祝酒歌》。

"美酒飘香啊歌声飞，朋友啊请你干一杯，请你干一杯……"

尽管五音不全，他还是赢得了一片掌声。

酒席结束，杨军正要回家，突然接到了方清远的电话，让他迟点回，20分钟后到他的宿舍里。

方清远的宿舍一直没变，是新世界大酒店里的常包房，杨军来过，也就是第一次接受方清远面试的房间。

杨军知道方清远正在送客人，便在他的房间门口等。此刻房间门口的楼道里很安静，与刚才宴会大厅里吵吵嚷嚷简直是两个世界。

方清远确实有点喝高了，走路摇晃，跌跌撞撞地过来了，杨军连忙上前扶住他，方清远掏出房卡却怎么也对不准刷卡处。"还是我来吧。"杨军接过房卡打开了房门。

"哎呀，今晚喝高了。"他自言自语道，"这场合不喝高也不正常啊。"

方清远的房间是一个套间，里面是卧室，外面是会客间，摆着沙发和茶几。杨军扶着方清远坐到沙发上，给他倒了一杯茶，也给自己倒了一怀，紧挨着他旁边坐下。

方清远从茶几上的一包"中华"里抽出一根烟，杨军用打火机帮他点上。

"你觉得我是成功人士吗？"

"当然，企业做这么大，效益这么好。"

"小杨，你不会观察人。"方清远深深地吸了一口烟，又把烟雾吐向空中。

"我是表面上风光，其实内心痛苦得一塌糊涂。你和我接触这两三年，看到我的老婆和孩子了吗？"

杨军摇摇头。

杨军确实没有看到方清远的老婆和孩子来公司，杨军这人也不爱打听别人的家事，至于老总的家事就更没有必要打听了，这是他做人的规矩。除非别人主动跟他说，陈哲人也从来没有和杨军透露过方清远的家事。

"我和老婆离婚好多年了，女儿跟了她妈，从来也不见我，仇人一样。"

杨军这时只能充当一个倾听者，一边喝水一边听他诉说。

"我和我老婆都来自农村，两人白手起家，从一间裁缝铺开始做起，后来做成我们当地大型服装公司。我们夫妻二人吃了好多苦，受了好多罪，真如一首歌唱的那样，人生不可能随随便便成功，男人一旦成功，很容易就变质，我也一样。"

方清远一支烟抽完了，端起茶杯开始喝茶。

"这男人一旦有钱有地位，女人就往你身上扑，挡也挡不住，我就是。当时公司办公室新招了一名漂亮的女大学生，没事就往我办公室跑，对我做出种种暗示，我实在经受不住诱惑，她就成了我的情人。纸终究包不住火，老婆还是发现了，和我大吵一场。我向她保证立即和那个女大学生分开，她原谅了我。但时隔不久，当老婆和女儿去国外度假时，我又控制不住自己，和一位漂亮的女供货商搞到了一起，后来被女供货商的老公发现了，他直接到我的公司找我算账，当时我老婆刚从国外回来，气得再也不去公司了，说丢不起这人。回家后，她也不理我，非要和我离婚，说狗改不了吃屎的本性。后来经双方父母及亲朋好友劝说，加上我又做了保证才原谅了我。"

方清远又点了一根烟。

"男人与女人相比就不一样，女人家庭意识强，而男人则不一样，温饱思淫欲，一旦成功了，便管不住自己的下半身。时隔不久，我出差到了广东，晚上忍不住又找了小姐被警察抓了个正着，我不但被罚了款，警察还通知我老婆来领人。老婆最终还是来了，把我领回，没有和我吵闹，平静地提出和我离婚，我没有理由不同意。我们是协议离婚，她说会为我保守秘密，女儿也归了她。其实当初来你们淮江，我想转型是一方面原因，还有一个重要原因就是离开那个让我伤心的地方，我对不起老婆和女儿……"

方清远把抽剩的烟蒂按在烟灰缸里，说着说着竟然放声大哭起来，弄得杨军一时不知所措，杨军不知道如何劝说他才好。

"我来到你们淮江，认识了好多人，表面上也和很多人相处得很好，其实都是在利用，大家也心知肚明。我每天感觉就是戴着面具跳舞，我想找一个倾诉的对象，只有在你面前才可以说一说。"

杨军一时受宠若惊，被人信任的感觉既感到高兴又感到难过。

临走时，方清远对杨军说："今天谈话的内容不要对任何人讲。"杨军点点头，一定要替他保守秘密。

5

辞职后的王诗远真的成了专职保姆。

母亲和婆婆偶尔来换换她，王诗远才能有空和闺密出去逛街、吃饭。杨军是指望不上的，每天忙得不亦乐乎，甚至星期日都在忙。

王诗远整天在家带孩子感到很烦躁，杨军下班回到家总听她抱怨，每天都面对孩子，没有一点个人空间。杨军说，让老妈来帮着带，她又不言语了。杨军知道她和老妈处不来，老妈孙兰60多了，已有老年痴呆症的趋势，老是忘记事，做事也不太麻利，王诗远总是看不惯，况且孙兰也正在老大杨满家里帮忙带着小满。

王诗远坐月子时婆婆孙兰过来侍候，处处小心，生怕惹王诗远生气，即使这样，阳阳3个月大时她们俩还是吵了一架，搞得杨军两边都不是人，夹在中间受气。老妈气得要走，说让阳阳姥姥来带，可阳阳的姥姥这段时间身体不好，腰椎间盘突出躺在床上起不来。

杨军劝老妈说，看在你亲孙子的分上留下吧。老妈只好忍着留下来。杨军对王诗远起初是斥责挖苦，她就躺床上抹眼泪，弄得杨军心又软了，只好又去哄她。有一天晚上她搂着杨军的脖子问：

"假如我和你妈一起掉河里你先救谁？前提是只能救一个人。"

这句话杨军听过好多次，当自己的老婆真正问他时，杨军感到确实难以回答。

"我两人都救，如都救不上来，我和你们一起沉下去一起死。"

王诗远一下子用手捂住杨军的嘴巴，不许说"死"。阳阳突然哭了起来，王诗远赶紧把阳阳抱在怀里"哦哦"地哄着，不一会儿阳阳不哭了又睡了。

王诗远现在又提要去上班，她认为阳阳也大了，找一个保姆照顾可以了，长期下去她非得抑郁症不可。杨军说："不行，难道你没看到现在好多保姆虐待婴儿的报道？"

几天后，王诗远说："我实在不能天天待家里了，整个人快要疯了，还是让老妈过来吧。"杨军惊讶地瞪大了眼睛望着她，怀疑是不是听错了，确认没听错后，杨军问："老妈在带小满呢，小满咋办？"王诗远说："让阳阳的爷爷带小满。再说小满都上小学了，接送一下，做点饭给小满吃就行了。"

杨军知道老爸杨修敬还在做着内墙涂料粉刷，来带小满就干不了这活了，杨军又不好说实情，只好说和父母商量再做决定。

王诗远似乎态度很坚决，杨军问："你不在家带孩子难道还想上班？"

王诗远开始向杨军说着她的计划。她说，现在好多非会计专业的人都能考一个会计从业资格证书用来给小公司、个体户代账。听说理发师都有考证兼职代账的故事，而自己是一个专业会计干吗不能代账呢？

杨军说："这个主意不错，不是坐班会计。"

王诗远说："有人同时给十几家甚至几十家小公司代账，收入远远超过坐班会计。做账可以在家里，时间可以自己掌握，相对自由些，也可以照顾阳阳。"

杨军对这个主张表示认可。

"可怎么接业务呢?"王诗远又犯愁了。

杨军认为这个问题不大,他在淮江县会计界混这么多年,找一两家小公司的账让老婆代做应该不成问题。

刚好杨军有一个同学在淮江县市场管理局的公司注册窗口上班,杨军便给他打了关照,有新注册公司需要会计说一声。那个同学倒也爽快,说是小事一桩,第二天他便打电话过来,说有一家新注册的公司需要代账会计,业务简单,主要是每月代为税务申报,业务量很少,每月报酬 500 元,问他想不想做。杨军说,做!

王诗远很高兴,毕竟是第一桩生意。

后来这个同学又陆续介绍了几家小公司,有零申报,也有需要做账的。杨军觉得也够王诗远忙的了,毕竟有时还要跑大厅开票,有时还到公司处理事务,接太多也会影响照顾家庭,便对那个同学说不用再介绍了。

公司也是有寿命的,尤其是一些小公司,注册经营一段时间后破产了,新的公司又有注册,生生灭灭,但总体数量还是增加的。

王诗远给一些小公司代账过程中认识了好多人,除了公司的人外还认识了如市场管理局、税务局等部门的好多人。

有一天晚上吃过饭,儿子阳阳睡着了,杨军和王诗远躺在床上玩手机,王诗远说:"有没有认识行政事业单位没结婚的小伙子,李星都 25 了还没谈成呢。"

杨军笑了笑,他在思考单位还有哪些未婚小伙子:"我们这小地方,每年公务员招进来的也就那么几个,好多优秀男孩子大学时就谈好了,即使是歪瓜裂枣也都是抢手货,我托人打听一下吧。"

杨军其实也没把这事放在心上,有一次公司因为退税的事杨军去了一趟县税务局税政科见到了李星才想起来为她介绍对象的事。回到家后,王诗远问:"为李星介绍对象的事咋样了?"杨军说:"今天去税务局见到了李星。"杨军说:"我记着呢。"王诗远说:"你压根就没放在心上。"

杨军利用各种机会物色政府机关没有对象的小伙子,包括找同学及熟人打听，通过和政府部门的人在一起吃饭了解。

在杨军的积极努力下也促成了一两次见面，见面的地点在咖啡店或杨军家里，但都无果而终，基本上都是李星看不上对方。杨军后来便不再介绍，其实也是没有资源了，算是给老婆交了差事。

因为业务关系杨军常去税务局找李星，李星见到杨军来也很热情，主动给他倒开水、搬椅子，但从不提谈对象的事，杨军也不会主动提。毕竟她的办公室还有另外一个男同事，这也是她的个人隐私，本来就不好打听。

一晃一年过去了，一个周六晚上杨军和王诗远在看江苏台《非诚勿扰》节目，杨军顺口问一句李星谈成了没有，没谈成上《非诚勿扰》岂不很好？这个节目感觉优秀男嘉宾不少。

"人家都结婚了。"王诗远轻描淡写地说，"也就是上个月你出差的时候，我还去喝喜酒呢。"

"男方在哪个部门工作？"

"这你就老土了吧，不在机关部门，现在公务员不吃香了，拿着一点死工资。"

"难道高富帅不成？"

"也算是吧，人家找的是牙医世家。市里鼎鼎有名的马氏口腔医院就是他家开的。马国光是市里排得上号的富翁，李星的对象马小江是马国光的独子。"

对于马国光杨军早就听说了，淮江县是桃源市里的下辖县，淮江县有头有脸的人牙出了问题不是去省市人民医院口腔科，而都跑去找马国光。现在人们都注重牙齿，杨军听说包一颗烤瓷牙大几百，种植一颗牙动辄数千元，有的明星为了有一口光洁整齐的牙齿，甚至不惜把整口牙拔掉种上一口新牙，费用高达几十万元甚至上百万元。

"关键是这小子素质如何？是不是个败家子或者是地主家的傻儿子？"

"你见不得人家的好还是咋的？人家可是澳大利亚悉尼大学毕业的高才生，回国后协助管理医院，准备接班了。马国光年龄也大了打算把医院交给儿子管理了。"

"这对李星来说也算是一个好的归宿了，但愿她能够幸福。"

"那还用说，一定过得幸福，你来看一下李星的微信朋友圈就知道了。"

王诗远让杨军看李星的微信朋友圈照片，杨军一看，映入眼帘的是一对青年男女手拉手大笑着在沙滩上奔跑，背景是碧蓝的大海，天空飘着朵朵白云。照片的主题：蓝天白云我来了。

李星一袭白裙，小伙子也一身白衣白衫，应该是马小江了，看起来阳光英俊潇洒。

王诗远在一旁解释说："这是李星和马小江在澳大利亚度蜜月时拍的。"

第二天晚上，杨军到家刚吃过晚饭，坐在沙发上看电视，突然听到有人敲门。

王诗远说："李星来了。"便连忙去开门。

杨军见到李星进来忙站起来打招呼，说："新婚快乐。"李星微笑着说："谢谢。"她怀里抱着一只小白猫，杨军说这只猫好可爱，叫什么名字，李星说叫欢欢。杨军请李星到沙发上坐，王诗远忙去给李星倒水。杨军说澳大利亚风景还不错吧，李星点点头，似乎不愿在这个话题上逗留，立马转移话题至业务上了，问清远板材有限公司本月税款申报情况，杨军明显感到她的眉宇间有一丝忧伤。

王诗远对李星说："我们到房间聊吧，让他在这里看电视。"

杨军笑了笑："三个女人一台戏，我不是女人，这台戏不好唱下去了。"李星微笑着，站起来冲杨军点点头和王诗远去了房间。

阳阳一会儿从自己的房间里跑出来，手里拿一本故事书找他妈妈讲故事，到客厅一看见妈妈不在，又准备到房间去找。杨军说："我来讲吧。"阳阳说："不行！"转身跑去了爸爸妈妈的房间。过一会儿王诗远带着阳阳来到客厅，阳阳怀里抱着李星的那只白猫。"王诗远说："好看的动画片到了。"连忙让杨军把电视调到少儿频道，阳阳立马就被吸引住了，杨军陪着阳阳看动画片，王诗远又连忙回房间陪李星。

这一对闺密有些日子不在一起了，看来要聊好久了，但出乎杨军的意料，时间不长就听到门开了，王诗远和李星一起来到客厅。李星说，时间不早了阳阳要休息了，李星准备要回家了。

王诗远要从阳阳怀里取欢欢，阳阳还有点舍不得，王诗远哄着说李星阿姨要走了，明晚再把欢欢带来，阳阳这才把欢欢给了妈妈。

李星接了欢欢，与杨军告别，杨军发现李星眼睛红红的，似乎刚哭过。

王诗远把李星送到楼下后上来，杨军问："李星咋了？"王诗远说："你一个大男人问那么多干吗？"杨军便不再言语。

一晃时间到了 2015 年，杨军参加工作也好几年了，男人三十而立，杨军已快 30 了还没有立起来。杨军觉得立起来的标志就是有房有车，车子有了但房子还没有，相比车子房子可是重要多了。

除了王诗远经常在耳边念叨要买房外，杨军自己感觉也需要有一套属于自己的房子了，再说阳阳也长大了，老是租房也不是个事儿。淮江县这几年房价节节攀升，从阳阳出生那年开始，房价 3000 元/平方米左右，到 2015 年已攀升至 4500 元/平方米左右，还在继续攀升中。杨军也总结出一个规律，只要当地方行政事业单位开始调资，房价一定上涨，收入的上涨总赶不上房价上涨的速度。这几年杨军和王诗远也经常到各个楼盘去看，也有看好的房子，他们总认为房价一定会跌下来，想再等一等，结果越等房价越高，王诗远老是抱怨杨军犹豫不决，好多年的积蓄都被房价涨完了。

杨军决心 2016 年一定要买房，在奥运之年买有特别的意义。

春节刚过，杨军和王诗远便对城区的几个楼盘一一做了研究，只要是星期天、节假日有时间他俩便泡在各个售楼部。五一期间，杨军和王诗远反复权衡后决定下手。他们下手的房子靠近省级重点中学淮江中学，名叫学府御景苑小区。这个小区离市中心稍微有点远，价格方面杨军和王诗远都能接受，4400 元/平方米，加上车库，近 50 万元，本来首付 15 万元可以了。王诗远不想每月按揭贷款，还款压力太大，决定多付一些，付了一半 25 万元。这套房子把杨军这些年的积蓄全砸进去了，杨修敬听说儿子杨军买房，也拿出了 10 万元。杨修敬说："你哥杨满暂时还没买房，我还能赚几年钱等他买房时我再出钱。"孙兰甚至把自己的私房钱 1 万元现金塞在王诗远的包里。王诗远眼泪都流下来了，多年不喊"妈"的她当场就喊了一声"妈"，连声说"谢谢"。杨军也知道两位老人一直省吃俭用，是牙缝里省出的钱，特别是爸爸年龄也大了。王诗远上次让老妈过来带阳阳，老爸不得不放弃了油漆工的活儿去带小满。杨军本想工作后应该好好孝敬他们二老，逢年过节也给过几次钱但二老一直拒绝。可怜天下父母心！二老认为杨军夫妻处处要花钱，好好攒钱留着买房子。二老的衣服也都多年没置换新的了，杨军兄弟俩在他们身上没有付出过什么，想想也是惭愧。

购房合同签订了，首付款交了，杨军和王诗远多年来的一块石头终于落了地。由于是期房，他们家的房子所在楼栋刚建了一半，每到星期天夫妻俩没事的时候，王诗远便约上杨军带着阳阳到学府御景苑工地，远远地望着那栋披着绿色防护网的高楼，高高矗立的塔吊像个巨人伸出长长的臂膀转动着。王诗远会对阳阳说："儿子，看，那就是咱们家的房子。"

又一个星期天到来了，早饭后，王诗远照旧约杨军去学府御景苑工地，这几乎成了她星期天的必修课，她说要看房子长成什么样子了。

当杨军一家三口骑着电动自行车来到学府御景苑工地时，他们发现长长的塔吊巨手不再摆动，工地上没有了工程车穿梭的热闹场景，甚至看不到一个工人。杨军一家觉得好奇怪："明明是天气晴朗万里无云，正是施工的好天气，咋停了？"杨军问工地看门的老大爷，老大爷摇摇头表示不清楚。他们只好打道回府，夜里杨军听到王诗远说着梦话"咋停了？咋停了……"

星期一，杨军到公司上班和同事们聊到了学府御景苑停工的事，他们几乎异口同声地说："啊？学府御景苑也停工了？"听他们说县里好几个楼盘都停了，据听说是开发商的资金链断了。"咋会是这样呢？"回到家杨军对王诗远说了这事，王诗远瞪大了眼睛说了一句："咋会是这样呢？怎么办？"

"还能咋办？等等看。"杨军感到此刻自己该安慰一下她，"这么大的楼盘，这么多买房人政府不会不管的。"

她还是怔怔地望着杨军。

杨军后来才知道房地产危机来了，主要是房地产盲目扩张，导致供大于求，房子卖不掉开发商资金回收困难所导致。开发商们的银行贷款无法及时还清，出现资金链断裂，老板纷纷跑路。当杨军把自己的分析对银行工作的同学说时，老同学笑着说："你好像一个经济学家，对一些诸如恩格尔系数之类的经济学理论都还了解一些，这具有普遍性，但淮江的现象不具有普遍性。隔壁的泗沭县房地产行业发展很好也没听说有老板跑路的现象。"

"那具体是什么原因？"杨军问。

他说："淮江这次房地产乱象的根本原因是地下高利贷导致的。根据银行部门存贷款数据分析就知道了，存款的数字直线下降，甚至比往年同期下降达一半以上，而贷款数字没什么变化。"

见杨军还不甚明白，这位同学笑着说："大家都把手中的钱放高利贷了，月息 2 分，年息高达 24%，是存在银行利息的 10 多倍，谁还愿意存银行？2 分都是少的了，现在有的都到了月息 5 分甚至 1 角。有的开发商为了拿地需要资金，从银行没办法贷到款都是从民间贷高利贷，一旦房子销售出了问题资金无法回笼，问题就来了，没有钱付施工方，施工方就会停工，这也是迫不得已，如等房子盖好交付了，施工方就更不好要钱了。"

杨军明白了。

正如预想的一样，购房人开始相互串联，一批批前往县住建局。

政府最终派出工作组进驻烂尾楼盘收拾残局重启施工，城区的几个烂尾楼盘也都由县政府工作组接管了。

工作组进驻学府御景苑后的一个星期天，杨军和王诗远看到巨人般的塔吊又活了过来，长长的臂膀又开始移动了，杨军和王诗远悬着的心又轻轻放下了。

6

"李远被公安抓了。"王诗远有一天回到家告诉杨军这消息，杨军问原因，王诗远说，好像与钱有关，具体也不太清楚。李星刚刚打电话给她，问有没有公安部门熟悉的人，她也不好多问，杨军问她是如何答复李星的。王诗远说："李星看起来很着急，想让我问你有没有熟悉的警察同学或朋友帮帮忙。"

杨军在头脑中把熟悉的人迅速滤了一遍，有同学在县公安局上班但没什么交情，上学期间甚至都没说什么话，只是工作后本县的同学聚会，经常会到一起。

"再说吧，说不定她已找到了得力的人。"

"她父母虽说是城里人，但也是老化肥厂的下岗职工，据我所了解她家没有什么有权势的亲戚。"

"她的公公马国光不是人脉很广吗？淮江县公安局听说就有不少领导去找他看牙，他打个电话——"

"别提他家！"

杨军还没说完就被王诗远打断了。

"为什么？"

"以后再跟你说。"

晚饭刚过，李星过来了，她和杨军打了招呼，王诗远正在厨房里洗碗听到李星来了，赶紧出来，给李星倒了一杯茶，三人都坐到了客厅的沙发上。大家都没有说话，杨军率先打破沉默。

"你弟弟李远到底犯了什么事？"

"还不是高利贷惹的祸。"

"高利贷？"

"是啊，也都怪我爸妈在李远上初中时没有盯好他，他天天玩游戏，成绩差，上了职高，毕业后进了一家小额贷款担保公司。前两年听说效益还可以，今年突然就不行了，他的公司从民间融了好多资金，高息放给房地产公司，房地产不景气，房子不好卖，资金收不上来，老板还不上他们的高利贷，跑路了。"

"跑路了警察应该抓开发商啊。"

"关键是还没等警察抓的时候，我弟他们先被抓了。"

"咋回事？"杨军问。

"唉！我弟带人把开发商打了，伤得挺重，听说把老板的牙都打掉了一颗。"

"牙打掉了可以再种啊，你们家不是——"

王诗远咳嗽了两声，冲杨军瞪了一下眼，杨军明白了，立马把话刹住。

"现在我弟弟已被抓到了县公安局的刑警队，想请你帮帮忙。"

"公安局我倒有同学，在治安大队，也没什么交情，我试试看吧。"

"太感谢你了，我爸妈在家急死了，我妈一个劲地哭，我也心烦意乱没个头绪。"

"先不要感谢，八字还没见一撇呢。"

"必须要在公安局把人捞出来，移交检察院麻烦就变大了。"

"试试看吧。"

杨军连忙打电话给公安局的同学，在听杨军简单把事情叙述完后，老同学说最近公安局正在处理好几起类似的案子，问题还比较严重，明天上班时到刑警队了解一下情况。杨军说："老同学一定要帮忙，李远可是我的亲表弟啊。"没等杨军说完那边已挂了电话。

"怎么样？"李星问。杨军说老同学明天了解一下具体案情，等他电话。

第二天上班后，杨军接到了公安局那位老同学的电话，他说已与刑警队的人打听过了，李远问题比较严重，是几起类似案件中最严重的一起，正准备对伤者的伤情进行鉴定，应该属轻伤，判个一年半载没问题。杨军问怎样才能捞出来呢，那个同学说，难啊，县领导都发话了要求严查，县局分管刑侦的副局长亲自坐镇审讯。那个同学最后让杨军再想想其他办法，总之他是起不了什么作用的。

中午快到下班的时候，李星打杨军的电话，杨军本不想接，告诉她实情怕她失望，犹豫再三还是接了，杨军跟她说了实际情况。电话那头说了一句："给您添麻烦了。"便不再说话。杨军安慰她："再等等，我再想想办法。"

刚挂了李星电话，又看到老妈打来电话，杨军心里一惊。妈妈轻易不打他的电话，除非有重要的事要找他。上一次是爸爸在做内墙涂料时摔了下来，在室内虽然站得也不高但还是摔断了胳膊，一起干活的人打了杨军妈妈的电话，妈妈又赶紧打杨军的电话。还有一次是阳阳的鼻子突然出血，怎么也止不住，王诗远也不在家，妈妈只好打杨军的电话，杨军从公司立马赶回家带阳阳上医院，经医生诊断是过敏性鼻炎。所以妈妈打电话来，杨军第一想到的是阳阳又出问题了，第二想到是爸爸出问题了，经过思考爸爸应该不会出问题，爸爸在带小满应该不会有事。杨军接了电话，妈妈说："你大舅来了，从菜场多买点菜回来。"

原来是这样，杨军松了一口气，他知道这个大舅好多年没来自己家了，主要原因是和妈闹了矛盾甚至还吵了一架。母亲姐弟4人，除了妈妈外，还有大舅、二舅和大姨。妈妈最小，大舅、二舅虽住在金锁镇上但都是地道的农民，二舅身体不好，五十来岁就得了肺癌。姥爷、姥姥本来是大舅和二舅两家轮换着过，一家一个月，倒也相处无事。二舅得肺癌去世后，姥爷、姥姥一直在大舅家生活，大舅妈就生气了，非要让二舅的儿子、杨军的表哥代替二舅来共同赡养两位老人，甚至让大姨和杨军的母亲也要定期接二老过来赡养。金锁镇有个传统，父母老了都由儿子赡养，出嫁的女儿没有赡养责任，只是在老人生日或逢年过节时送点礼物或买些衣服给老人。杨军的妈孙兰也是这个观念，和当前城里儿女共同赡养老人平等观念不同。孙兰和哥哥大吵了一架，孙兰说她有孙子要抚养，该出的份子钱照出。大舅不同意，最后没办法，孙兰姐妹俩还是参与了轮流照顾。轮到孙兰时，她就把二老接到老家，由杨修敬边干活边照顾他们，孙兰周日再从城里回去看一看二老，为他们洗洗衣服。

自此孙兰和哥哥就很少再来往。

杨军想大舅主动来他家一定有重大之事。

回到家后，杨军看到大舅正愁眉不展地坐在沙发上，妈妈也坐在一旁唉声叹气。

大舅见杨军到家冲他点点头，妈妈对杨军说，好好陪陪大舅。她去做饭了。

大舅说家里出了大事了，杨军一惊，忙问："出了什么大事？"心里想："莫非姥爷姥姥病了？"大舅开始抹眼泪。

"我辛辛苦苦攒下的 10 万块钱全没了！"

"大舅你别急，给我说说咋回事？"

"还不是让高利贷坑的。"

"啊？又是高利贷！"

杨军让大舅把事情原委简单说一下。大舅说他们那地方这两年流行放水，也叫放爪子，其实也就是放高利贷。有专门从事这一行当的中间人，赚取中间差。

"要是收不回来呢？利息太高不受法律保护的。"杨军说。

"可不是吗？我就是给他们 10 万元，说好月息 5 分，按年连本结息，结果年底去要钱时不但利息没有，本钱也要不回来，他们说下家老板跑了。"大舅叹了一口气。

"啊！跑了？通过法律途径呢？"杨军问。

"也找了律师，律师说利息太高，也超过国家保护范围了。你是大学毕业见过大世面的人，能帮我想想办法，这可是我为你表弟结婚准备的彩礼钱啊。"大舅说着抹起了眼泪，杨军连忙去安慰他。

大舅家所在青阳县金锁镇与杨军家所在的淮江县屠园乡相邻，他的家所在的金锁镇紧挨着洪泽湖，那地方河流纵横，是鱼米之乡，小时候杨军常去姥姥家，那时大舅还很年轻，经常带着杨军和他家的小表弟去河里捉鱼摸虾。大舅买了一辆幸福 250 摩托车，村里仅仅几家有摩托车，他骑着幸福 250，两边口袋里装着鱼虾，带着杨军和表弟像风一样在乡村道路上飞驰，摩托车排出的烟和道路上扬起的土混在一起形成了一条长长的尾巴。道路上的鸡见到这个大怪物纷纷连飞带跑躲得远远的，农户门前坐着的狗远远地听到发动机的轰鸣便开始狂吠起来，摩托车经过后还追着。这些场景如同电影画面，在杨军回忆儿时的生活时就会在脑海中出现。曾经英俊潇洒的青年而今已垂垂老矣，杨军不禁开始感叹岁月的无情。

大舅说金锁镇有不少靠放水发了大财的人，镇上到处都是宝马奔驰，宝马车就有好几百辆，成为全国著名的宝马镇。这些忙碌的豪车后备厢里装满了成捆的钞票，像他这样的小钱放给他们都要找关系才能要，而且不打条子，人家根本就看不上。现在房地产不景气，开发商资金链断了，这些中间商也消失了，总之玩的不是自己的钱，最倒霉的都是像他这些最底端的人。

杨军承认自己孤陋寡闻，每天都过着公司和家两点一线的生活，有点时间就是看看书，周日陪老婆孩子，最近一两年还跑跑各个楼盘看看房子，对外边的世界还真的不怎么关注。看来这次风暴已波及淮江、青阳等好多地方了。

"我们淮江房地产也出现好几起老板跑路现象，我自己买的房子所在楼盘的老板也跑路了，现在政府在接管。你这事情最有效的办法只有多联系几个和你同样遭遇的人找政府，或许有希望挽回一部分损失，我也没有太好的办法。"

大舅说，只好这样了。

7

晚上睡觉前，王诗远又问起李远的事，杨军说："我向同学问过了，比较严重，领导挂牌督办，弄不好要坐牢的。"王诗远说："那怎么行？"杨军说："还能咋办呢？"杨军突然想起了一件事，便问王诗远："那天李星来我们家时，我提到马国光为伤者补牙的事，你为何制止我？"王诗远迟疑了一下，叹口气说："李星的婚姻出问题了。"

"出问题了？什么问题？"

"李星对我说是马小江那方面不行。"

"哪方面不行？"

"你是装还是明知故问啊，男人的功能不行！"

"啊，怎么会这样呢？得赶紧到医院治疗啊，哦，对了，他家就是开医院的，能不懂这个吗？"

"总之闹得不轻，听说已闹到离婚的地步了。"

他俩陷入了沉默。

几天后，杨军因为公司退税的事去了一趟县税务局，刚到税务局办公大楼下，便听到一阵嘈杂声，一位打扮时尚的中年妇女在大声嚷嚷："我家儿子娶你不是当花瓶来看的，结婚后碰都不让碰一下，你以为是冰清玉女啊，想当玉女就不要结婚啊，干吗来害我儿子。赶紧把婚离了，彩礼退了……"

"你说的是谁啊？"围观人群中有人问。

"就是这个税务局的李星。"

杨军想："这便是马国光的老婆，马小江的妈了。"她想进局里找李星，可是两名保安死死地拦住她不让进去。

"我说这位阿姨，有什么事不能心平气和地坐下来谈呢？在这里闹，影响多不好。"杨军对马小江他妈说。

"我就要坏她的名声，她总躲着我们，不想离也不想退彩礼。"

"你看你们家也是有头有脸的人，这样闹下去多不好。"人群中有人认识马国光的老婆。

"我也来找过几次局长,想好好处理,可局长不接待我,只有这样了。"

这时保安接一个电话后对马国光老婆说:"我们的朱局长请你去一下他的办公室。"

马国光的老婆跟着保安上楼了,围观的人群也就散了。

杨军也上了楼直奔税政科李星的办公室,她办公室的门关着,杨军敲了敲,里面传出了一个男人的声音:"是谁啊?"

杨军知道这不是李星的声音,应该是她的同事,便报上姓名和公司。

门开了,杨军看到李星正在打电话,见到杨军点点头。

接完电话,李星说:"很抱歉今天办不了。"她让杨军改日再来,杨军说,好吧。

李星拿起包就向外走,刚才可能接到楼下保安的电话了。

回到家后,杨军把在税务局看到马国光老婆的事和王诗远说了,王诗远愤愤地说:

"真不上路,怎么能这样胡闹?这让李星今后如何做人呢?"

"这到底是男的不行还是女的不行啊?都说对方不行。"杨军问。

"不管谁不行都不能这样闹。"王诗远愤愤不平地说,"前几天这老太婆还到税务局散发侮辱李星的传单呢,太不像话了。"

"这样做都涉及犯罪了。"杨军说。

"还有,马小江也不是个东西,还出国留过学呢,前几天给李星的好多同事和好友都打了电话,包括我也接到了电话,让我劝劝李星抓紧办离婚手续。"王诗远说。

"看来李星还不想离婚,婚姻到这种地步已没有什么存在的价值了。"杨军说。

"不是李星不想离,而是男方给的十万元彩礼都被李远放了高利贷,收不回来了。"

"她们家也够烦的,摊上这么多事儿。"

这事刚过去两天,杨军又去了一次税务局找李星办理退税的事,当业务办完后,李星送杨军到电梯口,对杨军说李远的事真的麻烦了,请杨军再想想办法,能不能试着让清远公司的老总方清远帮帮忙,他可是县里的红人啊。

杨军一惊，想了想说："好吧。"

最近一段时间清远公司的效益不是太好，或许也受到了房地产危机的影响，方清远的心情看起来不是太好。

杨军不喜欢没事总往老总办公室跑，总感觉受到拘束不舒服，只有会计报表、重要支出需要老总签字时才会找他。

清远板材有限公司的财务总监是方清远的妹妹，她根本不懂财务，平时主要是打扮和签字，会计报表只看会计余额，公司的具体业务主要靠杨军来抓，所以方清远问财务上的事也基本上不找她这个妹妹，主要找杨军。

杨军离开税务局刚上车时就接到了方清远的电话，让杨军赶紧到他的办公室一下。

到他的办公室时，看到他正在仔细端详一块玉，他说：

"我一个朋友去了缅甸给我带了一块玉，都说黄金有价玉无价，我不识货，你来看看品相如何？"

"方总，我对玉也没有研究，改天我给你介绍个懂玉的朋友看看。"杨军笑着说。

那是一块圆形的挂玉，色泽鲜润，杨军这个外行人看起来都觉得是一块好玉。

"找你来主要了解一下公司的税负问题，公司最近效益下滑，是不是成本太高了？比如税收成本。"

他放下玉，从烟盒里抽出一支烟点燃。

"效益这块受市场影响很大，我们生产的板材有相当一部分出口，由于受金融危机的影响，国外的购买力在下降，同时受国内房地产行业不好的影响，建筑模板使用量也在大幅下降，这都是我们效益下滑的主要原因。"

"你说的是有道理，但我们的成本也太高了，除了人力资源成本外，税收成本也很高的。"

"税收成本不好控制吧，主要受国家的税收政策影响。"

"还是有空间的，我和生意上的朋友在一起吃饭时，他们就提到了合理避税，你看好不好操作？"

"好吧，我尽快联系。"

杨军突然想到了李星刚才请他帮助找方总的事，这刚好是一个接触的机会。

回到办公室杨军立马和李星联系，最近方便时一起和方清远吃个饭，她立马就答应了，"就明晚吧。"杨军让她多约几个相关科室的人一起过来。李星说："好。"

吃饭的地点当然还在新世界大酒店，李星带了她同一办公室的同事，另外还有征管科、收入核算科、清远板材有限公司属地分局的几位年轻税干。清远公司参加的有方清远、财务总监、杨军以及财务部其他几个会计。

酒桌上气氛很热烈，大家频频举杯。方清远兴致很高，爱讲段子的他，讲了好几个段子，引得众人哄堂大笑，甚至烦恼缠身的李星都跟着一起笑。方清远和税务局的每一个人都喝了四杯酒，即使对方喝水或饮料，他也把酒喝下去。方清远也不失时机地讲了一通官场的客套话，感谢税务局的领导们这么多年来对清远板材有限公司的厚爱，欢迎大家以后多多来清远公司指导工作。

饭毕，方清远送税务局众人出酒店。李星突然停了下来，对方清远说："方总，借一步说话。"

李星和方清远离开众人到一旁，方清远说："李科长，有什么事请讲。"

"方总，有一件事想请您帮忙。"

"是这样的，我弟弟李远把人打了。"

"道个歉，赔点钱不就完事了吗？"

"还比较严重，人已在公安局刑警队，也不让见面，据说对方可能被鉴定为轻伤，如李远被移交到检察院，免不了要有牢狱之灾。"

"啊，这么严重！"

"所以还请您帮帮忙，我知道您神通广大，朋友众多。"

"这——我试试看吧。"

方清远要了李星的手机号，说了解一下具体情况再说。

8

当陈哲人站在杨军面前时，杨军真的不相信自己的眼睛，除了长相没变以外，其他的变化让杨军吃惊。满脸的胡须好像许多天没刮了，头发长且乱蓬蓬的，一双眼睛大而无神，衣服仿佛也好多天没洗了，袖口许多污渍清晰可见，如走在大街上，杨军见了绝对不会认出是陈哲人的。在杨军想象中，这小子此刻应该在澳大利亚，住在临海的别墅里和陈晓青穿着高档的衣服，吹着海风，吃着海鲜共度美好人生。

陈哲人让杨军不要和方清远说他回来的事，他不想让方清远看到他的落魄。

杨军邀请陈哲人在淮江县一个新开的小酒馆喝酒，杨军说把在淮江工作的几位同学一起找来玩，陈哲人拒绝了。

"你一定想知道我咋混成这个样子。"陈哲人说。

陈哲人抽出一根烟给杨军，自己也点了一支，据杨军所知他以前是不抽烟的。

"我和陈晓青分了，我现在一无所有，是个穷光蛋。"陈哲人说。

杨军不想问原因，此刻他是倾听者，杨军不必问，陈哲人一定会说出全部。

"刚到澳大利亚的一两年，我确实过上了想要的富人生活，有了自己的别墅，有了女儿，在那里生活很安逸。陈晓青这人虽有大小姐的脾气，我来自农村，学会了忍让，我们总体相处还可以。"陈哲人边抽烟边说。

菜上来了，杨军给陈哲人倒满了酒，他端起来一饮而尽。

"我本想就这样安安稳稳过下去，但一个电话完全改变了我们的生活走向。"陈哲人望着杨军说，"欲望就是害人的东西。"

杨军点头表示赞同，他想到了佛家那句经典"人生来是苦的，而苦的根源就在于欲望"。

"电话是我的前岳父也就是陈晓青的老爸打的，他让我们迅速回国帮忙处理生意，说现在业务已拓展到开发房地产。"

陈哲人笑着说："我也思考了几天到底回不回去，但陈晓青坚持要回去。我也就不好说什么了，毕竟是寄人篱下。同时我也想通了，回来积累了一定资金自己再单干，开创属于自己的事业。"

杨军举杯和陈哲人共同干了。

"我回国后发现房地产行情确实非常火，前岳父拥有两个楼盘，第一个楼盘拿了地，盖了售楼部，施工队刚进场，便开始预售了，基坑刚挖好，房子都已订完了，于是再买地，再次销售火爆。我前岳父干脆把实体的工厂全转让了，一心一意做起了房地产开发商。"

冬日的阳光从窗户外射进来，暖暖的，陈哲人干脆直接关了空调，脱去了外面的羽绒服。他望向窗外，由于地处偏僻，行人很少，掉光了叶子的梧桐树在严寒的冬天没精打采地站着，也偶有一只喜鹊站在树枝上注视着过往的行人。

"前岳父让我单独管理一个楼盘，我从来没有管理这么大一摊子事，但也几乎不用动什么脑筋，因为行情实在太好了，两年下来，我为前岳父赚了好几个亿。我也被成功冲昏了头脑，我对前岳父提出了要单干，前岳父说他的一切将来都是我和晓青的。我还坚持单干，前岳父最终同意了。"

菜都凉了，杨军喊服务员进来把菜端过去热一下。

"真正自己干还是困难重重，主要是资金问题，除了前岳父给的一笔钱外其余都是我自己融资的，为了拿地，我从民间借了很多高利贷，因为不符合条件，从银行贷不到款，我想房地产行业这么热，只要迅速拿到地把售楼部建起来就可预售，资金就能迅速回笼。"

"听说前几年不少开发商都是空手套白狼发了大财的，我们县就有好几个例子。"杨军忍不住插了一句话。

"但是我就没这么好运，我刚拿到地后房地产开始走下坡路，第一期工程开始后，当地政府出台了文件，房屋完成工程量的三分之一才能取得预售资格。我只有硬着头皮往下建，拿到预售资格后，买房的人已不多了，而民间的融资还款压力不断加大。"

"你可以向老岳父申请援助啊，"杨军不解地问，"他可是财大气粗，资金实力雄厚啊！"

"别提了，他当时也不行了。进军房地产的前期所取得的成功也让他冲昏了头脑，他把全部的家当全投了进来，疯狂置地，从浙江到江苏甚至安徽都买了地，摊子铺得太大了，因资金不足大量从民间5分、1角地融资。不承想房地产开始不景气了，资金链也出现断裂，他都自顾不暇了，哪还有精力考虑我的问题？"

"是啊，做什么事都应该量力而行。"

"后来出现了葡萄串效应，当出现第一例逾期无法还款时，便爆发了一连串反应，大量借款人蜂拥而至，要求还款，因还不了钱，售楼部都被借款人砸了，在建的工程也被迫停止。我不再敢公开露面，手机也不停地换号，甚至我的老婆和孩子也遭到了威胁，为了让老婆孩子平安，我被迫与陈晓青离婚，陈晓青从她老爸那拿了点钱和孩子再次去了澳大利亚。"

"那你为什么不一起走？"

"我已经被起诉了，限制出境。"

陈哲人抽出一支烟点上，满吸了一口，望向窗外。

"现在老爷子也破产了，有的地也被政府收回了，他的背后也跟了一大群债主，日子也不好过。"

"早知道如此，不如一直做实体。"

"还不是欲望？手里有一千万还想一个亿，有一个亿还想十个亿元，都是让欲望害的。"

"那你现在打算咋办呢？"

"还能咋办？我现在就是过街老鼠人人喊打。我身无分文，没人愿意借钱给我，甚至连吃饭都成问题，你是我最好的同学，你愿意借钱给我？"

杨军对他问的这个问题感到很突然，心里也犹豫了一下说："我刚买了房，开发商也跑了，我按揭还正在还。"

"但总比我要好多了。"

"这样吧，我把公司年底发的几千块奖金给你应付一下。这钱我家王诗远不知道，我没对她说过。"

陈哲人突然一阵大笑，端起酒杯一饮而尽，搞得杨军莫名其妙。

"你不愧是我最好的兄弟！"

陈哲人再次消失于人海中，杨军至今也没有他的消息。

9

李远被放出来了。

这个消息是王诗远告诉杨军的，她说中午看到李星和李远在小区内，李星姐弟俩还和她打了招呼，看来是真的了。

方清远最近的精神好了很多，前些日子公司效益不理想，他在公司看这也不顺眼看那也不顺眼，老是爱训人。现在公司效益还是没有改善，但他训人的次数明显减少了，他甚至变得和蔼可亲起来，有时还会和一些员工开开玩笑。

大家都感到有些奇怪。

一年一度的公司年会又要到了，不少员工私下里议论今年公司效益不好年会可能不会搞了，即使搞了也不会大张旗鼓地搞，小规模搞一下得了。

出乎所有人意料，方清远在公司中层干部会上宣布今年的年会继续搞并且还要扩大规模，他说越是在公司艰难的时候越要摆开架势让外界看到公司还很有实力的样子。

方清远甚至学会了政府机关的那一套，带领公司所有中层部门负责人到浙江、苏南、广东一带大企业学习调研，研究制订下一年工作思路。他要求各部门都要制订下一年工作思路，用PPT演示评比。在评比总结会上，他对大家说了一句堪称经典的话："思路决定出路，眼界决定境界。"财务部的工作思路由杨军进行汇报，杨军感觉不是非常理想，但最终得了第一名。这让杨军感到意外，可能方清远对杨军照顾了，但为什么呢？杨军百思不得其解。

这一年的公司年会比以往规模都要大，年会没有放在以前的新世界大酒店，而是放在开元名都大酒店。这家五星级大酒店刚开张不久，是整个桃源地区三县市区中条件最好的五星级酒店。方清远专门请了省电视台的当家主持人来主持，甚至还请了两位当红的一线影视明星前来捧场。

在新年致辞这一环节，方清远说公司今年取得了历史性的大丰收，公司效益历史最高。杨军心里听得一惊一惊的，公司今年的效益实际上是历史最差的一年。

在热烈的掌声中，杨军看到方清远没有几根头发的脑门在灯光下异常明亮。

公司年会所邀请的基本上是各政府机关的领导和商界名流，出人意料的是杨军看到李星也参加了。

马小江起诉李星的离婚案再次开庭，最终庭下达成和解，李星退还马小江的 10 万元彩礼钱。对马小江提出的要求，李星全部接受，这让出庭的马小江母子感到意外，甚至主审法官都感到奇怪。李星简直是 360 度大转弯，以往她坚决不同意离婚，并且不同意赔一分钱。

杨军不再和王诗远去学府御景苑工地，听说政府的工作组进驻还是不能从根本上解决问题，学府御景苑又停工了。

最近王诗远总有呕吐的感觉，杨军说是感冒了吧，她说不是。杨军说："还能怀上了？"王诗远说："别恶心了，要真怀上了要引产的，想让我遭罪啊。"

王诗远让杨军星期天陪她到县人民医院去检查下。

在产科的过道上，老远就听到彩超室的广播："请 16 号李星到彩超一室检查。"

"李星？"杨军听到王诗远自言自语四处张望。

"看！李星。"王诗远对杨军说，"我去打个招呼吧。"

"方清远！"这时杨军又看到了一个熟悉的身影，杨军制止了前去打招呼的王诗远。

此刻的方清远提着李星的小提包拿着一摞检查单跟在李星的身后，医院过道里的灯光照在他光光的头顶上，像抹了一层油。

第五章　远方的呼唤

1

清远板材有限公司还是倒闭了。

方清远消失得无影无踪，这成了整个淮江县第一大新闻。坊间说，政府本来想救他的，协调银行贷款了几千万元给清远板材有限公司，还是没有救活公司。

杨军现在忙得回不了家，尽管公司倒闭了，但后续的事大都集中在财务上，按政府要求，对公司开始清算。各方讨债的人找不到方清远就来找他这个财务负责人，政府方面也来找他，税务局的、财政局的、审计局的、公安局的，甚至还要接待律师。

两个月后公司清算工作终于完成了。

其实在公司倒闭的那一刻起，杨军就考虑到自己的出路问题。

现在他终于失业了。

房贷、养家、阳阳上学费用这些实实在在的支出像一块大石头一样压着自己，杨军感到自己似乎喘不过气来，这个家指望王诗远是不行了，她赚的钱还不够她自己花呢。在企业干不稳定，一旦有个风吹草动确实也折腾不起，还是在体制内好，至少旱涝保收，他萌生了再次考公务员的想法，可是自己30岁的人了，在年龄上已经没有优势了，但无论如何都要冲一下，自己没有退路了。

当他把自己的想法告诉王诗远时，王诗远微微一笑："你能考上吗？你刚毕业的时候不是考过吗？你要有决心考，我包下整个家务包括带阳阳。你也要记住了如考不上家务由你全包，我出去赚钱养家，你吃软饭好了。"

杨修敬知道杨军再次考公务员时，他鼓励杨军，哪里跌倒就要在哪里爬起来。

省考在即，杨军以前就总结过自己考公务员失败主要是因为没有报培训班，归根到底是没有钱，现在不一样了，经济条件有了很大改善，但还是有很大压力。他从网上了解过，最便宜的培训班也要 1 万多，有点舍不得。王诗远说："舍不得孩子套不住狼，不下血本咋行？"

杨军咬咬牙，交了培训费，全身心投入学习中去。功夫不负有心人，他报考淮江县财政局科员岗位，一共招 2 人，他笔试第三，顺利入围面试。这时候报名培训班的优势也就体现了出来，杨军学到了好多面试的技巧。以面试第二，笔试面试总成绩第二的成绩成功上岸。

在等待政审的日子里，杨军每天接送阳阳，有时还帮王诗远做账。

财政局那边好多人杨军都熟悉，有人提出让杨军找找关系分到预算、行财等有实权科室。杨军说："不必了，管他们咋分呢，到会计科这样的清水衙门都无所谓，有工资拿就行了。"

政审结束后便是公示，公示完了等通知上班。当县委组织部通知杨军到财政局报到后，所分配的工作岗位被杨军言中了，他被分到了会计科。

到会计科的第 3 年，杨军被提拔为会计科副科长，按以往他是提拔不了的，这是由于县委组织部认为财政局的干部结构不合理，现有的股职干部年龄偏大，要提拔一批年轻的股职干部上来。财政局组织了一次股职干部竞争上岗，杨军有着丰富的工作经历在竞争中脱颖而出，成为会计科副科长。

本来会计科没有多少出差任务，但局长总会安排一些诸如招商引资等非业务的出差任务，局长说这是给年轻人压担子。杨军出差次数多了，也引起了王诗远的不满，杨军走了家中的一切全扔给了她。

局长又安排了一次出差任务。

出差的 10 多天里，杨军感到有一种无形的、沉甸甸的压力，像压着一块石头，让他感到身心俱疲。好在圆满完成了任务，坐在回家的火车上，杨军最想见到的是 5 岁大的儿子阳阳，他真的想疯了，恨不得一步就能迈进家门见到阳阳。

车窗外春意浓浓，麦田绿油油的，像绿色的海洋。蔚蓝的天空如同水洗过一样，看不见一丝云彩。苍穹之下田野上偶尔会出现一大片金黄色的油菜花，像金黄色的绶带，随风舞动，也有各色小花从窗外一闪而过，如天空中的星星。

杨军归心似箭，外面迷人的春色对杨军来说丝毫没有吸引力，杨军满脑子都是儿子阳阳可爱的模样。

只要杨军在家里，儿子会一直缠着他，让抱他，逗他玩，陪他看电视。儿子有时会抓着杨军的耳朵，用满是口水的嘴巴亲杨军的脸，弄得杨军满脸都是口水，儿子笑杨军也笑。有时还会乘杨军不注意一把抓下杨军的眼镜，当玩具玩，当杨军费好大周折哄着把眼镜拿到手时，眼镜不是腿断了，就是整变了形没法再戴了，一年来，杨军的眼镜已换了3副。

杨军无数次想象着儿子见到自己的情形，要求抱，亲他，翻包……

当杨军背着大包小包气喘吁吁地赶到家时，原以为儿子会喊着爸爸扑向自己的怀抱，让杨军失望的是儿子阳阳并不在家。

儿子或许被他奶奶带到外面玩了，杨军想阳阳不会被他妈妈带出去的，因为王诗远这会儿正在一家公司忙呢，杨军知道现在还没到放学的时候。

妻子王诗远在城里长大，两个大龄青年似乎都有些无奈地结合在了一起。县城的圈子就是那么大，有工作或有相貌或家中有矿的优秀青年屈指可数。在挑选中不知不觉年龄就大了，父母一直在催，王诗远倒追杨军，女追男隔层纱，杨军接受了。结婚后面对油盐酱醋茶等现实生活时，他们的矛盾也就多了起来，或许生活中大多数婚姻都这样吧。

杨军发现儿子阳阳不在家连忙打电话给母亲，他出差这些天一直是母亲来帮带阳阳。母亲说："正和阳阳在小区的广场上，阳阳正和一群孩子玩得欢。"杨军说："我已经到家了。"

母亲说待会儿就回。

阳阳回到家后见到杨军好像没看见一样，独自玩着一个小皮球。杨军逗他说话，让他喊爸爸，他也不怎么理杨军。天哪，这才分开10多天就成这样了，杨军连忙从包里拿出新买的玩具和阳阳爱吃的东西，阳阳这才慢慢地恢复和杨军亲近。

不一会儿，妻子王诗远回来了，她也不跟杨军打一声招呼，直接去厨房洗菜做饭了，杨军知道她还在生他的气。

那是2个月前，杨军的单位组织了一次全县会计从业人员继续教育培训，也就是对全县已取得会计从业资格人员的年度继续教育培训，这种培训每年都要组织一次。杨军是这次活动的具体组织者，这也是杨军的工作内容。他是县财政局会计科副科长，科长老王明年就要退休，老王现在基本上不管事了，局里召开的部门负责人会议有时他会参加一下。能让杨军代参加就让杨军代他参加了，没有会议时，他每天只是上午到办公室转一转就回家了，说是买菜做饭接孙子放学。下午，他通常在小区的棋牌室玩麻将，看来已提前进入了退休模式。

科里还有一个刚毕业的大学生小胡，是个女孩子，一些重要的业务还接不上手，主要负责发通知、接打电话等简单工作。这样一来，科里的重担基本上就压在杨军的肩上了，好多人都认为，杨军是科长的必然接班人。

会计科有一项重要职能就是对全县所有设账的单位进行建账监管，主要监督建账单位的会计记账是否规范、科目设置是否正确等，这样一来杨军就与全县好多企业的会计相熟。

陈晓娟就是杨军在工作中认识的一个纺织公司会计，她热情大方，身高大约 1.7 米，披肩长发，在杨军看来属漂亮的一类。

杨军第一次见陈晓娟对她就有好感，她是杨军喜欢的类型，这一点杨军不否认。杨军认识陈晓娟是在一次会计业务培训会上，那次培训会由杨军进行业务授课，临近尾声有一个环节——提问环节，对杨军讲的内容不明白或其他方面的问题进行提问。第一个站起来向杨军提问的就是陈晓娟，记得陈晓娟提问的问题是关于错账会计的处理方法。杨军做了回答，陈晓娟对杨军的回答很满意。

此后不久，陈晓娟到杨军办公室又向杨军请教了一系列业务问题，要了杨军手机号码并加了微信，说是遇到问题好随时请教。

不久，杨军的手机上便出现了许多陈晓娟发来的微信，当然大多是关于业务方面的，也有少部分是与业务无关的，无非是发些搞笑的段子和小视频。

杨军这个人没有删除手机内容的习惯，通常只有手机上提示空间已不足时才开始清理。妻子王诗远通常也没有查杨军手机的习惯，平时上班回家还要做家务照顾儿子，搞得她筋疲力尽，哪有闲工夫查看杨军手机。有时晚上儿子睡着了他们躺床上玩手机，杨军偶尔会向她说一些单位上的趣事，她都会不耐烦，让杨军打住，她说只想静静，不想听他们单位的八卦。

有一天晚上，杨军正在卫生间洗澡，手机放在床上，当杨军洗完澡出来时，发现王诗远正异样地望着他。

"陈晓娟是谁？"

"一个企业会计，怎么啦？"

"她为什么给你发这些乱七八糟的东西？"

原来是陈晓娟来了电话，杨军洗澡没听到，王诗远拿过手机一看是个女人的名字就来了兴趣。

王诗远怀疑杨军与陈晓娟之间一定有着说不清道不明的东西。

杨军一把抢过手机，瞪了她一眼。

"能有什么？难道我就不能和女人有接触？"

谁知王诗远竟不依不饶，一场战争也就不可避免了。

此后几天，王诗远都不怎么理杨军。杨军刚好又接到要去外地出差的通知，再次回到家时已经是十几天以后了。

吃饭的时候杨军与王诗远说话，她依然不耐烦地简单应答，晚上睡觉时，杨军想与她亲热一下，谁知她竟转身背朝杨军。

第二天，杨军上班发现老王不在，看来局里没有会议。

杨军把近期要做的工作简单理了一下，小胡过来向杨军简单汇报了一下杨军出差期间科里的工作开展情况。杨军沏上一杯茶，随手翻了翻刚送到的报纸，对于报纸，他基本上都是浏览标题，也没有时间看具体内容，除非遇到特别感兴趣的内容才会把具体内容仔细看一下。

杨军喝了一杯茶，坐在椅子上，头靠在椅背上，闭上眼睛，把出差的内容在头脑中梳理了一下，准备去向分管的副局长做一下汇报，按程序先要向科长老王汇报，但以往向老王汇报时他总是摆摆手让他直接向分管领导汇报。老王不想过问那么多事，杨军索性就不再向他汇报工作上的事情了。

杨军离开办公室去找分管局长汇报工作之前，他习惯性地翻看一下手机，发现收到了一条微信，是陈晓娟发来的。杨军在出差前就告诉了她回来的时间，她知道杨军今天上班。

她问杨军晚上是否有空，想约他吃个饭。

杨军犹豫了，回了信息说下午再联系。

这一天，杨军几乎不在工作状态，头脑乱得很，一会儿想到王诗远，想怎样才能和她和好如初，一会儿又想到陈晓娟热情似火难以抵挡，如答应她晚上赴约，从内心来说，对于和王诗远的和好，无疑增添了变数。

两个念头打架的结果是杨军决定赴约。

夜晚的县城是如此美丽，柔和的月光洒满了城市的每一个角落，城市道路两侧的香樟树和绿化带里的花，散发出的香味交织在一起沁人心脾，昏黄的路灯灯光迷离。有恋人手拉着手在散步，也有人在遛狗。京杭大运河从县城南部缓缓流过，运河岸边风光带夜风习习，岸边广场上跳广场舞的音乐声被风吹得或远或近。城市的近旁是农村，此起彼伏的蛙声打破了城市的宁静，成了这个城市动听的歌声。

据县志记载，淮江自西汉汉武帝元鼎元年（公元前 116 年）置县至今已有 2000 多年的历史，汉元鼎四年（公元前 113 年）这里还成了诸侯国，前后历经 5 个诸侯王，文化底蕴深厚。前几年在淮江发掘了一处古墓，还是一位诸侯王陵墓，出土了大量的文物，中央电视台还专门为此做了报道。县里领导看准机会，利用这张名片重点打造汉文化旅游资源，在通往淮江县城的高速公路出口大圆盘路中间赫然立着一个汉代马拉车巨型雕塑。在县城里，更有汉代酒杯、鼎等造型各异的雕塑矗立在显眼位置。县里大会小会提出"文化搭台、经济唱戏"，说到底都是在开发旅游资源，也是为了发展地方经济。

县城的城西部位是工业集中区，离发现的古墓不远，20 世纪七八十年代县里几个大型企业几乎坐落在这里，有绢纺厂、棉纺织厂、化肥厂、磷肥厂、农业机械厂等，机声隆隆，一片繁荣，据说当时县里的财政收入 90% 来自这些企业。国家后来开始大搞市场经济，在计划经济向市场经济转换过程中，一些国有企业开始走下坡路，淮江县也不例外，这几个国营大厂效益都不太理想，在 2000 年后各地开始招商引资大办经济开发区时，县内原来的几个国营大厂也完成了改制，由姓公改为姓私，实行股份制，但这些企业依然没有重振雄风的迹象。县里为搞好开发区出台了不少优惠政策，包括通电、通水、通路、平整土地等"三通一平"的费用由县里出，而且在税收方面也给予很大优惠，包括先征后返的"五年五减半"政策，即前五年地方留存部分全部返还，后五年地方留存部分减半返还给引资的企业。在这样优惠政策的吸引下，不少老板纷纷前来淮江县投资办厂。开发区虽说也引进来了不少企业，有的企业老板在开工仪式上介绍引资数额，号称上亿元甚至数十亿元，能给县里带来巨额税收。但从投产后的情况看也不似宣传的那样，有的企业厂房建好后就一直没生产过，有的甚至厂房都没有建起来，当然了也有一部分企业效益还是不错的。

"企业老板比鬼都精，无利不起早。"淮江当地人都这样说，企业老板没有利润是不会前来投资的，之所以来到这穷县投资办厂主要看好这里廉价的劳动力以及便宜的原料。

陈晓娟就在县开发区一家名叫雄伟纺织有限公司的企业上班，这也是一家从日本引资来的外资企业，相比较其他企业，这家企业效益还算好的。

杨军参加过这家企业的开工仪式，那时与陈晓娟还不认识，开工仪式上县四套班子领导全部出席了，县长主持仪式，县委书记讲话。为了增加人气，县政府办公室专门发了通知，要求各单位都要去一定人数参加开工仪式，杨军作为县财政局的代表参加了这个开工仪式。

企业投产后杨军到这家公司检查过几次，也知道企业的老板叫黑雄。

开发区入驻企业不多，显得空旷，雄伟纺织有限公司是目前入驻规模最大的企业。

偌大的开发区白天还有一些车辆以及一些工人进出，到了晚上几乎看不到车和人，静得可怕。路边细长的路灯发出昏黄的光，如同鬼魅。

开发区与城区接合部位，有一条不像样的街道，说是不像样，是不成规模，只有零星散落着几家小吃部和小超市，顾客主要是开发区的工人。开发区不景气，这里也就不太景气，这是相辅相成的。

杨军与陈晓娟约定吃饭的地点在这里一家名为"王四家常菜馆"的小菜馆。这家小菜馆杨军以前来过，感觉菜的味道不错。当然了，他选这里更主要的原因是这里的人少，几乎不会遇见熟人，也就避免了遇见熟人的尴尬。

当杨军开车到达"王四家常菜馆"时，陈晓娟已到达多时，她先在手机微信上告诉了杨军包间号，因此杨军直接进入包间里。

"能把领导请来不容易啊。"陈晓娟面带微笑，赶紧为杨军倒水。

"不介意吧。"杨军掏出了烟。

"没事，和我在一起你尽管放松。"

陈晓娟说早已习惯了，因为她老公也抽烟。

"你出来和我一起吃饭，不怕你老婆知道把你吃了？"

"吃了好，我才不想来这世间遭罪呢！"

"怎能这样说呢？至少还有我陪着你啊！"

陈晓娟边温柔地看着杨军，边拨弄着长发。

"别这样说，点菜吧。"杨军看着陈晓娟，却仿佛看到了王诗远坐在那儿，对自己怒目而视，杨军心头掠过一丝胆怯。

杨军走到窗前，推开窗，天空中繁星点点，蛙声如歌如泣，起风了，城市的灯光被风吹得忽隐忽现。

陈晓娟对杨军诉说了她不幸的家庭，她的老公吃、喝、嫖、赌、抽，样样精通。陈晓娟说上高中时班上有一个男孩特别喜欢她，她也喜欢这个男孩，这可以说是她的初恋，那种感觉很朦胧。由于学校严禁学生谈恋爱，这个男孩子就采取偷偷递纸条的方式在星期六晚上与她约会，她也去了，一切都很隐蔽，有一种做小偷的感觉。

陈晓娟说她那时对自己的出身感到自卑，她在农村长大，父母都是地地道道的农民，而这个男孩子的父亲是一个乡镇的党委书记，母亲在县税务局上班，家庭条件优越。这个男孩不但家庭条件优越而且成绩也很优异，一直保持在年级前五的位置，学校把他列入了考清华、北大的种子生范围，而她的成绩却一般。

不知什么原因，高三上学期他们的地下恋情还是被学校知道了，学校分别找了男孩和她谈话。在与她谈话时，学校领导明确对陈晓娟说必须立即停止这种危险行为，否则会影响男孩的高考成绩，甚至说关系到学校乃至全县的高考成绩。当时她觉得不公平，凭什么说自己会影响那个男生，难道他就不会影响她？陈晓娟顿时有一种被轻视的感觉。

校方也通知了双方的父母，周末陈晓娟回到家，被愤怒的父亲狠狠地扇了一记耳光，说她丢尽了人，而母亲只是在一旁不停地抹眼泪。她本不想继续上学，但经不住母亲苦劝和班主任亲自来她家做工作，她又回到了学校。

她感觉所有人都用一种怪怪的眼神看着她，看得她抬不起头来，她与那男孩不再说话，即使走在对面，她看见男孩欲言又止，她扭头就走，尽量避开他。

高考结果也在预料之中，那个男孩如愿考入北大，成了整个县城的荣耀，而她只有接受落榜的现实回到农村。男孩上大学后立即给她写信，想再续前缘，她明白这已经不可能了，他们已成了两个世界的人，她感到他们中间有一种难以逾越的鸿沟，她没有回信。男孩子还在不断写信，她一封也没回，后来信逐渐变少以至于再也没有，她最终结束了这并不算美好的初恋。她只不过有时在梦中还会见到那个男孩，醒来后通常是满脸泪水。

后来，农村兴起外出打工潮，陈晓娟随村里人一起南下广东一家电子厂打工。俗话说男大当婚女大当嫁，几年过去，同村的小姐妹都已结婚生子，她也早已到了嫁人的年龄。有不少小姐妹给她介绍，也有不少热心的亲戚张罗牵线，但她都不太满意。她无意中就会把这些男孩与初恋的那个男孩相比较，感觉他们都太俗气和肤浅了。

她一晃快30岁了，这个年龄在农村还不结婚简直不可思议，会被人认为不正常，她忍受不了世俗的眼光，就打算随便找一个男人结婚算了，这个男人就是她现在的老公。她的老公职高毕业，城镇户口，祖上一直住县城，他本人在县化肥厂上班，后来县化肥厂倒闭，他也就成了无业游民，整天游手好闲。陈晓娟说她并不喜欢这个男人，但村里人认为，男方是城里人，家庭条件还可以，又没什么负担，这样的对象到哪儿找去，经不住众人劝说，她也就同意了。她说当时她找的只是可以结婚的对象，而对方看上的只是她漂亮的外貌。

陈晓娟说，结婚后她在县城一家服装店卖服装，工资少得可怜。她白天基本看不到老公，老公整天和一群无业游民在一起鬼混，没钱就找她和父母要钱。有了孩子后家里的经济更加捉襟见肘，他们吵架也就成了家常便饭。这个男人不但动口而且动手，吵架后陈晓娟经常被老公打得遍体鳞伤。

近年来随着房地产兴起，与之相伴的是地下钱庄也开始火起来，民间放贷盛行，陈晓娟的老公也参与其中。陈晓娟的老公筹集了大量集资款，高价贷给一家房地产企业，刚开始能正常获取利息，买了车，买了房，一时风光无限。去年房地产经济如泡沫般破裂，这家房地产公司也倒闭了，老板所借的高利贷还不了，跑路了，她老公的钱就断了。环环相扣，自然她老公所借下线的钱也还不了，好多债主每天就待在她家不走了。时间长了就爆发了冲突，在一次冲突中，陈晓娟的老公持刀将人捅成重伤，被法院判了 3 年有期徒刑，现在还在牢里待着。

生活还得继续，陈晓娟后来看到好多人给企业代记账，可以同时做好多家企业，收入可观，更主要的是个人支配时间多，可以照顾孩子。她便下决心考了一个会计从业资格证书，开始了给企业做账的生涯。

陈晓娟跟杨军讲她的经历，好像是在讲述别人的一个故事。

杨军问陈晓娟为何主动请他吃饭，她笑着说："看上你的权力了。"

杨军微微一笑："本人也不是什么大领导，甚至称不上领导。"县财政局的会计科副科长说好听点也带一个"长"字，按公务员职务序列他只是一个科员级，属最低的一级。杨军此时脑海中竟然出现了近期一些贪官落马的新闻，通报中大都赫然写着权色、钱色交易的内容。杨军潜意识中把自己也与他们划为一类，想想这也太高看自己了，杨军也没有权色、钱色交易经历，至少目前是这样。

陈晓娟说："你一直管着企业财务，与你搞好关系至少不会为难我做账的几家企业。我看出你是一个实在的人，说好听点是一个好人，说不定可以多介绍几家企业的账给我做。"

陈晓娟的直率让杨军暗暗吃惊，杨军笑着对她说："看来会让你失望了。"

菜上来了，她问喝什么酒，白酒还是啤酒，杨军说："你是想让我被警察抓进去蹲几天吧，我开车哪能酒驾啊？"

陈晓娟说："没事，我开你的车送你回去。我的电瓶车就放这儿，明早我坐公交过来就成了。"

吃完饭已经晚上 10 点多，在送杨军回家的车上，杨军感觉头昏昏沉沉。点上一支烟，打开一半车窗，头靠在椅背上，闭上眼睛，晚风吹进来，顿时头脑清醒了许多。

"你一定与老婆闹别扭了。"

"何以见得？"

"以前请你好多次，况且还是以单位的名义请你都不来，这次就请出来了，难道不能说明问题吗？女人的第六感告诉我的。"

杨军苦笑一下说："家家都有一本难念的经，没什么的。"

此时道路两边的人行道上，几乎看不到行人，月亮也躲到云层里，夜色暗下了许多。路灯把绿化带中梧桐树的影子拉得又细又长，整个城市渐渐进入了梦乡。

2

科长老王正式退休了，杨军顺利接任了他的科长职务，成了名副其实的部门负责人，杨军整天不是开会就是忙业务，忙得不可开交。目前科里只剩下杨军和小胡两个人，人手严重不足，感觉有点忙不过来。杨军去找局长要人，局长说现在各科室人都很紧张，调不出人，只有等到秋天向县里报公务员招考计划时多招些人来。

县里市场管理部门每月注册的个体工商户及小微企业的数目不断攀升，增长的数字惊人，这也说明了淮江县市场活跃，这也增加了会计科的业务工作量，工作对象增加了，对会计建账监管的规范化要求不能变。

个体工商户及小微企业数量增加，但大企业不多，县里的招商引资成果却一直不太显著，县里领导也很着急，把招商引资任务分解到每一个县直部门以及乡镇。为此县里还多次召开推进会，向各单位施加压力，要求加快进度，县招商局每月出一期招商引资简报，通报各单位完成进度。

财政局也有一个亿元项目的引资任务，由于财政局具有部门优势，在经费支出上有得天独厚的便利，外出招商经费支出上基本不用考虑，杨军和企业接触较多，头脑较为活络，局长每次外出招商总会带上杨军去为他服务。

最近一段时间，杨军和陈晓娟所在的雄伟纺织老总黑雄先生见过几次面，其中有一次是陈晓娟以公司安排的名义请杨军吃饭，说黑雄先生亲自参加，杨军不好不去。黑雄先生基本上都待在日本，在中国其他地方也投资了几个厂，每年他只是去各个厂转两三次，各个厂都有具体负责人在管理。陈晓娟就是瞅准黑雄先生来淮江县的厂里时，建议请县里相关部门人员吃饭，今后好协调有关工作。

没想到黑雄先生中文说得那么好，交流基本没问题，黑雄先生说他爷爷当年参加了侵华战争，日本投降后，他爷爷回国后对自己犯下的罪行感到非常内疚，想尽最大努力补偿中国人民，就把这个愿望告诉了自己的子孙。黑雄先生的爷爷有生之年没有实现这个愿望，直到中国实行改革开放，黑雄先生才实现了爷爷当年的愿望，到中国投资兴办了好几个企业，所得利润大都捐给了当地的公益事业。

黑雄先生对中国传统文化很感兴趣，尤其是《周易》方面，可以说是中国通，得知杨军在这方面有所研究，有共同的兴趣，一来二去也就熟悉了。

县里对如何破解招商难题提出了"葡萄串效应"，也就是利用在本县落地生产的企业介绍同行前来投资。

县财政局也及时召开了招商引资推进会，传达了县里招商引资推进会精神，对有功人员"经济上给奖励，政治上给位置"，要求全体人员积极提供招商线索，对招商成功的个人除了县里给的奖励外，局里也将给予重奖，当然会上也提到了"葡萄串效应"招商方法。

一段时间过去了，效果似乎不明显，全局干部职工提供有价值的招商线索寥寥，局长也很着急。眼看县里新一期的招商简报就要下发，再无进展，县里将找没有进展的单位负责人进行诫勉谈话了。最近一段时间，财政局局长脾气很不好，老爱训斥下属，大概因为招商引资的事，搞得全局上下人心惶惶。

一天上午，局长打来电话让杨军去他办公室，杨军心里一惊，做好了挨训的准备，怀着忐忑不安的心走进了局长的办公室。

局长让杨军坐下，递给杨军一支烟，他自己也点上，局长简单地问了科里工作开展情况后，接着他话锋一转，问杨军招商引资线索之事，杨军说暂时还没有有价值的线索。

没想到局长刚才还算和蔼的脸一下子就变了。

"你就没有好好动脑筋！没把这事放在心上，业务工作重要，招商引资工作同样重要！这是一项政治任务，要有政治敏感性。"

局长最近一直提"政治敏感性"这个词，他已经把招商引资上升到政治高度了。

"我也在努力地找，打电话问了不少老板，他们对我们这里的投资环境都不是太感兴趣。"杨军低声地说。

"听说你和雄伟纺织公司老总比较熟悉，为什么不好好谈谈？"

"黑雄先生最近很少来厂里。"

"不能电话联系吗？实在不行我们可以去日本一次啊！"

"我尽快联系一下。"

"你必须今天就要联系！"

局长冷冷地盯着杨军看，用一种命令的语气对他说。

走出局长办公室后，杨军立即给陈晓娟打电话了解黑雄先生最近是否来公司，陈晓娟说黑雄先生最近两天就要到。杨军心里一阵窃喜，忙交代陈晓娟，黑雄先生一回来立即给他打电话，他要拜访黑雄先生，有要事相求。

陈晓娟果真第一时间给杨军打电话报告黑雄先生已到公司的消息，杨军立马开车前往雄伟纺织公司。

黑雄先生见到杨军很高兴，与杨军说了他最近对《周易》的研究成果，尤其是对一个错卦的理解。

杨军与他交谈的时候没有忘记此行的使命，话锋一转，问他日本国内的朋友还有没有想到中国投资办厂的打算。

黑雄先生略加思索了一下说："确实有不少朋友问关于中国对引进外资的一些政策。我回国再问一下这些朋友的意见，如有意愿第一时间会和你联系。"

杨军把拜访黑雄先生的情况立即向局长做了汇报，局长要杨军盯紧一点。

两个月过去了，县里月度招商简报下发了，县财政局没有实绩被通报批评。局长又把杨军喊到办公室了解与黑雄先生的沟通情况。

杨军说这种事也不好催得太紧，其实他根本就没有催。一来杨军与黑雄先生没有熟悉到无话不谈的程度，二来催得太紧会引起对方反感，对方会从心里瞧不起。

半个月后，杨军意外地接到黑雄先生的电话，黑雄先生说他有一位日本朋友有意在中国投资，近期会前往考察，杨军说欢迎他随时前来参观考察。

对于这一消息，杨军在第一时间向局长做了汇报，局长也很高兴，也在第一时间向县里的领导做了汇报。县里的主要领导非常重视，认为这是一条很有价值的招商信息，要求县里的相关部门全力做好配合，争取成功。

又过了大约半个月，日本的客商在黑雄先生亲自陪同下来到了淮江县进行实地考察。县领导和财政局局长亲自陪同，杨军也作为工作人员一并陪同做好服务。据黑雄先生介绍，这位日本客商名叫山本，是日本纺织行业巨头，这次打算在中国投下一个 10 亿元规模的纺织项目。

山本先生对淮江县的投资环境很满意，回国前就与淮江县签订了意向投资协议。

后来双方又针对一些细节问题进行了磋商，最终达成了协议。几个月后，山本先生再一次前来淮江县，签订了正式投资协议。

淮江县财政局年度的招商引资工作任务总算是完成了，杨军成了县财政局招商引资功臣，感到无比骄傲。

按照县里对招商引资有功人员"经济上奖励、政治上给位置"的政策，杨军盘算着年底能拿到多少奖金，对于"给位置"的说法杨军压根就没抱希望，主要是杨军刚转正为科长，县局的领导班子成员本来就超员，不会再进人的。局里还是有人议论，以杨军招商引资的贡献，年底应该可以进局领导班子，超不超员县领导说了算。

县里在安排山本先生投资企业的具体帮办人选时，毫无疑问把杨军安排为帮办人，要求杨军必须全天候、保姆式服务。山本先生的公司从注册到征地手续繁多，科里的事也忙不完，再去帮办服务，杨军实在分不开身。局长也没有等到年底，给杨军的科室安排人手，而是立即从下属单位——会计培训中心调来了一个精明强干的小伙子小李，看来招商引资功臣就是不一样，要特事特办了。

山本先生在淮江县投资的企业名称叫兆和纺织有限公司，企业用地拆迁结束后，按照协议规定，山本先生一次性打入县招商引资专户资金 1000 万美元，山本先生计划投资总额达 10 亿元人民币，这在淮江县属投资最大的项目。

隆重的开工仪式随后举行，不但县四套班子领导全部参加，而且县委书记还邀请了市委书记参加，市委书记做了热情洋溢的贺词，黑雄先生作为特邀嘉宾也参加了。山本先生在开工仪式上也讲了话，对县里提供热情周到的服务表示感谢。

在帮办过程中，山本先生让杨军推荐一名本地的财务会计协助他们的财务总监开展工作，主要是跑银行及县里各部门。

杨军推荐了陈晓娟，一来陈晓娟在雄伟纺织公司工作，熟悉日本人的工作风格；二来陈晓娟对银行和各部门都比较熟悉，工作开展起来也方便，当然也有杨军个人的私心在里面，无论怎么说杨军都想帮她一把。陈晓娟在雄伟纺织公司不是坐班会计，也就是不用上班时正常待在办公室，有足够的个人支配时间。

在推荐陈晓娟前，杨军与她做了沟通，陈晓娟非常高兴，这毕竟是一份高薪工作，比雄伟纺织公司开的工资高多了。杨军同时也对她做了说明，工作时限为公司厂房建成投产时，当然公司选择继续用她是另外一回事。

陈晓娟也表示了担忧，就是担心黑雄先生不同意，杨军说他会与黑雄先生沟通。

在与黑雄先生商量时，黑雄先生很大度，说只要不影响他公司的工作就可以了。

3

陈晓娟到兆和纺织有限公司工作后，和杨军在一起的时间变多了，每天都见面。杨军变得不像以前对她那么严肃，陈晓娟天生就活泼开朗，有时还和杨军开些玩笑。

王诗远还是像以前一样对杨军爱理不理，杨军下决心要改变这局面，为家庭营造一种和谐的氛围。

晚上睡觉时，儿子阳阳通常睡在杨军和王诗远中间，等阳阳睡着后，杨军到王诗远身边抱着她。以往她会不理杨军，不是说不方便，就是说身体不舒服，不想这事，想快活让杨军找陈晓娟去，这让杨军很无趣。

她现在不抗拒了，但也像例行公事。

阳阳经常夜里睡觉不盖被子，帮他盖上，他就踢开，冬天也是，有时候

| 113

杨军夫妻睡着了，阳阳经常一夜不盖被子，难免有时候会冻感冒。

阳阳感冒后通常伴随高烧，有时候体温能高烧到 40 度，在照顾儿子方面，杨军和王诗远也经常会发生争吵。

有时候阳阳发烧，杨军要忙于单位和兆和纺织有限公司帮办之事，抽不开身来陪伴阳阳。王诗远忙于各公司代账的事，有时也抽不开身。阳阳出生后，王诗远本来想请一个保姆帮带孩子，杨军不同意说："保姆带不放心，而且网上经常有保姆虐待孩子的报道，杭州发生的保姆纵火案还不让人警醒吗？"王诗远问："那咋办？"杨军说："让阳阳奶奶过来带。"王诗远尽管不愿意但最后还是同意了，婆媳俩在一起有点合不来，最终老妈孙兰还是过来了，她心疼孙子，阳阳的爷爷杨修敬照顾小满。

杨修敬尽管不愿意到城里和杨军一起住，说住套房跟鸟笼子似的，很压抑，但老家拆迁后他不得不来住了。杨修敬年龄大了油漆活也不想做了，主要是两个儿子也不让他做，认为老两口辛苦了一辈子也该歇歇了。杨修敬没事就和几个老年人打麻将，从中午可以打到晚上，长时间打麻将得了腰椎间盘突出症，腿麻走路不便，杨军不止一次地劝他不要这样打麻将，要加强身体锻炼，他总是不听。

杨军向老妈承诺，等阳阳满 3 周岁上幼儿园后她就可以不来了，他们就可以自己接送了。现在阳阳 5 岁了，已上幼儿园中班了，但还需要奶奶在这里照顾。

阳阳出生前，杨军和王诗远的感情很好，阳阳出生后为了孩子的事夫妻俩开始吵架，后来发生了陈晓娟与杨军的"微信门"之事后就更加不理杨军了。杨军几次试图与她和好，但她都无动于衷，杨军感觉她已从心里鄙视他了。

王诗远和杨军持续冷战，好多天几乎不和杨军说一句话，杨军被这种气氛压抑得快疯了，他想回到正常的家庭生活，他现在感受不到丝毫的幸福和温暖。

陈晓娟还和以前一样，杨军则在刻意躲避着她。

有一天下午快下班时，办公室只剩下杨军一个人，陈晓娟走进杨军的办公室。

"我老公最近要出来了。"陈晓娟说。

"但愿这几年在里面改造能变得好一些。"杨军淡淡地说。

"狗改不了吃屎,我早就想和他离婚了。"陈晓娟望向窗外。

杨军惊讶地望着陈晓娟说:"为了孩子,还是不要离,和我一样,忍一忍就过去了。"

"我早已想明白了,如果他还是以前那样,必须离。"她说得很坚定,一脸严肃,杨军对她的语气感到吃惊。

4

兆和纺织有限公司的帮办终于接近尾声。

公司已开始投产,根据公司董事会研究,公司所有财务人员必须要求全职,不能兼职。财务总监对陈晓娟的工作非常满意,征询她的意见是否愿意留下来工作。兆和纺织有限公司的工资收入要远高于雄伟纺织公司,但陈晓娟感到雄伟公司对她非常好,尤其是黑雄先生对她也很信任,犹豫再三,还是拒绝了财务总监的好意,认为人活在世上不能单纯为了钱。

上次一起出差后,她就很少主动找杨军了,除非工作上的事必须找。

陈晓娟又回到了雄伟纺织公司。

杨军申请要结束帮办,但县里不同意,认为这是县里最大引资项目,要多服务一段时间,不能出现问题。

杨军还是财政局和公司两边跑,公司有事就到公司,财政局里有事就到局里。

又几个月过去了,杨军再一次向局长申请结束帮办工作,局长说这是县领导十分关注的项目,不能出现一点儿差错。杨军说公司已正式投产好长时间了,运转很正常,真的不需要再去了,去了反而会感觉在那碍事。

局长同意了,说等他向县领导汇报后再定。

正式结束帮办通知终于下来了,杨军感到很高兴,一下子感到无比轻松。

兆和公司为杨军举行了欢送仪式,山本先生亲自参加了。他刚好在公司,公司方面也邀请了陈晓娟参加,杨军和她已经好久没联系了。杨军这次见到她，明显感觉到她有些憔悴，不似以往开心活泼。

晚宴结束后，陈晓娟开车送杨军回去，她说已离婚了。杨军感到很诧异："你老公不是一直不同意离婚吗？这次咋又同意了呢？"

陈晓娟说这次他不得不离了，杨军问："为什么？"她说老公出狱后江山易改本性难移，吃喝嫖赌的老毛病丝毫未改，在外嫖娼得了性病并传染给了她，开始她也不知道，后来感觉下身不舒服，到医院检查后说得的是一种叫尖锐湿疣的性病，还是高危型的，如果治不好的话容易得宫颈癌。医生建议让她老公也来一起查下，陈晓娟在他出狱后没有接触其他男人，只有他会传染给她。他开始不同意，在她强烈要求下陪他去查了，结果也是这个病。毫无疑问，就是老公传染了她，他想抵赖说是陈晓娟传染的，陈晓娟说如果是她传染的她可以从楼上跳下去。陈晓娟说，离吧，如果不离，她会把他这丑事向全县宣传，让他无法抬头做人。她老公同意了，离婚后陈晓娟净身出户，孩子是一人一个，女儿随了她，目前她在外租房子住。

陈晓娟说，经过痛苦的治疗，病毒已全部转阴，临床上已经治愈。杨军说："没想到你最近经历了这么多的痛苦，有什么需要帮助尽量给我说。"

她说："不会麻烦你的，我不会让你家庭不安宁，同时我自己也想过安静的日子。"

此时已是深秋，一阵风刮过，道路两边梧桐树上的叶子落到行驶中的车窗玻璃上，"啪啪"作响。

杨军和王诗远长期的冷战让母亲也非常生气，她经常教育杨军和王诗远，夫妻吵架，床尾吵床头和，说过讲过也就过去了，夫妻生活搞得跟敌人似的有意思吗？有时说服不了，母亲也常常暗自垂泪。杨军很难受，毕竟母亲这么大岁数了，本应安享晚年，还要来带孩子，经常让她生气。更重要的是母亲身体也不好，有心脏病，做过搭桥手术，也不能生气。

但不幸还是发生了。

那是一个周五的上午，杨军正在局里处理公务，突然接到一个邻居阿姨的电话："你母亲在小区广场昏倒了已送县医院，你赶快到医院去。"

杨军一惊，快速跑向自己的车，紧张得双手发抖，握不住方向盘，好不容易才镇定下来，向县医院飞驰而去。

到医院后，发现母亲正在手术室抢救，杨军联系了王诗远告诉了相关情况，让她快速回家，阳阳还在邻居阿姨家里要去接回来。杨军没有打电话给老爸，怕他老人家担心，受不了。

安排好这一切后，杨军一个人坐在手术室门前的长椅上，双手抱着头，眼泪不由自主地流下来。杨军恨自己，这么大岁数了还处理不好家庭的事。

前一天晚上自己因一件小事又和王诗远吵起来，气急了杨军甚至嘴里不干不净地骂了王诗远几句，王诗远立即也就回了几句，很难听。母亲在家里全听见了，很生气："你们都长本事了，在拿生你们养你们的父母寻开心。"

早上母亲和杨军说心里有点闷，不舒服。杨军说："我到局里处理一下事情就回来带你到医院看看。"

杨军还未来得及带母亲去医院，事情就发生了，杨军想，母亲一定就是昨天晚上气出病了。

在几个小时焦急的等待中，手术室的门终于开了。

杨军连忙上去问情况，穿着白大褂的医生取下口罩，对杨军摇了摇头说："不行了，准备后事吧。"

杨军一下子瘫倒在地。

在母亲的葬礼上，王诗远哭得死去活来，不知道是装的还是真心的，阳阳也一个劲儿地要奶奶。杨军又一次潸然泪下，脑海中从记事起与母亲在一起的情景如电影般一幕幕出现，是如此温馨，现实却是如此冰冷。

好多天后，杨军做了一个奇怪的梦，梦中母亲依然如从前的样子，她微笑着说："夫妻间要好好过日子，没有过不去的坎，日子过好了，对孩子，对父母都好。"杨军点点头说："妈你就放心吧，我们一定改，不相信你看我和诗远。"

母亲笑了，杨军也笑了，这时杨军醒了，发现枕头边泪湿一片。

第六章　明月楼

1

杨满的谷丙转氨酶和谷草转氨酶终于控制住了，王医生把降酶药甘利欣由 4 支降为 3 支、2 支、1 支，最后停止用甘利欣，只服用口服保肝药，两周后再一次检查。两个主要指标谷丙转氨酶和谷草转氨酶依然在标准范围内，尽管白蛋白还有些低，王医生说影响也不是太大了。

李霞问王医生是否可以出院了，王医生说可以了，开一些口服药回家吃就可以了，注意定期复检。

杨满很高兴，脸上终于露出了久违的笑容。

出院这天，杨修敬来了，李方也来了。李霞忙着结清账目，李方忙着把各种物品搬到车上，他是开着车来的。

"你这病是金神仙治好的吗？"李霞笑着问。

"我从来就不相信他，好不好！"杨满有些不好意思。

"一定要相信科学，你妈当时还相信，后来思想也转变了。"杨修敬也笑了。

回到家里后，杨满看着这熟悉而又有些陌生的地方，一时有些悲喜交加，自己住院这 3 个多月来，经历了那么多的事，也看到了许多病人的生死离别。他也在思考下一步咋办，这几个月，他和李霞没有一分钱收入，倒为看病花了不少钱，父亲杨修敬给了 1 万块钱治病，李霞又向李方借了 1 万，另外还向亲友借了 1 万多。这些借款像石头一样压着他，杨满对父亲杨修敬说过两天就出去做活，不然生活压力太大了。杨修敬制止了，刚出院身子骨还很弱，先好好休息一段时间再说，只要身体好有的是赚钱时间，再说了外边欠钱的人家也没急着要。

李方告诉杨满，他已在淮安包了 3 栋楼的土建，包清工，已开始施工，基础已做好了。

　　杨满问："是不是工程款紧张了？欠你的1万块钱暂时也还不了。"李方说："想多了，我不是来要钱的，我先期已投入了几十万呢，你这1万算得了什么呢。"

　　李霞问："这3栋楼完工能赚多少钱呢？"李方说："小100万吧，不过看管理吧，管理好就多赚点。到时做内外墙时如姐夫身体没问题，我们可以合作，内外墙涂料交给他做。"

　　杨满笑了笑："没问题，就等你带我发财呢。"

　　李方接着话锋一转，告诉李霞家里拆迁协议已签了，已在淮江县城订了一套新房子。

　　李霞一惊："订哪里？"

　　李方说："香园景墅。"

　　杨满说："这可是整个淮江最好的住宅，大别墅，真成了老板了。"

　　李方笑笑说："妈妈辛苦了一辈子，让她住好一些。最近也要去四川把李雨娘俩接回来，儿子好多年没见了。"

　　李霞欲言又止。

　　当杨满去卫生间时，李霞悄悄地问李方："房子登记的是谁的名字？"

　　李方说："当然是妈妈的名字。"

　　李霞问："杨静的事完了吗？"

　　李方摇了摇头说："杨静也回来了，前天还到淮安我的工地上闹了一次。"

　　李霞说："快点解决吧，拖着也不是办法。"

　　李方说："胃口太大，等等吧。"

2

　　杨军被一个噩梦吓醒了。

　　梦中的杨军紧紧掐着妻子王诗远的脖子，他龇着牙，咧着嘴，表情狰狞，像一个发疯的魔鬼。王诗远两眼上翻，嘴巴大张，两脚乱踢，两只白皙而纤细的手试图推开杨军那两只强有力的手腕，但一切似乎显得无济于事。

　　王诗远渐渐停止了挣扎，杨军摸了摸她的鼻孔，好像已没有气息，死了，杨军吓得"啊"的一声惊醒起来，摸了摸脸上全是汗。

　　杨军看了看睡在床上的妻子王诗远，她睡得正香，还发出轻微的鼾声。5岁的儿子阳阳睡在王诗远的怀里，同样睡得很甜，圆圆的小脸上还带着笑，笑的时候露出两个可爱的小酒窝，似乎还在梦中，甚至还说着呓语，好像还在回味一件开心的事。

　　杨军松了口气，原来只是一个梦。

　　王诗远曾经对朋友说，她从来没有想到自己会嫁给杨军，她理想中的男人不是这样的，应该是一个白马王子，或者是风流倜傥的公子，或者是行走江湖许文强式的大哥。自己当时为什么疯狂地喜欢上了杨军，她也不明白。现在，王诗远看杨军就是一个文弱书生，甚至还有点儿窝囊。婚后吵架时，王诗远就经常骂杨军是窝囊废，不能成大事。

　　年前杨军的工作岗位做了调整，他调到县政府办做三科科长。对于自己工作岗位调整，他感到很意外，县政府办不是一般人能进来的，为县领导服务的人提拔通常都会比其他人快。一般都是县领导看中的人才能调进来，可能是自己在兆和纺织有限公司引进和帮办被县领导看中了，只不过直到现在也没有领导对他说过这事。

　　而在外人看来，杨军是才华横溢的大笔杆子，专门给县领导写材料，而且还是县政府办的科长，前途无量，这可是打着灯笼也找不着的优秀人才。王诗远这几年变化很大，她原来在服装公司时喜欢的是杨军这个人，对于他的工作从来就没喜欢过。王诗远认为做大老板才有出息，当个小干部只是拿着一点死工资而已，发不了财也饿不死。

　　杨军现在是县政府办三科的科长，县政府办公室是科级机构，下面的三科其实是股级，但机构设置就是这么设置的，科长其实也就是个科员，与财政局会计科长一样。三科对应城市建设、规划、旅游、招标办等部门，原来的科长刚提拔到县经济开发区管委员做副主任，成了真正的副科。

　　儿子阳阳出生后，王诗远便不再上班而是主要在家带孩子，同时给一些企业代账，她再不能像以前一样在外疯玩了，时间久了就感到生活十分无聊。杨军建议她考个大专文凭，自己就管城建这摊子事，或许将来会有用处，安排个清闲工作啥的。王诗远一想，总之待在家带孩子也无聊，便听从了杨军的建议，报了淮江县电大建筑专业函授大专，也不需要天天到校上课，考试时抄一抄，说白了也就是交钱混文凭而已，阳阳上幼儿园时她也顺利毕业拿到了大专毕业证书。

一次朋友聚会上，大家聊到考试的事，王诗远抱怨自己拿的大专证书一点用也没有，其中一个朋友说："咋会没用呢？可以考个执业资格证啊，我就考了一个二级建造师，挂在一个建筑公司不用去上班一年还给了 1.5 万，你有这建筑专业大专就能报名了。"

王诗远问考试难不难，对方说不难，下点功夫就能过，总共就 3 门。这还真引起王诗远的兴趣，她回家后从网上买了教材和课件埋头苦学，不再出去玩，与以前判若两人，功夫不负有心人，她还真的就考通过了。

拿到证后，王诗远便找到劝她考证的那个朋友联系建筑公司挂证，朋友让她等一等，她朋友会迅速联系，一旦有消息会立即电话告之。

也就在王诗远考到二级建造师证那一年，淮江县迎来了重大人事变动，原县委书记提拔到市里做副市长，新任县委书记是邻县的县长，姓李。

李书记上任后的第一件事便开展一系列调研，首先开展的是城市建设条线的调研。

淮江县是一座水城，城内河网纵横，城郊更有著名的京杭大运河和废黄河。历届县委县政府主要负责人都想打造水韵淮江，做水文章，但收效都不是很明显，李书记来了也不例外，一上任便直奔水而来。

淮江这段大运河水面较宽，航运发达，船来船往，热闹非凡。两边河岸上长满了杂草和杂树，春夏还好，至少还有一片绿色，而到了秋冬，枯草落叶遍地，一片枯黄，显得萧条。

新任书记李书记带领众人乘车从事先确定的调研点一个个跑下来，当他来到大运河边这个点时，正值深秋，他望着大运河许久不发一言，大概触景生情了，说了一句"芳草萋萋鹦鹉洲"。他身后当时跟着分管城建的副县长、住建局局长、文化局局长、旅游局局长、县委办、政府办主任等一大批人。

大家顺着书记的眼睛向前望去，除了浑黄的河水就是拖着长长尾巴一样缓慢前行的驳船船队。远处有一个从岸边向河里延伸的半岛，半岛保持着原生态，半岛与河水连接处长满了芦苇。

这年头芦苇没有什么用处，大家做饭都用天然气，淮江这些年好多农房都拆迁了，农民到了集中居住点，住上了楼房，基本上都用上了管道天然气，至少也用上了钢瓶液化气。柴火渐渐没有人用了，芦苇也就很少有人砍伐烧锅做饭，这样一来新芦苇交织着旧芦苇形成了一大片，一阵风吹来沙沙作响，真有些像沙家浜的芦苇荡，这也成了鸟儿们的乐园。

半岛上早年栽了一些槐树，几十年过去了也无人过问，树长得异常粗壮。岛上也有一些不知名的杂树和灌木丛，每年春天，槐树花开花季，整个岛上一片雪白，香味扑鼻，倒也是一处自然风景。一些恋人便选择在这个时候来岛上游玩，因而这个半岛便被当地人取了一个浪漫的名字"情人岛"。

这个情人岛距离县委李书记考察大运河所站的位置至少也有 2 千米远，大家看情人岛只看到一个模糊的轮廓，而李书记又是外地人，第一次来这里，应该对情人岛不熟悉，估计也不会看到岛上的萋萋芳草，或许是看到运河岸边的萋萋芳草了，谁知道他内心想什么呢。

正当大家面面相觑不知如何回答李书记时，李书记接着说，"在这个地方建个'黄鹤楼'如何？"大家这才明白书记的意思，原来是吟《黄鹤楼》中的诗句来引出建楼之意，也算是抛砖引玉了。

李书记说："淮江有这么好的区位优势，我们应该好好利用。比如这条流淌千年的运河就是很好的资源，把这运河岸线打造成美丽的运河风光带，既美化了环境也让市民有了休闲的好去处。"

人群中有人小声说就怕没这个财力，李书记好像听到了，笑着说，淮江目前的财力是有些困难，但可以分步骤实施，至少这一段的运河岸线要打造起来，先建个景观楼也可以，也能提升整个淮江的城市文化品位。

大家纷纷附和。

李书记说："给这个楼取个名字吧，不能再叫黄鹤楼了。"

大家纷纷说："请书记取吧。"

李书记思索了一下，"海上生明月，天涯共此时，叫'明月楼'如何？"大家纷纷说，好！有诗意。

"杨军，你说说，有什么看法？"

"依我看，运河风光带是个大工程，受政府财力所限，可采取特定的付款方式。由承建方全资垫付，所欠工程款以建设用地出让金冲抵，说白了就是差的钱用地来抵，施工方再开发所抵土地，这也是刚刚才出现的一种建设付款方式。"

杨军还没说完，人群中已炸开了锅。

"怎么可以这样？这不是违反招标法了吗？"

"建设土地出让与运河风光带建设是两个不相干的事项。"

"谁说运河风光带承建方就一定要土地呢？"

……

"好了好了，大家静一下，让杨军把话说完。"李书记微笑着摆了摆手。

"我们可以去已推行这种方式的地方考察一下具体的运作模式，至于明月楼作为运河风光带工程一部分，作为城市文化地标，可以建成多层飞檐仿古楼。据我了解，运河沿岸目前还没有类似建筑，可以把这座楼作为打造'魅力淮江文化古城'的一张名片，如提到黄鹤楼就知道是武汉的，提到明月楼就知道是淮江的。"

李书记频频点头，"你们政府办和规划局最近对接一下，找相关专家论证一下项目的可行性，另外可以向市民发放调查问卷，让广大市民也参与进来。"

规划局立即按李书记要求来实施，组织人员向广大市民发调查问卷，了解广大市民对建明月楼的意见。

一些发放调查表的工作人员流于形式，有的人到居民小区向一群正在树荫下打牌的老头老太发放，老头老太们似乎不太明白是干啥的，以为又是发小广告，头都不抬说，不需要不需要！旁边看热闹的人纷纷说："又不要从自己口袋里掏钱，还可能有这么漂亮的楼欣赏不是一件好事吗？填吧，同意！"

打牌的人正在兴头上，让看热闹的人帮填写"同意"。

从统计的结果来看，大家的意见也是高度一致的，同意！

王诗远则拒绝填写问卷，她说，填与不填都改变不了结果，没意义。杨军讽刺她没有参与意识，她"哼"了一声，轻蔑地一笑说："填不填有什么用？最终还不是你们领导说了算。"

那时王诗远还在家代账，经常在外面和一帮朋友鬼混，后来她不想代账了，烦了，特别是要工资，一些小公司经常拖着不给。

王诗远拒绝填写问卷几天后就正式上班了，上班的公司叫明天建设有限公司，也就是上次考到二级建造师证请人帮忙挂靠的公司。当她的朋友联系到这家公司时，对方不仅仅要求挂证而且要求人也要到公司上班，问王诗远同不同意，王诗远当场就表示同意，她太想上班了。

|123|

王诗远到公司上班的第一天便见到了公司老总李友，王诗远觉得这人眼熟，好像在哪里见过。

"欢迎校花加盟明天公司，好多年没见了，我叫李友。"李友在办公室里接待了王诗远。

王诗远想起来了，原来是高中同一年级的混混李友。当时在校时，两人都是名人，王诗远是人长得漂亮出名，而李友则是以调皮捣蛋出名。

王诗远说，以后在贵公司上班有什么地方做得不周到之处还请李总多多包涵。李友说，大家都是同学共同进步吧。

王诗远这就算在公司报到过了。

杨军和李友也认识，他们在高中时不在一个班，但两人关系还可以。说来也奇怪，杨军在学校属于成绩特别优秀、老实巴交的一类，而李友属于成绩特别差、外向型的。他们俩能玩到一块儿也是奇怪，高中毕业后联系很少，只是偶尔同学聚会在一块儿吃个饭。

最近一次接触还是一年前，李友找杨军帮过一次忙，杨军也帮了。李友的公司资质年审的事，说是住建局卡了过不了。杨军也没有说别的，向住建局的一位分管副局长打了个电话后，让李友去找这位副局长，最终李友公司的资质顺利通过年审。

当王诗远回家把见到李友的事告诉杨军后，杨军明确表示，反对王诗远去明天公司上班，他和李友熟悉，也知道他的为人。但王诗远态度坚决，杨军也没有办法。

杨军尽管和李友关系还可以，但他从内心瞧不起李友。

李友在当年的高中校园里也可以说是风云人物，打架斗殴无人不知，是无人敢惹的主。李友高三第一学期因持刀把同学捅伤被学校开除，从此流落到社会。此人在社会上却混得风生水起，在工地上倒卖黄沙水泥起家，发展到成为盖楼房的包工头，积攒了不少钱，据说2010年左右就有数百万身家。

李友原先以其他公司资质承包项目，后来觉得还要支付挂靠费，干脆自己注册了一家建筑公司。

他公司名字也很奇怪，叫明天建筑工程有限公司，这个名字有一定的来历，是李友自己取的，他一直引以为豪，认为自己有才。他经常在酒桌上炫耀这事，说是在工商部门注册时，备用的好几个名字都没有通过审核，被人抢先注册了，他正在为难时，这时工作人员的手机响了，铃声是歌曲《明天会更好》。他灵机一动干脆就叫明天公司，明天会更好，寓意公司将会芝麻开花节节高。

李友好色也是出了名的，这也是杨军不让王诗远在李友公司待的主要原因。

杨军一想到王诗远在李友那里上班心中就有一团怒火，他脑海里经常浮现出李友大狗熊一样的身材，秃得没有几根头发的脑袋，一双色眯眯的小眼睛喜欢盯着漂亮女人看，他甚至在想王诗远是不是已经和李友上过床了。

王诗远在公司的办公室上班，主要工作就是负责接待、盖章、简单的公文处理等，公司有接待任务李友通常会带王诗远参加。王诗远开始不怎么喝酒，时间长了也练成了好酒量，半斤白酒也不在话下。

王诗远入职明天公司不久，公司便接到一个大项目，但垫资较多，当时正赶上银行放贷收紧，贷不了款，李友便号召公司员工入股，以这种方式集资。王诗远回家后便和杨军商量集资这事，杨军说："李友靠谱吗？不会到头来血本无归吧。"王诗远说："你个乌鸦嘴，狗嘴里吐不出象牙。"

王诗远在家里掌管着家里的收支大权，杨军的工资都是她在保管，她最终把家里全部积蓄 10 万全投了进去，也成了明天公司的股东。

有一天晚上，杨军下班回到家，看到妻子王诗远正在做饭，阳阳在看动画片。

"明月楼的项目立项了。"杨军说，"你们公司有意参与竞标吗？"

"我又不是公司老总，这要看公司老总的兴趣。"王诗远白了他一眼，接着说，"不是痴人怎么说起了痴话？"

"你不是也有股份在里面，虽然少但也是股东啊。"

"哼，也不怕人笑话，个位数的占比也好意思说。"

"不感兴趣就算了，就当我没说。"

杨军开始收拾桌子，准备吃饭。

吃过饭，王诗远把儿子哄睡后，坐在床上玩起了手机，杨军也在玩手机。

第二天晚上，王诗远回到家见到杨军的第一句话就是问明月楼项目能不能拿到手。

"你不是没兴趣吗？"杨军感到很奇怪，"怎么，又来兴趣了？"

"别废话，今天我问过李友了，他说如果项目拿到手可以让我做项目经理，并有20%的利润分红，这不是为咱家增加收入吗？"

"这可是公开招标的项目。"

"什么公开招标，还不都是人操作的？"

杨军和王诗远常常陷入冷战状态，原因主要集中在阳阳身上。阳阳已经6岁了，上小学一年级，话越来越少，也不和其他小朋友玩，显得很孤独。

杨军怀疑孩子已经抑郁了，便让王诗远减少在外的活动多陪陪孩子，王诗远说杨军为什么不少加班多陪陪孩子。杨军说他的单位特殊，领导交办的任务重没有办法。王诗远总是不屑一顾地说："你的单位特殊，谁的单位不特殊？都是在赚钱养家凭什么让我多付出？"弄得杨军很无语，时间久了，杨军连吵架都不想了，他们甚至成了熟悉的陌生人。

杨军晚上一个人在办公室加班的时候，心里觉得很愧疚，觉得对不起孩子，同时又对王诗远产生了恨意。他心烦意乱，便一根接一根地抽烟，有时还会莫名发呆。他甚至产生了离开政府办的想法，哪怕到人大、政协去做一个办事员，只要有足够的时间照顾孩子……

组织部早就传出要换人的消息，县委李书记已来了几个月，眼看就要到年底了，按照惯例年底通常要调整干部，新任干部好在第二年刚开始就投入新的工作。政府办似乎风平浪静，没有人议论这事，一般换人前民间的组织部早就传出消息了，杨军有些着急，他早就想做政府办副主任了。

还有不到20天就要过春节了，淮江城区已开始洋溢着节日的气氛。主要街道两侧的路灯上已挂上了红灯笼，红红的，迎风摆动，像一个个欲爆炸的火球。接着一条爆炸性新闻也开始在淮江流传开来，这条新闻与杨军有关。

淮江警方在春节前通常要来一次抓赌博行动，本来是例行的一次检查活动，但检查结果却查出了意外。

临近春节，不少企业陆续放了假，一些老板无事可做便相约在宾馆、酒店开个房间进行赌博，这样比在家中要安全些，外人不知情以为是住宿的。时间长了，警方也知道了他们的伎俩，加强了对宾馆、酒店的检查力度。

农历腊月二十四晚上，淮江警方对新纪元大酒店进行了突击检查，检查的范围不仅是赌还包括黄和毒。从检查结果来看，警方对赌博行为倒没查到，却查处了一对涉嫌卖淫嫖娼男女。这对男女不承认但又拿不出结婚证，检查人员于是将二人分别关在两个房间进行询问，结果两人不是夫妻关系，但彼此都能准确说出对方名字和家庭主要成员情况等关键信息，不存在金钱交换，也就是说不是卖淫嫖娼行为，不属于治安案件，警方批评教育一番便放了人。这对于警方来说也是件小事，例行检查，例行询问，事情也就过去了。可偏偏当晚执行任务的警察中，有一人认识事件中的女方，回家跟夫人说了，让夫人不要对别人说这事，可夫人在外面又和一个闺蜜说了这事也交代了不要对外人说，闺蜜又和闺蜜的闺蜜说了同样的话，这样一来反而流传了出来，甚至到了满城风雨的地步。

如果普通群众发生这事也不会引人关注，但是事件中这个女人不是一般人，她是县政府办杨军的老婆王诗远，男的是明天公司老总李友。

当别人对杨军投去异样的目光时，杨军还蒙在鼓里。直到有一天杨满找到他说："杨军，你可要好好管管王诗远。"杨军气愤地说："我的事不要你管，管好你自己吧。"

杨满便把听到的事一五一十对杨军说了。

当天晚上王诗远回到家见到杨军铁青的脸就知道坏事了，杨军说："你和李友玩得快活了。"王诗远不吭声。

杨军对王诗远一阵咆哮后，王诗远反而把悬着的一颗心放下了，平静地说："离婚吧。"

杨军望着熟睡的脸上还带着笑容的阳阳，陷入沉默。

又过了几天，坊间流传李友涉嫌行贿被控制了。

杨军像变了一个人，他变得沉默寡言，有时候一个人在办公室一句话也不说，对一切都提不起兴趣。

每天一到办公室，杨军觉得没有一点力气，他坐在椅子上漫不经心地翻看手机，其实他看不进任何内容。他感到背后似乎有无数只手在指着自己的脊梁，感到浑身发凉。他一支一支地抽烟，以前他很少抽烟，现在一天一包都不够。

杨军的办公室位于县政府办公大楼8楼，他有时到窗户前望着外面城市道路上来来回回的车辆，每天都是同样的场景。也有不知名的鸟儿从窗前轻轻飞过，杨军真想打开窗户跳出去抓住那只鸟，他嫉妒那只鸟，他眼中的那只鸟无忧无愁。

领导交办的事项他也不再精心完成，应付了事。

最让杨军为难的是面对王诗远，每天下班后，杨军不想回家，现在他是多么讨厌这个家啊。

一连好多天中午他不再回家吃饭，阳阳也在学校吃，晚上他再去接。

王诗远晚上回来只是玩手机，她和杨军不再说话，整个家里只有阳阳说话，王诗远和杨军只是简单回应阳阳问的话。

一天夜里，杨军又梦见了母亲，母亲还是那么亲切，他像孩子一样在母亲的怀里哭泣、倾诉。

第二天上午，杨军向分管副主任请假，去了母亲的墓前，他望着母亲的墓碑，默默地站着，流着泪，整个墓地很安静。过了好久，当杨军转过头准备回去的时候，他发现父亲杨修敬不知什么时候站在了自己的身后。

"爸！"杨军喊了一声。

"我早就在这儿了。"杨修敬说，他掏出一包烟，扔给杨军一支。把烟点着后，杨修敬坐在妻子的坟前，杨军也坐下了，此时田野里一片空旷，麦子长得还不高。

杨修敬说："我年轻的时候在前线打仗见过太多的生死，在生死面前其他的都不重要。一些战友那么年轻突然就牺牲了，在战场上我学会了坚强。"

杨军点点头。

杨修敬说："我也听说了王诗远的事，人非圣贤，都会有犯错的时候，包括你自己。你考虑过阳阳没有？两个大人说散就散，但一个单亲家庭对孩子的伤害是多么大。一切都要往前看，这也是我经历生死后的感受，给她一次机会吧！"

杨军的泪水再一次涌出来。

春节前2天，淮江县宣布了人事调整信息，杨军调到县政协办，平调。淮江官场上不少人对杨军的任命感到奇怪，认为杨军的提拔是板上钉钉的事。有人说杨军在人事调整前找了李书记要求平调到人大或政协，这样有空照顾家庭。

一切似乎很平静，明月楼还在一层一层向上生长，运河里的船依然在来来往往行驶。

第七章　怀念战友

1

杨修敬又一次坐在妻子的坟前，夕阳中，寒风骤起，一片片黄叶在天空中纷纷扬扬飘来飘去，然后慢慢地落到大地上。

民便河水位下降了许多，依旧如往常一样向东流淌着。

坟上支起的花圈和放在坟上的花圈把整个坟覆盖得看不到一点泥土，花圈上的花朵有鲜花做的，也有纸做的，鲜花就是菊花，金黄金黄的。好多天过去菊花已经枯萎，或许是近来一直阴雨的缘故。纸做的花也已褪色，但依稀还可以看出五颜六色的样子。

杨修敬对于妻子的离去一直无法接受，他们结婚 30 多年甚至从没吵过架，妻子是贤惠的，孝敬父母，带大孩子，还种着十来亩地。

那个扎着红头巾、编着大辫子的小姑娘一直在他的脑海中不断出现。杨修敬记得第一次见面还是在舅舅家，媒人就是舅妈，那是自己第一次从部队回来探亲，舅妈便把她的远房侄女介绍给了他。

杨修敬也是第一次看对象，妻子当时也是第一次看对象，她显得不好意思，一句话也不说，红着脸低着头只是摆弄着辫梢。

杨修敬身着军装，显得很神气。

妻子后来说，她看上了穿着军装的杨修敬，特别是看到他帽子上的那个红五星，心里想这辈子就跟他了，嫁给解放军心里踏实。

他们后来便是书信往来，无尽的思念。

结婚后一年杨满出生。

又一年过去了。

杨修敬向部队申请退伍，家里分了好多地，妻子带孩子忙不过来。

一次探亲刚过一个星期，部队来电报，要求杨修敬立即返队。

要打仗！

这是杨修敬第一反应，作为军人保家卫国是神圣的职责，其实他早就知道边境紧张，没想到这么快。

妻子尽管不舍，但还是同意他立即返队。

杨修敬说："家里的事就交给你了，爸妈的年龄都大了，所幸还有弟弟。万一我在战场上牺牲了，你一定要坚强，按规定还有 2000 块钱抚恤金，1000 块留给父母，弥补一下养育之恩，另外 1000 块钱留给你，算你改嫁时我送你的一件礼物。"

妻子紧紧抱住杨修敬，把头伏在他的胸前。

"我不许你这么说，你一定会平安归来的，我等你。"

杨修敬毅然登上了南下的列车。

许多年以后，杨修敬无数次在梦中回到那个执行穿插任务的夜晚。没有月光和星光的深夜，闷热的丛林，黑漆漆的，脚下是难以行走的泥泞。丛林里布满了蚊虫，大家脸上手臂上被蚊虫咬了好多大包。热带丛林雨水多，到处湿漉漉，每人肩上还有几十斤的负重。这是一片敌人炮火可以覆盖的区域，死神仿佛随时都可以光顾，为了不暴露行踪，大家都不说话，只有脚步声。

在攀爬一处峭壁时，杨修敬眼睁睁地看着战友摔下了看不到底的峡谷，部队规定，遇到这种情况不能哭喊以防暴露目标，大家只好眼含热泪继续前行。

战后他和大江活了下来。

1985 年，杨修敬和大江退役后相约去了一次牺牲战友虎子的家。虎子的家在贵州的大山里，大山一座连着一座，望不到尽头。

两人在县城下了车，没有车通向山里，经过打听，虎子家所在的村子离县城还有 30 多里的山路。在县城招待所住了一夜后，两人早上如在部队行军一样踏上了蜿蜒的山路，这点苦对于他们来说实在不算什么。

夕阳西下，山坡上的杜鹃花在夕阳的余晖下一片火红，有山歌从山间飘过来，委婉动听如百灵鸟在歌唱。

杨修敬听虎子说过他还有一个妹妹，叫麦子，会唱山歌。虎子有一次还开玩笑，大江现在还没有对象，将来战争结束后回家把妹妹介绍给大江做媳妇。

这莫非是大江妹妹的歌声？

他们好不容易打听到虎子家的具体位置，到虎子家时天已完全黑了。

大江的家隐藏在大山深处的一处向阳半山坡上，三间茅草房，一间偏房。

两位老人听说虎子战友来了，很高兴，忙招呼女儿准备晚饭。

虎子的妹妹麦子有一双大而亮的眼睛，长长的睫毛，两个深深的酒窝，丰满而修长的身材。

她的模样很像虎子。

或许又想起哥哥，杨修敬看到麦子在烧火的时候悄悄地抹眼泪。

虎子父母的年龄也只有 50 多岁，但头发已全白，丧子之痛让他们超过实际年龄的苍老。

虎子妈妈又想起了儿子，当着儿子两位战友的面失声痛哭。

杨修敬和大江忙安慰他们，说和虎子生前有过约定，虎子不在了，他们就是亲儿子，不分彼此。

晚饭时，两人陪虎子父亲喝了不少酒，加上旅途劳累，他们安顿杨修敬和大江睡在虎子睡的床上。他俩第二天醒来已日上三竿，准确地说是被大山里的鸟叫声吵醒的。

两人有些不好意思，早饭早已准备好，匆匆吃过早饭，两人来到屋子前面，对面一条大瀑布从山上挂下来，如一条大白练，又像一条飘在山间的哈达。

起雾了，远处山上的树在雾中忽隐忽现，瀑布也在雾气中，如同仙境。

杨修敬想到虎子就在这样的环境中长大，善良而纯朴，具备山里汉子的直爽。

两人要去地里帮做农活，老人们不让，让麦子带他俩在山里转转看看风景。

两天后，杨修敬说："我们来帮不上忙反而添了麻烦，不如先回。"

大江表示同意。

两天来，大江与虎子妹妹麦子已熟悉了，大江见她上山砍柴，主动去背下来。

告别时，杨修敬和大江各取出 400 元钱放在虎子父亲手中，虎子父亲坚决不要，他说，能来看他们就已感激不尽了，唯一要求就是能把虎子妹妹带出大山，找一个好婆家。

杨修敬看了一眼大江，把虎子父亲拉到一边悄悄地问："大江如何？虎子在部队时就想把妹妹介绍给大江。"

虎子父亲笑了笑说："不知大江心里咋想的？"

杨修敬说："只是妹妹远嫁，你们身边更没有子女在旁边了。"

虎子父亲说："只要孩子生活好，我们倒也无所谓。"

当问大江时，大江说："以前在部队虎子说的是玩笑话，哪能当真？"杨修敬说："你到底同不同意啊？要是同意我就与麦子说了，过了这个村再也没有这个店了。"

大江说："兄弟的心思你还不明白？只是麦子跟我回了江苏，两位老人愿不愿意跟我去江苏生活？我就当是虎子了。"

杨修敬问麦子时，麦子表示了忧虑。

麦子说，哥哥不在了，父母只有她一个女儿了，按当地风俗应招女婿上门的，自己的婚事不重要，照顾父母才要紧，她不敢耽误大江哥。

虎子母亲知道女儿的心事，她对女儿说："现在我和你爸还能行动，不要考虑什么招上门女婿，那样你哥在天上也不会同意的，大江这孩子就不错。"

大江离开前这门亲事算是定下了。

早上太阳刚冒上山尖，杨修敬和大江吃过早饭便踏上了归程，山里的空气很清新，可以听到远处传来一声声鸟鸣，薄雾一点一点地慢慢退去，整个山谷霞光万丈。

虎子的父母和妹妹在霞光中送杨修敬和大江返程，麦子欲言又止。

大江说："我会回来的，我一定要娶你。"

麦子转过身去。

此时一只喜鹊落在路旁的一棵树上叫个不停。

一年后。

大江找到了杨修敬，说要与麦子结婚，准备去贵州迎娶麦子，邀请杨修敬这个媒人一同前往。

杨修敬欣然同意。

举行婚礼那天，麦子穿上了美丽的民族服饰，那是苗族特有的服饰，满头的银饰在阳光下闪闪发亮。

乡亲们纷纷前来祝贺，麦子的父母置办了丰盛的酒席，招待客人和乡亲。

夜色降临，月亮升起来。

乡亲们燃起了篝火，手拉着手围着篝火唱歌跳舞。

麦子应大家要求唱了好几首山歌，有人让新郎也唱一首。大江说不会唱，大家不让，实在不会唱个国歌也行。

大江说唱个流行歌吧，《冬天里的一把火》，只会哼唱几句。

"你就像那冬天里的一把火，熊熊火焰燃烧了我……"

大江五音不全的声音依然得到了大家的喝彩。

麦子和大江回江苏那天，麦子父母送了一程又一程，大江再次邀请两位老人跟他一起回江苏。

两位老人还是拒绝了，他们说根在这里，适应了这里的山水，哪儿也不去了，等老了不能动再去吧。

直到大江他们走远了，两位老人依然站在那里。

这时麦子突然哭着往回跑，她扑在母亲的怀里，"妈妈，我舍不得你们，我不去了。"

虎子的母亲抚摸着麦子长长的黑头发，"孩子，长大了就要嫁人，大江是个好小伙，跟他去吧，有时间多回来看看。我和你爸也会去看你的，还有你哥，我们也要去云南去看看他，妈想他了。"

麦子依依不舍离开了父母。

大江的家是在江苏与浙江交界的一个小镇上，杨修敬去过他家，是去参加大江与麦子的婚礼。他们两家虽说同属一个省，但处于一南一北，相距也有几百千米，因而平时走动并不多。

麦子的父母也从贵州赶来参加了女儿的婚礼，大江包括他的父母也都挽留麦子的父母在江苏生活，他们再次婉拒了。

后来大家各自忙于各自的生活，大江的消息也就越来越少。

直到30年后，杨修敬接到了一个电话，一个战友打来的，说大江出事了，相约立即去苏州大江家看一下。

那是一个落叶纷飞的深秋，当杨修敬来到苏州吴江时战友还没到，要第二天才能到。杨修敬索性找个小宾馆住下，等第二天战友来再一起去大江所在的小镇。

当杨修敬和战友到大江家所在的盛泽镇时，天已快黑了，大江的儿子早就在约定的地点等了。

他们上了大江儿子的车，在镇上转了好一会儿，到了一个大宅前车停下了。

看来这就是大江的家。

麦子已在门外等候多时，见到杨修敬，她眼含热泪握住杨修敬的手久久不愿松开。

杨修敬连忙安慰她。

进到屋里，杨修敬大吃一惊，灯光下，麦子仿佛变了一个人。麦子满头白发，背也微微有些驼了，他想麦子才50多岁。唉，岁月啊，岁月，真是一把杀猪刀。

大江躺在床上，见到杨修敬两战友进门，他努力想坐起来，但没有成功，杨修敬赶忙上去让他躺着。

外面已黑得不见五指，大江开始慢慢讲述发生的事。

麦子站在床前不停地抹眼泪。

当年大江和麦子结婚后，江南乡镇企业如雨后春笋般纷纷涌现。大江和麦子进入一家乡镇企业做工，一年后儿子出生，日子过得倒也平稳。

麦子的父母每过几年就来住一些日子，每次大江和麦子都挽留两位老人不要回去，就在这儿养老，两位老人执意要回去。

几年前，两位老人已行动不便，麦子把他们接到苏州，他们也就再没有回贵州。

儿子慢慢长大，两位老人也先后过世。

临终前，两位老人一直念叨着虎子。

一个月前，大江到吴江办事，在街上碰到一个醉汉，这是一个三十来岁壮得像牛一样的青年。他只见这个醉汉口中念念有词，在人行道上摇摇晃晃地走着，行人纷纷躲避。

大江没有躲避，醉汉见到大江，似乎感到奇怪："别人纷纷躲着我，你为何不躲着我？"

似乎有着像《水浒传》中的牛二一样，他拦住大江，要手机打电话，大江不同意，他便口出脏话骂大江。大江制止，醉汉便恼羞成怒动起手来。

大江已不是当年战场上年轻的大江，他直接被打趴下，周围没有人敢上来拉，这个醉汉又用脚在大江的头上、肋骨上踩上几脚，大江当场就昏死过去……

大江的肋骨断了6根，在医院ICU待了20天，最后总算把命保住了。这也是刚刚出院没几天，在家养着，大江说他的头还一直是晕的，有时候意识还是模糊的，过去好多事情都记不清了。

"我要是年轻30岁，不要说他一个人，就是他两个人也不是我的对手，想当年在老山前线我一个人就干掉了几个敌人……"

杨修敬说："好汉不提当年勇，年龄不饶人啊，你就好好养病吧。"

麦子出去准备晚饭了。

大江说："等我病好了，我们一起到云南看虎子去。爸妈过世前一直想去云南看看虎子，我也答应了，起初我忙于工作总是想等等，后来两位老人年龄大了行动不便，这个计划也就耽搁了，让我留下了遗憾。"

杨修敬说："我们都老了，时间也不多了，你好好养病吧，病好了一块儿去云南。"

晚饭时，大江躺床上无法下床，让两战友多喝几杯。麦子喝了不少，在杨修敬印象中麦子是不喝酒的，同去的战友也喝了不少。

杨修敬只喝了几杯，他不想喝，心中难受，至于难受什么自己也说不清。

他想到了第一次去麦子家的情形，那时麦子还是一个青春女孩的形象，有着山里女孩的野性、阳光、活泼，而如今再也找不到当年的样子。

夜已深，一轮残月从云层中钻出来，战友已深深入睡。杨修敬毫无睡意，他索性起来，走到外面，此刻街道上空无一人，静静的，路灯灯光昏黄，偶尔一阵风吹来，街道边的梧桐树叶纷纷落下。

他感到有些冷，转了大约半小时他感到有些疲劳，便往回走。

月亮又钻云层中去了，四周一片漆黑。

从外面转回来的杨修敬路过大江的窗口时，大江喊了他一声，让他到房里坐坐。

"我怀疑儿子是阳痿。"杨修敬记得大江在说这话时是多么平静，仿佛是在聊和他从别处听来的猎奇故事。

杨修敬吃惊地望着他，想听他继续讲下去。

大江从床头柜上拿过一包烟扔给杨修敬一支，又递过来打火机。杨修敬把烟点着又帮大江点着一支烟。大江叹了一口气，"把灯关了吧，我习惯关灯谈话，这主要是在老山前线的猫耳洞里长期没有光线的缘故。"

杨修敬起身把灯关了，黑暗一下子涌进了屋里。大江躺在黑暗里，杨修敬看不清他的面容，但也能想象出他的表情。烟头或明或暗，烟头亮的时候大江脸上的忧愁映在他沟壑丛生的脸上。

"我怀疑儿媳头脑不正常。"

"啊？你开什么玩笑？"杨修敬不解，甚至想到刚才大江怀疑儿子是阳痿的事，难道儿子的阳痿与儿媳头脑不正常有关联？杨修敬不知道二者之间有着怎样的逻辑关系，这究竟是大江怎样的思维。

大江说："我们过来人都知道，夫妻同房性生活和谐，感情才会好。现在他们根本不在一块儿睡觉，感情能好吗？"

杨修敬说："年轻人精力旺盛，时间长了会离不开的，你是多虑了。"

"她现在到处乱跑，前几天骑着一辆电瓶车跑到了硕放机场，车子也丢了。机场派出所打来电话要家里人去接，我躺在床上不能开车，麦子不会开车咋去接呢？"

"那你儿子呢？他不去接？"杨修敬问。

"儿子？别提他了。天天躲在屋里电脑前不与人交流，他们夫妻俩相互见了也像陌生人似的，互相讨厌。"大江无奈地说。

"那后来呢？"

"请派出所的人送回来的，我说家里实在没有人去接，需要多少油费我们出，结果人家警察送来后也没要油费。"

杨修敬说："一定是你儿媳赌气出走的，哪有什么精神病？"

"表面上看她也挺好的，只是发起病来简直不像个人啊，家里好多值钱的东西被她摔坏了。"

杨修敬问有没有去医院找医生看一下。

大江说，去了，也买了药，只是她吃着扔着，也不好好吃药，最后干脆就不吃了。

杨修敬自从来这儿就没见过大江的这个儿媳，他知道大江的儿子结婚了，当时没有请他喝喜酒，或许觉得路太远了。

大江说："我这儿子或许你还不知道，腿有点小残疾，走路有点跛。其实麦子怀孕时就查出来了，一条腿长，一条腿短，医生当时建议打掉，我和麦子都不同意。这孩子小时候还可以，性格也还好，只是长大后，性格开始变得孤僻起来，他感到有些自卑。"

接着大江又说到了儿媳，儿媳的父亲原是一个老光棍，直到快 50 了才讨了一个头脑不好的女人，儿媳 5 岁时她妈妈就去世了，是她爸爸一手把她带大，现在她爸爸也 70 多了，就这一个女儿。大江认为这个儿媳一定是遗传了她妈妈，头脑不好是会遗传的。

杨修敬说，事已如此，只有让她好好治疗了。大江忽然又想起一件事来，上个星期，儿媳被从机场送回来后一个人又跑到了开发区一个饭店，点了一桌子菜还要了一瓶酒。吃完饭后没有钱给老板，老板不让她走，最后老板从她手机里查找到大江的电话，打电话后大江让麦子去结账。他让儿子开车把她送她爸那儿了，让她爸监督她吃药，过几天再去接回来。

杨修敬问儿媳妇发病多久了，大江说，今年年初才开始的，以前都是好好的。儿子当时就看好她长得漂亮，不过人长得确实漂亮，这一点不否认。这孙女已 6 岁了，本来还想要一个孙子的，唉！只是她开始发病了。

杨修敬说，不要担心，现在医学那么发达，应该能治好的。

大江说，但愿如此！

杨修敬说："儿子不上班全依靠你们？"

大江说："我以前不是弄了一个小工厂吗？生意还行，本来打算全扔给他经营，我们夫妻年龄也大了。他似乎不感兴趣，他感兴趣的是电脑视频剪辑，现在专门给人干这个，据他说一个月下来也能赚几千，够他自己用的。"大江对今后生活有着深深的焦虑，自己从枪林弹雨中爬过来的，晚年还摊上这样的日子。杨修敬继续安慰他，大江又点了一支烟，屋里又弥漫着烟草的味道。

2

从大江那儿回来后，杨修敬一下子消沉了好多，也苍老了许多。他有时候就一个人在静静地想，胡思乱想，他整个人渐渐消瘦下来。

两个儿子都要他去自己家生活。家里的房子也快拆了，据说已有种地大户和村里签了合同，这也许是最后一季庄稼了。

他每天都要去妻子的坟前坐一会儿，抽上几根烟，有时还会自言自语说上一会儿话。

房子拆迁要和村里签合同的那天，杨修敬打电话让两个儿子杨满和杨军都回来。其实此前关于拆迁补偿费的问题，镇里村里都和杨修敬协商过好多次了，杨修敬每次都把协商的结果电话告知两个儿子。

在两个儿子的见证下，杨修敬在拆迁合同上签了字，像杨白劳一样按了红手印。

持续近一年的拆迁问题也算是圆满解决了，剩下就是打款和搬家的事了。

新的一天开始了，杨修敬又去了妻子的坟前，一根烟还没抽完他接到了战友大江的电话。

杨修敬问他身体恢复情况，大江说早已下床活动了，正常人一样。杨修敬又问儿媳情况，大江说儿媳又像正常人一样了，儿子去看了心理医生，整个人改变不少，现在正在打算要第二个孩子。

大江约他去云南看一下虎子，这不清明节也快到了，大江说麦子和他一块儿去，也让杨修敬和老伴儿一起去。

杨修敬说，老伴去世了。

对方一阵沉默。

"嫂子走多久了？"

杨修敬说不到一个月。

大江问怎么不说一声，他一定过来，也不远。

杨修敬说不想让更多人知晓,她走得太突然了,至今自己也没缓过神来。

大江说刚好出去散散心。

杨修敬同意了,离开那块魂牵梦萦的土地已30多年了,他太想回去看看了,况且那儿还安睡着许多情同手足的战友。

两人约好了出发的时间。

在出发之前,杨修敬让两个儿子回来一块儿把家搬了,村里已催了。

杨修敬安顿到杨满家。

大江和麦子已在南京等杨修敬,他们打算从南京坐飞机飞昆明,再从昆明乘车到文山州老山。

清明节这天,阳光灿烂,大江、杨修敬、麦子一行三人来到了麻栗坡烈士陵园。

三个两鬓斑白的老人轻轻地用手擦拭着虎子墓碑上的尘埃,擦拭完墓碑他们用手机拍下一张张照片。三人眼含热泪,望着墓碑上虎子的照片,虎子当年是那么年轻英俊,脑海中一个个形象再次浮现了出来,其实这30多年来,虎子的形象就一直刻在他们的脑海中。

此时陵园里人山人海,人们基本上都穿着参战时期的军装,鲜红的军旗随处可见,不时传来撕心裂肺的哭声。

麦子特意带了贵州家乡的酒,说哥哥以前最爱喝家乡的酒。

35年了,杨修敬算了一下离开这里已整整35年了。

麦子扑倒在虎子的墓前,用手抚摸着墓碑上哥哥的照片,放声大哭。

大江掏出一包"中华"烟,抽出一根用打火机点燃放在墓碑前的祭台上。

杨修敬把祭品取出来放在祭台上,大江把酒瓶盖子打开,酒在燃烧的纸钱上。他说:"虎子,我们兄弟也有30多年没在一起喝酒了,今天是清明节,我和大江、麦子来看你来了。"大江说:"当年你要把麦子嫁给我,我真的娶了麦子,你还是孩子的亲舅舅呢。"

祭扫完毕,麦子久久不愿离去。"

其实,在他们到的时候,虎子的墓前已摆放着好几束菊花,都是战友或群众来祭奠的。

在回酒店的路上麦子说,哥哥那么年轻就牺牲了,入伍3年就回过一次家，其实妈妈已经在为他找对象了，就等他回家见面。

杨修敬说："有个当地姑娘喜欢虎子的故事你还不知道吧。"大江说："我怎么也不知道啊？"杨修敬说："其实我还是后来才知道的，包括虎子本人都不知道有个当地姑娘非常喜欢他。"

大江对麦子说："我们部队有规定，军人不可以与驻地群众谈对象的。"

麦子点点头。

大江点上一根烟说："我们部队来到前线轮战时，没有现成的营房全部住在当地的老乡家。"

杨修敬对大江说："你忘了，虎子住的那个老乡家有个未出嫁的姑娘，人长得很漂亮，也很能干。"

大江说："记得。"

杨修敬说，虎子每天起床后第一件事就是帮老乡把水缸里的水装满然后打扫院子。

房东的女儿甚至从没有和虎子正面说过一句话，她把对虎子的喜欢深深地埋在心里。

1984 年 4 月 28 日老山收复战后，房东没有见到虎子回来便问其他战士，战士们忍着悲痛瞒着房东一家，说虎子调到别的连队了，那个连队离得远。房东的女儿感到不对劲，便悄悄地开始打听，最后打听到虎子牺牲了，她独自前往麻栗坡烈士陵园，找到了虎子的墓，在墓前痛哭不已。

"虎子要是知道有这样痴情的姑娘喜欢自己是多么幸福的一件事啊！当时你咋没告诉我呢，修敬？"大江惊讶地问。

"我也是退伍后才知道的，当年的营教导员和我通信时告诉我的。"杨修敬说。

此刻麦子早已泪流满面，她紧紧拉着大江的手，仿佛想象着那个姑娘的样子。

杨修敬从云南回来后，又回到老家看了看，此时老家房子已被拆了，一台推土机正在用力地推着宅基地上的土，如同一只猛兽正在贪婪地吞食着眼前的猎物，轰鸣的马达声震得他耳朵嗡嗡响。他呆呆地看着，施工的人也都是素不相识的人，没人知道正在拆的就是他的家。

　　整个村庄消失了，被推土机推平的宅基地在四周绿油油的麦田里，如同几块斑秃，显得丑陋无比。

　　杨修敬又去了老伴儿的墓前，坐在地上。有新烧纸钱的痕迹，应该是清明节时孩子们来烧的，那时他在云南。

　　天色渐晚，杨修敬中午也没有吃饭，但丝毫感觉不到饿。周围麦田里夹杂着一两朵金黄色的油菜花，有蜜蜂和蝴蝶来回飞舞着，也有喜鹊从空中悠闲地飞过。

　　杨修敬站起身，"我下次再来看你，这下老家全拆了，我去杨满家接你的班带小满啦。"通往镇上的水泥路上空无一人，村庄没有了，人也没有了，他心里想，要在天黑以前搭上去城里的公交车，迟了连睡觉的地方也没有了。

第八章　蜘蛛人

1

在家休息三个月的杨满实在待不住了，他又去工地干活。

杨满蹲在工地的一堆油漆桶前，望着刚刚拆去脚手架的高楼发呆，他想到火葬场给死人化妆的美容师，这一栋栋高楼就那么静静地立在那儿，就像一具具僵尸，等待去化妆，在进入火化炉烧掉之前，最后一次把好的形象呈现给世人。好多人把做外墙的油漆工说成是城市高楼的美容师，把这职业说得倒是很高大上，可是他愣是没感觉到高大在哪里，干这一行也有十几年了，也算是个小包工头，行内叫班组长。

人们常说干一行怨一行，干的时间长了，杨满对这行也似乎有了讨厌的感觉，但一大家人的生活毕竟要靠这个，靠这混口饭吃。话说回来，真正能够从事喜欢的职业又能有几人呢？

10多年前，楼房外墙粉刷施工依靠油漆工挂跳来完成，用吊篮施工很少。挂跳的油漆工也称为蜘蛛人，他们常年在楼房墙面上荡来荡去像一只只正在风中结网的蜘蛛。

杨满也由普通工人成了一个包活儿的小老板。汪小军是杨满的手下工人，也是他的好朋友，他技术很好，为人也不错。杨满经常让他带班，主要是他认识的蜘蛛人多，能为杨满带来源源不断的劳动力，另外他还有号召力，能让工人干活不偷懒，这可以给杨满创造更多的剩余价值。杨满就经常把自己想象成万恶的资本家，靠剥削工人而生存。

可以这么说，汪小军就是杨满工地的实际管理人，杨满的工作则是与建筑老总或开发商打交道——接活儿和讨账。

汪小军的老婆小娟在家专门带儿子，负责家务，她人长得很漂亮，只是腿有点瘸，天生的，小军很爱他老婆。

有一次杨满和汪小军在一起喝酒，他喝得似乎有点多了，酒后和杨满聊到了她的老婆。他 30 岁才和小娟结婚，小娟当时才 20 岁，小娟是被逼与他结婚的。

杨满大吃一惊，新中国都成立这么多年了，难道还有封建包办婚姻？

杨满上下打量了一下他，仿佛他在杨满的眼里成了不正常的人，似乎成了打家劫舍的山大王，强抢民女小娟做压寨夫人。

汪小军看出了杨满的吃惊，点着烟狠狠地吸上一口说：

"我和小娟是换亲，小娟他哥娶了我的妹妹小芹。当时小娟的哥哥刘大志 36 岁，而我妹妹才 18 岁，我对不住我妹小芹啊。"

说着汪小军竟抱着头蹲在地上呜呜地哭起来，他哭得很伤心，杨满不知道如何安慰他。

汪小军说，小芹结婚后过得不幸福。小芹的丈夫刘大志也是属于头脑少根筋的那种，抽烟喝酒倒是在行，常年在工地上做瓦工，后来也成了蜘蛛人。

刘大志因汪小军的关系一直在杨满手下干。刘大志高大黑胖，总是笑嘻嘻的，有时说着话口水就从嘴角流出，他没带毛巾便用沾满水泥浆的手顺手一抹，成了花脸，引得其他工友哈哈大笑。

汪小军似乎很讨厌他，基本上不跟他说什么话，有事说事，没事各干各的活，好像不是亲戚。

杨满有时在工地上见到刘大志，会给他一支烟，他会"嘿嘿"笑两声，表示感谢。问他话，他有时会答非所问，让人莫名其妙，这时汪小军就会过来催他赶紧去干活。

杨满也见过小芹，是在工地上，有一天刘大志的电动自行车忘记充电，估计下班电不够骑到家，打电话让小芹把充电器送过来。杨满便见到了小芹，她剪着农村妇女常见的齐耳短发，双眼皮，眼睛很大，很有神，有点黑，有点胖，有点拘谨，对于农村来说属于漂亮的一类。汪小军向杨满介绍了小芹。

小芹临走时还不忘给杨满打声招呼，让杨满有空到她家喝酒去。

当时站在杨满旁边和她一村的工人小张，望着小芹离去的背影，摇了摇头，表情显得很诡异，杨满看得很清楚。

按照常规，一个工地施工完毕，包工头都要请参与施工的工人吃顿完工饭，杨满也不例外。那是一个浙江人开发的房地产，杨满承包了其中 5 栋楼的外墙涂料粉刷工程，除去成本，算起来利润还可以，完工摆了两桌酒席。汪小军那晚家里来了亲戚没有参加，大家都喝得很高兴，杨满因为肝的原因不敢喝，和每个工人都象征性地喝两小杯啤酒，也感觉到有点飘。

吃饭后有的工人提出要去唱歌，杨满其实喝酒后就想回家睡觉，但杨满觉得不好不去，不去工人们会觉得杨满怕花钱，抠门，于是表示同意去。

他们去了县城步行街上一家比较有名的 KTV，叫百度 KTV，要了一个大包间，能坐十几个人。

进到包间，服务生进来，问哪位是老板，工人指向杨满，服务生到杨满面前，弯下腰几乎达到 90 度，问要些什么，杨满要了两箱啤酒，两盘水果，一壶绿茶。服务生问还要不要别的，杨满说还有什么别的，服务生见杨满疑惑，就直接说要不要陪唱小姐，杨满连忙说，不要不要。

有的工人对唱歌不感兴趣，吃完饭后就直接回家了，去唱歌的大多是年轻的工人。

工人们让杨满先点歌，杨满点了最拿手的两首歌，罗大佑的《恋曲1990》和刘德华的《爱你一万年》。唱罢，工人们纷纷鼓掌，有的使劲摇铃，气氛热烈，杨满知道唱得不好，是工人们给他面子。

杨满想静静，便出了包间，一个人到歌厅走道沙发上坐下，掏出一支烟用打火机点燃，狠狠地吸了一口，慢慢地吐出烟圈，闭上眼睛，感到特享受。

包房里传出或高或低的歌声，有时很悦耳，有的则跑调难以入耳，杨满慢慢地似乎要睡着了。迷迷糊糊间感觉到有人坐在旁边拍他的肩膀，他睁开眼睛一看，见是工人小张，杨满掏出一根烟递给他，小张接下点着，开始与杨满闲聊。

包房里传出的歌声似乎都显得特别怪异。

小张继续说着什么其他事，杨满已听不进去。

杨满回到包间，他们还在吼着歌，嘻哈打闹，有人给杨满打开一瓶啤酒，杨满一饮而尽，接着开，接着喝……

那晚杨满喝高了，是工人们送杨满回家的。

2

作为包工头，杨满明白首要任务是赚钱，当然只有多接活才能赚钱，杨满也知道在这行里有许多潜规则，接到活的背后也充斥着金钱的交易，好多接的单子是见不得光的。

在参与竞争县城一个名叫世纪名门小区住宅楼外墙涂料项目施工时，杨满了解到他的一位初中同学李江在这个项目做水电安装工程，和他关系还可以。李江在工地上施工与项目经理石军应该比较熟悉，杨满便请他帮忙引见，李江也爽快答应了。

几天后，李江来电话，说已与项目经理石军说过这事了。

通过同学沟通，杨满算是搭上了线，李江约定了吃饭时间，目的是让双方熟悉一下。

按照常规，由李江安排吃饭，杨满来付款。

饭局共 5 人参加，包括杨满、汪小军、项目经理和一个高大的中年女人，加上李江共 5 人。

项目经理石军是一个 40 多岁的中年男人，个子不高，皮肤黝黑，话不多，酒量大，爱抽烟。通过李江介绍，杨满知道那个高大的女人专门负责项目资料收集整理，是石军带过来吃饭的，石军介绍那个女人姓胡。她酒量不错，兴致很高，在敬她酒时，杨满说到时候做资料还需要她帮忙，那个女人说没问题。

中间杨满上厕所，李江也跟着出来，交代了一番，同时悄悄对杨满说：

"你也看出来了，那个女人是石军的情人……"

酒席间聊了些工地上的趣事，酒过三巡，进入正题，石军问杨满做了哪些项目，杨满都一一做了回答。

饭毕，石军要了杨满的手机号说再联系。

杨满感觉有戏。

果不其然，两天后杨满接到了石军的电话，石军约杨满去他的住处。

石军的住处位于项目工地一排板房的 2 楼，有两间房，其中一间是卧室，房内很简陋，算得上大件的仅一张床和一个布衣柜，布衣柜的门是拉链，但拉链坏了，拉不全，露出了里面的衣物，有女人的衣服。据杨满所知，石军的老婆在老家带孩子没有到工地来，想到上次石军带去吃饭的那个女人，杨满想大概是她的衣服。

另一间房子是用来做饭用的厨房。

杨满后来听李江说那个姓胡女人的老公因犯事坐牢了，那女人和老公感情不好，闹离婚。他们有一个女儿，初中没毕业就辍学了，不务正业，一直在社会上游荡。刚开始，那女人提出离婚时她的老公一直不同意，后来她的老公坐牢了就同意离婚。

据说，石军和那女人的老公还是要好的同学，走得比较近。

那女人前些年一直在长途车上卖票，收入也不高，离婚后收入仅能够维持和女儿的日常生活，与项目经理接触多了以后，石军就让那女人去工地负责资料收集工作，技术含量不高，跑跑腿的事。有石军关照着，她一年也有十万八万的收入，活得倒也很滋润。

那女人倒也知恩图报，以身相许，两人在外面工地上也就同居了，过起了夫妻一样的生活。杨满听说这事甚至怀疑这位项目经理的人品。俗话说朋友之妻不可欺，同学之妻就更不可欺了，感觉他这行为乘人之危。

石军见到杨满，直接开门见山，谈工程合同上的事，公司对基层处理、底漆、面漆、工期及保质期等要求，杨满都一一做了回答。

石军走过去把开着的房门关上，沉默了一会儿，眼睛盯着杨满。

"包工包料多少钱一平方米能做？"

"22元。"

"你要真心想做这个工程，就老实和我说最少多少钱能做？"

"20元。"

其实这个问题，杨满早已考虑了，成本与利润在杨满心中已非常明晰。

石军点点头，压低声音对杨满说：

"这样吧，给你24元一平方米，等工程完工验收后领到工程款时，你再把这多下来的每平方4元结给我，留做我们的喝酒钱。"

石军微笑着似乎又很严肃地望着杨满，等着他回答。

"好的，即使没另外加这笔钱，我都考虑了要好好报答你啊。"杨满赶紧回答。

"我看你是实在人，不要对任何人说这事，别人知道了后果你是知道的，包括你那位同学李江。"

杨满说："你就放心吧，我不会对任何人说这事的。"说真的，杨满还真的一直为他保密，到现在也没有对任何人说起这事。当然了，能接下这工程，李江功不可没。

为了体现公平公正，在这个项目上，公司也找了几个老板前来报价，当然有了项目经理在公司里运作，杨满估计中标问题不大。当然表面的文章还是要做的，杨满按公司规定填写了报价单。

果然不出所料，杨满成了中标人。

工程合同签订下来后，杨满又请石军吃了一顿饭，只不过这次吃饭除了上次参加的人外又增加了项目部其他几个人。

工人进场后第一天就遇到了麻烦事，中午的时候，杨满正开车去学校接小满放学，接到了汪小军打来的电话。

汪小军在电话里说监理叫立即停工，杨满一听说急忙把小满让何有为送回家，立即赶往工地。

弄清了原因，原来是杨满开工时没把合同等资料交到监理部，这也是杨满一时疏忽。杨满总以为在工地监理就是一个可有可无的摆设，只是向他们按时提交检测报告和在每个工序结束后分项验收上签字而已。至于提交各种资料，杨满通常也是滞后的，也没发生监理卡他的事情，这次却偏偏出了意外。

当然也怪杨满自己疏忽，他上次请项目经理石军他们吃饭忘记把监理叫上。

监理老刘是外地人，50多岁，面色黑里透着黄，中指食指指甲被烟熏得如他的脸色，黑黄黑黄的，表情严肃，无一丝笑意，或许与他这个职业有关，又或许天生如此。

"你们进场之前为什么不提交相关资料？"他严肃地问杨满。

"还没准备好。"

"还没准备好为什么就开工?"他步步紧逼。

"主要是工期太紧……"

"这不是理由,出了问题你能负责得起?"他粗暴地打断了杨满的解释,杨满知道他的理由显得有点苍白。

老刘又说了一大堆后果严重的话,最后递给杨满一份监理部下达的停工整改通知书,说什么时候准备好了资料什么时候再开工。

杨满去找了石军,向他说了监理的事,石军说让他自己看着办,好好准备资料,一副事不关己的样子。这让杨满很不舒服,他心里想:"资料要能立即准备好,还要找你干吗?"

杨满便说想晚上找老刘吃顿饭熟悉一下,想请石军与老刘说一下,如他杨满找老刘,老刘肯定不去。

石军想了一下,说好吧,他试试看。

老刘倒是给了项目经理石军的面子,晚上准时赴约。想想也在情理之中,监理部是开发公司聘用的,为开发公司服务的,拿的是开发公司的钱,项目经理是监理一定要搞好关系的对象。

这次吃饭仅4人参加,石军、杨满、老刘、李江。

杨满刚进入这一行时,一位早入行的大哥就对他说,有些事情办公桌上摆不平而在酒桌上却能摆平,说是经验之谈,自身能量达不到但酒量一定要达到。杨满想在这行混下去,于是便拼命练酒量,时间长了竟得了酒精肝,谷丙转氨酶持续升高,最高时达到300多,赶紧住院,好不容易指标正常才出院。

医生告诫以后千万不能再喝酒了,杨满开始坚持一阵,没多久又开始喝了。

杨满也想过为了身体不再干了,可短时间内不好转行,又不能在家一直待着,一家老小要养活,最后还是继续干下去。

要想接活就必须要搞社交,也就要请人吃饭,吃饭就要喝酒。酒桌上在别人的劝说下,杨满端起酒杯时就把医生的告诫抛于脑后,心里不免骂上一句,去他妈的谷丙转氨酶!

酒桌上老刘刚开始还表现严肃,几杯酒下肚后,话也多起来,甚至还说上几个荤段子。石军在酒桌上也很开心，一改平时寡言少语的样子，夸夸其谈，当说到当前社会上种种现象时，甚至给杨满留下了印象深刻的雷人语句。说什么当今社会养牛的不如宰牛的，宰牛的不如吹牛的等，引来众人一阵大笑，酒场气氛甚是热烈。

饭毕，杨满提议大家去泡个澡，其实这也是一道固定程序了。吃过饭不是泡澡就是做足疗，众人无一个反对，杨满于是带领众人直奔县城著名的"在水一方"浴场。

到浴场后杨满要了两个包间，杨满和同学李江一间，项目经理石军和老刘一间。

杨满说："要不做个脚吧。"李江说："好！"

杨满让服务生找两个做脚的女技师，他说稍等一下，技师们正忙。

在等技师的时候，杨满和李江躺在房间的床上边看电视边聊天，聊到监理老刘让他停工的事，李江说："今晚喝过酒，你明天就放心大胆地进场干吧，没事了。"

正聊着，房间内进来了两个端着洗脚盆的女技师。

在浴场，做脚就在包间里进行。

杨满一惊，其中一个技师竟然是小芹，小芹也发现了他，脸一红，随即恢复常态，她又望了一眼李江，小芹装作不认识杨满。杨满心里想有些人就是天生的好演员。

幸好李江不认识小芹，杨满让李江选了小芹做。

给杨满做脚的女技师有30多岁，性格外向。杨满问她是几号技师，下次来还找她，她说是6号，李江也问了小芹，小芹说是9号。

杨满向6号要手机号，李江也问了小芹要手机号，起先她俩不同意给，杨满说："下次来，好提前预约你们，防止你们正在忙啊。"她俩乐呵呵地报出了手机号码。杨满心里想下次来鬼才会找她，杨满并没有看好给他做脚的6号，只是没话找话而已。

杨满不时地与6号开着玩笑，李江也不时附和几句。小芹有点内敛，不知是不是因为认识杨满的缘故，李江也在不停逗小芹说话，甚至说些黄段子，小芹还是应和甚少。

两人的足疗几乎是同时做完。6 号问要不要再捶腿，杨满一看时间还早，说："好吧。"不用说，小芹也同时开始给李江捶腿。

捶完腿，两个女人端盆出去了。

杨满到石军、老刘的包间一看，他俩早已回来了，正躺在床上抽烟。他们聊了一会儿天，看看时间不早了，说回吧，杨满喊了李江穿衣服回家。

对于外墙涂料施工来说，监理方要求提供的资料不算多，但有几样资料弄起来也比较麻烦。比如底漆和面漆现场抽检送检，如果按正规程序走，监理随意抽样拿到质检中心检测，不一定能够合格，一大笔检测费用也是白花。

这里面也有门道，工地上做资料的人就能把一切都摆平，前提是施工老板舍得花钱。

杨满找到那个姓胡的女人请她帮忙，她一口答应下来，当然除了应该交的检测费外还另外给了她不少好处，算是给她的酬劳。

那女人让杨满把原装最好的没做过手脚的料子取出来，她取了一点当作样品，自己送去检测中心检测。

当然，杨满施工的材料却不是样品的材料，而是兑了大量水，如按送去的样品来施工不但不赚钱反而会贴钱，他不是傻子。

一切都很顺利，不出两天，那女人就打电话让杨满去取检测报告。杨满不得不感慨有钱能使鬼推磨，如他自己送检又不知要费多少周折了，最终能否搞到合格的报告还是个问题。

在请监理老刘吃饭后的第二天，杨满的工地就正常开工了，不过杨满没有请示老刘，老刘见了也没有加以阻止，只是要求杨满抓紧把材料提交上去。

当杨满把各种检测报告送给老刘时，他表现得很惊讶，这么快！杨满笑了笑，他接着向杨满提出了安全交底等一些注意事项。

李江在世纪名门的水电工程也接近了尾声，电线都穿得差不多了，杨满和李江在工地上见面也少了许多。

3

一天下午，杨满开车去县城一家商场买东西，因无法停车到处找停车位，最后看到商场附近的一个宾馆门前有空的停车位。

当停好车后，杨满正要打开车门，突然看到了一个熟悉的身影正走向宾馆的大门，"这不是李江吗？这小子大白天到宾馆干吗？"杨满心生疑惑。杨满看到李江的车就停在自己车的附近，好奇心促使杨满没有打开车门，等一等看后面还有什么动静。果然不一会儿又一个熟悉身影出现了，一个女人从李江的车里出来向周边看了看，看到好像没有熟人，大概觉得安全，也径直走向宾馆的大门。

"小芹！"杨满再一次惊讶得张大了嘴巴，他揉了揉眼睛再仔细一看确实是小芹。

看来是李江在宾馆里订好了房间，把房间号发给了小芹，小芹这才进去。他们俩如果一块进去目标太大，遇到熟人不好交代，真是够狡猾的。

杨满想，幸好他们俩都没发现，否则该有多尴尬！

"小芹给李江做足疗这才几天，他们俩都发展到这程度了。这对狗男女！"杨满在心里暗暗地骂道。

杨满想到了小芹的老公刘大志，刚才在工地时看到刘大志从楼顶做到楼下刚结束，扛着坐板提着空桶过来装料子，还冲他笑了笑。

杨满心里竟涌起一丝悲哀，摇了摇头，打开车门径直走向商场。

眼看工程完成了大半，想象着快要到手的人民币，杨满心里很高兴。

一天，杨满在工地上正与工人说着话，李江走了过来。

李江问杨满知不知道喝喜酒的事，杨满一头雾水，说不知道。李江凑近杨满耳边悄悄地说石军那个情人的女儿明天结婚，杨满一听，一拍脑袋说："幸好你告诉我，我还不知道呢，明天一起过去吧。"李江说："好的。"

到达举办婚宴的酒店时，杨满见到了好多熟悉的面孔，这个项目的所有班组头目全来了，当然项目经理石军也来了，那个女人的前夫没有来，也许他坐牢还没结束。

石军的情人化了妆，穿一身新套裙，胸口别着一朵红花，正忙里忙外招呼客人，见到杨满他们进来，热情地打招呼。

杨满与李江找了一个熟人多的桌坐下。

新娘穿着一身白色婚纱，身高与她妈差不多，只是比她妈苗条，手臂上纹了一朵红色的花，旁边还有一行看不懂的英文，听说好像才刚刚 20 岁。

后来杨满一家请项目经理石军和姓胡的女人吃饭，饭后那个姓胡的女人悄悄问李霞如何能生个男孩，因为李霞生的是儿子，她听说有办法能控制女人生男生女。

看来她很想要一个外孙。

后来那个女人与李霞竟然成了好朋友，杨满也感到奇怪，明明她们是两个世界的人。

在工地上杨满发现石军的情人出现的次数越来越少，杨满怀疑他们的关系出现了裂痕。李霞说，不是，是那女人的女儿怀孕了需要照顾。杨满想，她可能找到了生男孩子的秘方了。

有一天，杨满在工地上又看到了那女人，她看起来很开心，杨满递给她一根烟，她接过熟练地点着吸了一口，吐出了一道烟圈，问杨满还有没有什么需要帮忙的，杨满笑了笑说暂时没有，需要时一定会找她帮忙。

她说有好一阵子没同李霞联系了，杨满说，会让老婆主动和她联系，问她晚上是否有空，一起聚一聚吃顿饭。

她说没空，又聊了一会儿就散了。

晚上回家后杨满把见到项目经理石军情人的事与李霞说了，李霞说，是好久没联系了，立即拿起手机和那女人发微信。

李霞聊着聊着笑了起来，说那女人的女儿怀孕了，准备怀孕前还真的找到了生男孩子的秘方，昨天刚满 3 个月就去医院找关系请人做了 B 超，说是男孩。

杨满说，真神了，怪不得这么高兴。

后来有一段时间，杨满发现石军的心情特别不好，整天老阴沉着脸，巡查工地时动不动就骂人，说这没做好，那没做好。

李霞有一天晚上睡觉时悄悄对杨满说，姓胡女人的前夫出狱了，他们的女儿极力要求他们复合，说是将来生孩子时好共同照顾。现在那女人的心已动了，说自己年龄也大了不想与石军再折腾下去，石军有老婆孩子，也从来没有打算离婚和她组合家庭，充其量他们是露水夫妻而已。她正在考虑与前夫复婚的事。

怪不得石军这几天情绪不好，说不定那女人已向他摊牌了。

自此，杨满见到那女人的次数越来越少，以至于直接看不到了。

有一天，杨满正在工地上看工人施工，远远听到有一栋楼下吵吵闹闹，他忙走过去，老远就听见一个女人在哭闹，走近一看，吓了一跳，原来这个女人竟是李江的老婆小英。

她正在李江车前大骂，说李江不是东西，在外养女人，这些年赚的钱都给外面的女人了，没有见他拿多少钱回来，她要李江把钱要回来，否则就离婚。

李江在车里把车门锁了，也不敢出来，他老婆堵在车前，车也没有办法开走。

小英见杨满过来，拉住他说：

"老杨，你和李江是同学，你来评评理。他在外边养女人，赚的钱都便宜外人了，他还是人吗？我跟了他这些年就没享过福啊。"

杨满连忙安慰说："嫂子，你又没凭没证，不要瞎想，好好回家过日子去。"

她眼一翻说：

"你咋知道我没证据？我都看到了他手机里的聊天记录，还有那个女人的照片，我知道那个女人叫小芹，找到她我非撕了她不可。"

"嫂子，李江这些年工程接得多，垫资大，钱都垫在工程上，李江又不是傻子，他咋会把钱给别人呢？"杨满耐心地劝说。

好不容易把小英从车前拉开，李江乘势开车一溜烟跑了。众人一看再也没什么好看的，也都嘻嘻哈哈地走了，小英见也无趣便骑着电瓶车回家了。

还好刘大志正吊在半空中刮腻子，没听到这边具体发生了什么，他如果知道小芹涉及其中，后果将不堪设想。小芹哥哥汪小军那天也刚好不在现场，跟杨满说去喝喜酒了。

真是万幸！

不久之后，整个县城都在流传一则爆炸性新闻——一个小三被原配扒光暴打。杨满虽然没有在现场，但听到众多的版本基本上一致，他们绘声绘色地描述当时的场景，好像身临其境。

杨满也知道了这爆炸性新闻的主要角色——小英和小芹。

小英是个比较有韧性的人，她果然打听到了小芹的工作场所——在水一方浴场。她于是就带了两个闺蜜在浴场外守候，等到下午小芹上班时，在浴场外拦住小芹，4个女人厮打成一团，小芹1个人哪是3个女人的对手，被扒光了衣服还被暴打一顿，看热闹的人围了里三层外三层。

直到有人报警，警察赶到，让小芹穿上了衣服，并把4个女人全带到派出所，看热闹的人才慢慢散场。

看热闹的男人用手机拍了整个厮打过程的视频，并发到朋友圈，然后视频被迅速转发。整个县城里每一部智能手机里都有这精彩的视频。

警察处理的结果也出来了，小英和带来的两个女人被处以行政拘留，小芹被教育一番放回家了。杨满感到奇怪，"造成这么严重的后果为什么小英没去坐牢？"有人说是李江在找关系，也有人说派出所找两家协商，不想把事情闹大。

刘大志知道这事后暴跳如雷，小芹回家后被他狠狠地打了一顿。公公婆婆也不给好脸色看，小芹又羞又气又恼，整天不吃不喝。

小芹自杀了。

时间是她被打，回家后的第二天中午，公公婆婆都下地干活了，孩子也上学了，刘大志外出了，只有小芹一个人在家。她在卧室的房梁上系了一根绳，上吊自杀了，被人发现时身体都凉了。

当杨满知道这事赶到刘大志家时，汪小军已带领汪家老少爷们把刘大志打了一顿，并把刘大志家能砸的东西全砸了。

刘大志家老少哭天喊地乱成一团。

刘大志的脸肿得老高，他正在和家族中一个长辈商量如何料理小芹的后事。

小芹直挺挺地躺在堂屋正中，身下铺着草，她头前面的小板凳上点着一盏灯，旁边放着一个旧的脸盆，里面的纸正在燃烧。

小芹的儿子跪在靠头的位置，眉宇倒有几分小芹的影子。

小芹看起来很安详，没有一点痛苦，仿佛睡着了一般。杨满突然间发现小芹真的很美，有一种自然的、不加修饰的美。

此时天空变暗，一场大雨即将来临，杨满登记账后匆忙离去，在车上满脑子都是小芹的影子。

"是什么原因让小芹下了赴死的决心，难道就是因为大街上受辱？"杨满想了好多年也没有想到让他信服的答案。

此后每次去足疗店杨满都会想起小芹。

刘大志后来再也没有到杨满的工地上干活，或许有汪小军在工地上，他不好过来干活。

这个可怜的男人，现在两家或许早已成了仇人。

有一次春节前县里举办年货大集，杨满在买东西时见到刘大志一次，和他打了招呼，他还是以前那样说着话嘴里有口水流出，只是苍老了许多，增加了好多白发。他说，过年了来给孩子买点吃的。

汪小军虽然说还在为杨满带班，但精神状态不如以前，每次在一起喝酒都喝高。有一次酒后他单独找杨满聊，说着说着蹲在地上抱着头呜呜地哭起来，像个受委屈的孩子。他说对不住小芹，是他害死了小芹，如果不换亲，小芹也不会嫁给刘大志，也不会出现后来这种事。

杨满连忙安慰汪小军，说这都是命运，或许小芹命该如此，不必过分难过。

有一次酒后，汪小军在杨满面前愤愤地说："你那同学李江不是好东西，我迟早非教训他一顿不可！小芹就是因他而死，如果他不勾引小芹，小芹哪会有事？"杨满忙安慰，说李江也得到了应有的惩罚，他已离婚了！杨满借用电视剧中经常出现的一句台词，说冤冤相报何时了！

汪小军发出了长长的一声叹息。

工程终于接近了尾声，一栋栋高楼经过外墙粉刷后，像刚换了一件新的衣服，新粉刷的涂料气味，像姑娘刚擦的胭脂味道。

第九章　晴晴的家

1

真是见鬼了，今天工人来得真少。

因为要赶工期，杨满只好亲自上去施工，一般情况下他这个包工头都不亲自干活的。

正在干活时，杨满隐约听到有电话铃声，当他掏出手机时铃声又停了，他看见是二叔的电话，连忙打过去，电话接通了。二叔问他在哪儿，杨满说，还在墙上吊着做活呢，电话那头顿了下："我在你家小区门口了。"

杨满说："你在那等一会儿我也快下班了，中午到我家吃饭。"

电话那头答应了。

杨满又打了李霞的电话，让她多买点菜中午二叔要来吃饭。

下班时间一到杨满立马骑上摩托车向家里飞奔，他到小区门口停了下来，左右观察了一下，发现大门东侧的树荫下蹲着一个熟悉的身影。

"二叔！"杨满大喊一声。

正在打盹儿的二叔杨修志一惊连忙站起来，快速走过来坐上杨满的车。

到家后，杨修敬见弟弟来感到很惊讶，自从拆迁后兄弟俩也就没有见过。

李霞的饭菜已端上桌，杨满下午不准备再干活，拿出一瓶白酒，四个人开始边吃边聊。小满躲在房间玩游戏不肯出来吃饭，李霞喊了几次也不出来，杨满生气了到房间把他拉到桌子边，他也不说话好像还沉浸在游戏的快乐之中。

饭毕，杨修敬送小满上学，李霞在厨房洗锅刷碗，杨修志和杨满坐在客厅里边喝茶边聊天。

杨修志用眼瞟了一眼厨房方向，小声问："李方是不是回来了？"

杨满点了点头。

"李方和小静的事你知道吗？"

杨满摇了摇头。

"我就为这事来的"杨修志说着又用眼瞟了一眼厨房，担心李霞听到，感到还不放心，他站起来说，"我回了你送送我吧。"

他到厨房与李霞打了声招呼便往外走，杨满跟在后面。到楼下后，杨修志站住了，"刚才你媳妇在我不好说，毕竟涉及她弟弟的事。"

听了二叔杨修志的讲述后，杨满大惊，李方和杨静这两人他都非常熟悉，他甚至无法想象这些事情能在他们身上发生。

杨满一下子感觉二叔杨修志变得非常苍老，与当年风趣幽默的二叔完全是两个人。

他一下子想起了好多往事。

多年前的二叔是个乐观的庄稼人，无论生活如何艰辛，他都乐呵呵的，天生的乐天派。

杨满记得小时候二叔杨修志常带着他们一群孩子掏鸟蛋、学游泳、捉鱼。一群孩子乐于做他的跟屁虫，跟着他有吃、有喝、有玩，有着无尽的乐趣。

爷爷当年还在世，他是家乡的文艺高手，据说年轻时吹拉弹唱样样精通，也许是遗传因素，二叔也是文艺高手，吹拉弹唱也样样精通，尤其是擅于一种叫《王三挖苦》的单口戏，幽默的表演令人捧腹。

20世纪80年代，庄上有了第一台录音机，不过这台录音机不是单纯地用于家庭娱乐，而是用于上门讨粮食用的。苏北改革开放初期农民的生活依然比较贫苦，还有不少农民外出讨饭，以往到各家门前多以唱歌或演奏二胡或吹笛子等乐器。后来有了录音机，个别农民便东拼西凑购置一台录音机，目的是到各户门前播放一段音乐或小戏讨点粮食，也是利用高科技糊口的一种手段。

庄上的第一台录音机所有者是个残疾人，姓沈，小时候患有小儿麻痹症，腿脚不便，不能干重活，他便借钱购买了一台录音机，购买了诸如《薛刚反唐》之类的琴书磁带，到各家门前唱上一段，讨要点粮食。他为赶时髦也购买了当时刚流行的邓丽君磁带，深得年轻人喜欢。按照当今的流行说法为了接地气，他还会录一些当地草根艺人唱的地方小调。

二叔便经常被他请去录音，在当年这绝对是一件新鲜事，直到如今，杨满都依旧怀念那些在月光下录音的情景。

沈姓邻居的东屋也就是灶房成了录音棚，屋子里板凳高矮不齐，一屋子人睁大眼睛盯着那方方正正的神奇小机器。沈姓邻居俨然成了一名导演兼录音师，拖着残疾的腿忙里忙外，他说"开始录音"，除了演唱者之外其他人都不能出声，二叔看起来似乎有点紧张，不时地咳嗽、喝水。忙了好一阵，一切终于就绪，当一声"开始"后，"歌手"二叔一本正经地开始演唱：

一呀一更里

一更有月牙

月牙还没出来

手托香思腮

身靠梳妆台

……

这是一首流行于苏北地区许多年的《小五更》，曲调悠扬，很具有地方特色。

二叔正全神贯注地唱着，一名外号叫"二队长"的中年男人板凳腿突然断了，人和板凳一起倒下，发出很大的声响。众人大惊，沈姓导演立马叫停，重新开始录，这是当年一段有意思的小插曲。

二叔爱唱歌，爱唱一种20世纪七八十年代苏北流行的拉魂腔，多以悲伤的曲调为主，抒发一种离愁别恨的感情。如《小寡妇上坟》等，他唱得字正腔圆，引得一群小姑娘、小媳妇围着他团团转。

二叔似乎成了明星，而这些小姑娘、小媳妇俨然成了他的忠实粉丝。

在这群粉丝中间就有后来的二婶。

杨满至今也不明白，在一群追星族中不知二叔是咋看上二婶的，二婶中等个头，皮肤黝黑，相貌属于大众化，更为重要的是两家当时处于矛盾对立的状态。

二婶家姓张而二叔姓杨，生产队有三大家族，分别为姓张、姓杨、姓王。或许长期受宗族主义影响，三大姓相互钩心斗角，但奇怪的是历史上也有联姻，因而形成了错综复杂的亲戚关系，形成了不同姓长辈与晚辈。

论辈分来讲，二婶高二叔两个辈分，属二叔奶奶辈；按常理来说，无论如何也不可能结合在一起，因为三大姓家族人员之间平时很少讲话，甚至处于敌对状态，更何况有严格的辈分之分，结果却偏偏结合在了一起。

二婶的父亲外号叫"二队长"，"二队长"的来源是这样的，二婶的大伯在新中国成立初期是生产队的队长，豪放粗犷，干起工作来雷厉风行，粗中无细，而弟弟也就是二婶的父亲则善于精打细算，兄弟俩相互补充，"二队长"俨然成了军师，不断为哥哥出谋划策，兄弟俩把生产队的工作干得井井有条。

二婶和二叔偷偷摸摸的恋爱，可以想象"二队长"得知消息时的震怒。据现场目击者说，"二队长"听到消息时本来就非常黑的脸变得更加黑，吃惊地张大了嘴巴，接着摔碎了桌子上的一只大碗，大喊道："把大丫头（二婶的小名）给我叫来！"

二婶知道坏了事，战战兢兢来到"二队长"面前，还没站稳，"二队长"一个巴掌扇过来，二婶被打倒在地，嘴角出了血，但她很坚强，用手擦去嘴角的血迹，慢慢爬了起来……

"二队长"曾经在人面前夸下海口，闺女宁可放在粪坑里造肥也不嫁姓杨的，自从二婶成了二叔事实上的老婆后，"二队长"再也不提闺女之事，仿佛被人抓了短。

二婶依然暗地里偷偷和二叔约会。

一个秋天的月夜，夜色微凉，杨满亲眼看见二叔一个人走向庄子后面的玉米地，不一会儿，二婶也走入了玉米地……

杨满至今也不明白他们是如何联络的，要知道那个年代不像现在有手机，一个大队才有一部办公手摇电话机。二婶可是被严密监视的，她晚上被严禁外出，不知他们是如何联络上并且有机会跑出去的。

更为让人吃惊的事还在后面，杨满有一个本家兄弟，也就是二伯的儿子在本公社的一个大队联中教书，这所联中距杨满生产队大概还有四五千米，二叔和二婶曾经有一次把约会地点定在了这个联中，于是这个兄弟便充当起了联络员。

接下来的几日，二叔二婶躲在房间里过起了浪漫日子，饭由杨满那位兄弟做好了送过去，每天晚上由于宿舍被占用他只好骑破自行车回家住，顺便打探一下二叔、二婶两家人的动静。

二婶失踪后，她的父亲"二队长"暴跳如雷，他知道问题出在哪，就与做生产队长的侄儿商议了一下，直接带领兄弟子侄数十人直奔二叔家，一出好戏即将上演。

当一干人马团团围住二叔家时，杨满的爷爷正在切山芋叶喂猪，他很淡定地做着手中的事，头也没抬，似乎早就料到会有这一出。

"二队长"用手指着爷爷的鼻子要他交人。

"我不知道她在哪儿，交什么人！"他再也没有往日的神气，此刻的声音似乎只有他自己能听得到。

这下像捅了马蜂窝，张姓叔侄齐责问，可怜的爷爷只好蹲在地上一声不吭。

嘈杂声同样引起了杨家人的注意，于是杨家人也很快集合起来，两大姓两班人马开始对峙，剑拔弩张，开始是相互吵，接着开始骂，最后演变成有人抄起了家伙，眼见一场打斗即将开始，突然听见一声大吼："住手！"

双方的人为之一愣，停止了争吵并循声望去，只见公社的公安助理出现在众人面前，白色的大盖帽衬托着一种威严。

两边的人乖乖地站着不敢出声，等着公安助理训话，当时的农民对民警有天生的敬畏感。

"两家父母留下，其余人等立即回家！"

一大群人立马全跑了，两家父母呆呆地站在原地不知所措。

"现在是新社会了，恋爱自由，做父母的竟然干涉子女的婚姻自由，成何体统！"

"二队长"只有低头，不敢言语。

"回家去，不准再为难孩子，否则把你们抓起来。"公安助理严肃地对"二队长"说。

事情发展到这种地步，"二队长"只好答应，满脸通红地低着头回家了。

至于谁在关键时刻用大队部唯一的电话打通了公安助理的电话，至今无人知晓，也无人去考证，也许是这个公安助理骑着自行车到各个大队巡查赶上了。

联中的本家兄弟第一时间把刚发生的这件大事告诉了二叔二婶，他俩很兴奋，认为事情终于有了结果。

但事情远远不是想象中那么简单，二叔回来后正常劳动，而二婶回到家后却不那么受待见，父母整天也没个好脸色。

二婶后来到二叔家索性不走了，二婶家来人要带她回去，她也不回，就这样二叔二婶就一直在一起，两人也没有举行婚礼。

二婶的父母一直坚持不承认这门亲事，直到年老以后才慢慢认可，这是后话。

麦收季节，各家多在门前平整一块地，浇上水，再刨翻开，用牛拉石碾子轧平，上面撒上麦糠，反复碾轧后，扫去麦糠，这样打谷场便做成了。

二叔是打谷场上的一名好手，一家人把收割好的麦子撒在场上之后，二叔便套上牛，拉上石磙开始打场。

或许是遗传的缘故，二叔的嗓音特别好，不但号子悠扬而且歌也唱得好，离打麦场上很远就能听到他的歌声。

姐在南园摘石榴

哪一个讨债鬼隔墙砸砖头

刚刚巧巧砸在了小奴家的头哟

要吃石榴你拿了两个去

……

他一会儿变男声，一会儿变女声，翻场的二婶在旁边咯咯地笑着。麦场旁边的黄瓜藤上开着金黄色的小花，引来许多小蜜蜂，有的花已脱落长出了嫩绿的黄瓜，西红柿好多已由青变红，像一个个笑脸，坠弯了枝条，一切都那么美好。

这是 20 世纪 80 年代当地流行的一首皖北民歌《摘石榴》，是描述农村男女爱情的歌。

每到中午 12 点收音机的《每周一歌》准时播放，20 世纪 80 年代各家各户有电视机的人家很少，一个村只有一两户人家有黑白电视机，收音机成了各家唯一的家用电器。还没到 12 点人们便守候在收音机前，端起刚打上来的井水边喝边听歌，这也是繁重劳作之余的一种休闲方式。

时间久了，村里无论男女都能唱上几句。有些孩子在放学回家的路上，也会来个动作唱上几句，引得路人哈哈大笑。

二婶下地干活时总会看到二叔的身影，他们俩总是一起出出进进，在哪儿都相跟着，看得出非常恩爱。

二叔有两个孩子，儿子叫海南，女儿叫静静，也就是杨静。

有孩子以后，为了改善家里的生活条件，二叔做过好多职业，在小酒厂做过工人，做过瓦工，杀过猪。

有一次杨满回到老家见到二叔，二叔正以捡破烂为生，杨满大惊。

以他的精明，不至于落到以捡破烂为生的地步，后来二叔说了，他是在邻县县城收集，也就是说别人捡然后到他这儿卖，他收集起来再以高价转卖，生意做得风生水起。

二叔面色红润，浑身带劲，似乎有点像暴发户，此时二叔已成了有名的破烂王，据说还成为致富典型上了电视。

海南的女朋友是他中学时的同学，也是本地人，同时也是一个姓，但无血缘关系，女孩论辈分还比海南长一辈，二叔知道这事后暴跳如雷，坚决制止，哪知海南说了："你当年和妈妈也不是如此吗？姥姥家也不是降了辈分？"堵得二叔哑口无言。

海南最终和这个姑娘结了婚。

二叔见了本族人还感到有点不好意思，毕竟是因自家的事而卖了辈分，似乎岳父张姓一家在笑话他。

杨静似乎就不是读书的料，杨满对这个堂妹也了解，据说高中时候就开始谈恋爱，初中毕业无事可干，到二叔那里帮忙收垃圾。她听说本村的李方在广东混得不错，便跟随他到广东打工，不承想发生了那么多的事。

二叔说现在的生意也不好做，废品回收生意他已不做了，现在帮一家企业看门也就是做保安，一个月1000多，够用了。他最担心的就是杨静，现在也20多岁的人了还未成家，这些年赚的钱又被李方骗了。杨满说："我最近就找李方了解清楚，该如何处理就如何处理，不能拖着、躲着。"杨修志说："法院的判决书白纸黑字写着呢，还能有错？现在只是执行的问题，让他好好配合，听说他发了大财，钱多着呢。"

杨满说："我这两天就找他。"

淮江这地方夏季雨水多，不知不觉就来了一场雨，杨满的工地也是干干停停。

又一个阴雨天，工地无法施工，杨满待在家里无事可干，他总觉得有什么事还没做，他掏出一根烟，边抽烟边玩手机。玩着玩着突然想到了二叔交代的事，他想给李方打个电话但又觉得不妥，还是见面谈比较好。李方正在淮安做项目，现在下雨无法施工也应该没有什么事，杨满准备下午找他单独聊聊。

中午李霞回家后，杨满问："知道李方和杨静的事吗？"李霞有些吞吞吐吐，最后说，知道一些。杨满说："你咋不和我说呢？"李霞说："也是你住院时，李方回家才和我讲这事。"

杨满陷入思考，过了一会儿问："这事儿如何处理呢？"李霞说："李方是被小静坑了。"

杨满一听就火了，"为什么不坑别人？法院的判决书上白纸黑字写着呢，他败诉了，要还钱的。"

李霞说："看你急的，该如何处理是李方和杨静的事，你少插手。"

杨满说："二叔上次来就说这事，如处理不好对双方都不好，我打算分别找李方和小静谈谈。"

李霞说："随便！"

午饭后，杨满打了李方的电话，通了。杨满问他在哪儿，李方说，马上到淮江。杨满说："你到淮江后来我家一趟，有事商量。"李方问："是不是项目涂料工程的事？放心一定是你杨满做。"杨满说，见面再谈。

见到李方后当杨满问起杨静的事，李方很惊讶，"你都知道了，看来老家的人全知道了。我正为这事愁呢，账号被封了，工程款只好打到我妈的账上。"

杨满说："拖总归也不是解决办法，你到底是如何考虑的？"李方想了一会儿说："给三十万还是太多了。"杨满说："欠条可是你自己写的。"李方不说话了。

163

外面的雨下得更大了，打得窗户玻璃"啪啪"响，有风刮过，小区里的树被刮得东倒西歪。

杨满说："你们应好好谈谈，时间长了对双方都不利。"

李方点点头。

两人都不再说话，外面的雨声嘈杂。

杨满说："我想少给一些把这事解决了。"李方问："多少能接受呢？"

"15万，最多20万。"李方把抽了一半的烟扔在烟灰缸里使劲地按了一下。

"我找杨静谈谈吧。"杨满说。

在找杨静前杨满先找了二叔杨修志，杨满问杨修志什么想法，杨修志说，欠债还钱，天经地义。杨满又问杨修志是否了解真实情况。

杨修志说："杨静和我说了。"杨满说："那是她一面之词，真实的情况你未必了解。"杨修志问："真实情况什么样？"

杨满便和二叔讲了事情的来龙去脉。

杨修志说："这是不是他的一面之词呢？"杨满说："你好好问一下杨静吧，也不想想看，她上班多长时间能赚到30万？我们这地方和她一起出去也不是她一个人。"

杨修志沉默了。

"他李方现在不是大老板吗？还差这点钱？再说了这可是法院判的。"杨修志说。

"法院判是判了，执行不到位多了去了。我想尽快把这事了结，对杨静名声也好。"杨满说。

"李方想如何处理？"杨修志问。

"他想给15万解决。"杨满说。

"只给一半，不行！"杨修志顿了顿说，"我再问问小静吧。"

第二天，雨依然一直下，杨满接到了二叔杨修志的电话，他在电话中说，小静不同意，至少20万，少一个子儿都不行。

杨满说："我再找李方谈谈。"

晚上，杨满约李方来家里吃饭，李霞炒了几个菜，杨修敬、杨满、李方三人坐下喝酒。

杨满说："经过我调解杨静让你给20万，少一分也不行。"李方说："我要不给呢？"

杨修敬说："不给的话法院会一直盯着你，而且杨静也会去你的工地上闹，你能安稳吗？再说了钱财乃身外之物，失去了还可以赚回来的。"

李方不再说话，闷声喝酒。

杨满说："你管不好自己怪谁？哑巴亏只有吃了。你不是淮安有项目吗？工程款下来处理不就完事了？"

李方说："最近有一笔款下来，大约200万。这钱我认了但必须经过法院。"

杨满说，当然。达成和解后，法院也会解冻账户。

李方说，双方要写一份协议，法院要见证。杨满说，这必须的，防止双方反悔。

半个月后，杨满把20万打到法院执行账户，事情得到了圆满解决。

2

王诗远李友"酒店门"事件发生后，她离开了明天公司，到了县开发区的一家企业做坐班会计。她好像变了一个人。

王诗远近来心里总有一股无名的火，烧得她难受，她自己也说不清什么原因。比如儿子阳阳在客厅里玩得好好的，她会毫无理由地训斥他，当儿子委屈地哭起来时，她心里又有些后悔。

杨军现在做了科长后，外出应酬增多，当他晚上满身酒气醉醺醺回到家里的时候，她会很生气，对杨军大喊大叫让他滚到另一个房间睡觉。

有一次杨军在外边喝多了，一起喝酒的人打电话给王诗远让她去接。

她说，让他不要回来了，不接！

当杨军被朋友送到家后，杨军要她倒点开水，她说，倒尿要不要？把杨军气得直翻白眼。她干脆进房间把房门一关，不再理杨军。

每天天一亮，王诗远听到了杨军起床的声音，按以往习惯她都会坐起来一起穿衣服。她速度比杨军快，通常她洗漱完毕后迅速去做早点，这时杨军才会慢腾腾地去洗漱。

今天她躺在被窝里不动。

王诗远闭着眼感到杨军在奇怪地望着她。

杨军推了一下王诗远，"起来啊。"王诗远依然没有动。杨军直接穿好衣服去了卫生间。

当杨军从卫生间出来时，发现王诗远依然躺在床上没动，他又上前推了下王诗远，王诗远依然没动。他低下头冲着王诗远的耳朵大喊："起床了！"

"神经病啊！"

王诗远腾地坐起来，"你没长手吗？凭什么一定是我做早饭？"

"你不做就算了，喊什么喊！"杨军说着向厨房走去，他找了一个银灰色的金属盆下了楼。

楼下已人来人往，不时有邻居和杨军打招呼，杨军只是面带微笑点点头。出了小区大门往左是一排门面房，有水果店，有药店，有洗车店，也有美容店，在最边上是一家包子店，已有好多人在排队，杨军也加入了排队，进展的速度也比较快，他一会儿也就排到了。杨军用带去的盆装满了稀饭，又买了不同馅的包子和儿子阳阳喜欢吃的麻团。

当杨军返回家的时候，王诗远已不见了踪影，外婆正在给阳阳穿衣服。

杨军说："阳阳，看我给你带来了什么？"

"什么呢？"阳阳歪着头看着杨军。

"麻团！"

"快给我。"

杨军递上了麻团，阳阳没等衣服穿好就开始吃了。

"王诗远呢？"杨军问。

"她说有事先走了。"外婆说着，帮阳阳穿好了衣服。

王诗远中午也没有回家吃饭，晚饭倒是回家吃了，但对杨军依旧不理不睬。

上床后，她背向着杨军，杨军想把她扳过来，王诗远一下子就把他的手甩到一边。

"什么意思，我又哪儿得罪你了？"杨军问。

"你心中有数。"王诗远说。

"我没数。"

"没数就不要问了。"王诗远用被子把头一蒙。

杨军一下子把被子拿开。

"你到底想干什么？"王诗远怒目相对杨军。

"我就想问个明白。"杨军说。

"你和那个妖精陈晓娟到底是咋回事？偷情的感觉挺好的吧！"

"啊？你和李友的事可是全县皆知啊！"

王诗远不再言语。

此后几天，两人一直处于冷战状态。

又一个阴雨天，没有什么人前来办事，杨军倒了一杯开水，翻了翻本地的《淮江日报》。他平时看报纸基本上都是浏览一下标题，主要办公室的报纸太多了，也没时间看。现在纸媒已落后了，好多新闻纸媒还没出来，手机上早就出来了。

突然一个标题吸引了杨军的眼球——《我市破获一起重大诈骗集资案》，副标题为"以张立军为首的犯罪团伙被一网打尽"。

张立军这个名字有些熟悉，杨军仔细一想，一下子就想起来了，对，就是他，陈晓娟的前夫，但他又一想这个社会重名的人也太多了，万一要不是呢。

他一下子有了好奇心，掏出手机想给陈晓娟打个电话，接着又放下了手机，又拿起了手机，他用微信给陈晓娟发了个笑脸。

他又后悔了，毕竟现在王诗远正在生他的气呢，她要是知道了不是火上浇油吗？杨军摇了摇头闭上了眼睛。

杨军不时地看了看手机。

终于有了回复，也是一个笑脸，杨军打算不再互动了，放下手机，打开电脑开始了一天的工作。

手机响了。

杨军一看是陈晓娟打来的，忙接了电话。

陈晓娟说："咋回事？发你信息半天也不回。我估计你一定有什么事了。"

杨军说："也没什么事，只是刚才翻报纸看到一个叫张立军的人被抓了，想问一下是不是你孩子的爸爸。"

电话那头一阵短暂的沉默后，陈晓娟说："是的，就是孩子的他爸爸。不过我跟他已彻底没有联系了，有空见见吗？"

杨军又是一阵沉默。

电话那头问："到底有没有空？没空就算了吧。"

杨军说："好吧，地点就以前吃饭的地方，今晚 7 点不见不散。"

只有短短几个月没见，杨军感觉陈晓娟憔悴了不少。

天气微凉，无风无月，道路两边路灯昏黄。

陈晓娟早已在酒店的房间里等了，杨军怀着忐忑不安的心走进了这家熟悉而又有些陌生的小酒店。

见到杨军进来，陈晓娟微笑着站起来，杨军示意她坐下，一阵短暂的沉默后陈晓娟说，很高兴再见到他。

杨军微微一笑说："好久不见，你有些变了。"

陈晓娟说："变丑了吧，女人年龄大了就会变丑，女大十八变。"

正聊着酒菜上来，陈晓娟为杨军倒上酒又为自己倒上酒，两人端起酒杯，碰了一下一饮而尽。

"现在公司运营还行吧？"杨军一时不知说些什么。

"还行吧。"陈晓娟沉思了一下说，"我不想在公司上班了，但也不知道自己能干些什么，很是迷茫。"

"生存是第一位的，生活第二位，精神则是第三位。"杨军笑着说。

"我现在就是处在第一位，养活自己和孩子。"陈晓娟说。她似乎又想到了什么，皱起了眉头。

"张立军——"

杨军刚提到这个名字一下子被打断了。

"我不想提到这个人。这个人在我心中已死了。他是死是活都与我无关。"

外边刮起了风，有树叶吹到窗户的玻璃上，"啪啪"作响。夜色渐浓，外面行人越来越少。

　　第二天中午下班后，杨军回到家，发现家中空无一人，以往这个时候，阳阳外婆在家早已把饭做好了。

　　他掏出手机给王诗远打电话，不接，再打，干脆直接挂掉。

　　他又给阳阳外婆打了一个电话，接通后阳阳外婆让他过来吃饭，说阳阳娘俩都在她家了。

　　杨军说，不用了。

　　家中没有什么可吃的，再说了他一个人也不想做，冷锅冷灶的，他心里有一丝悲哀。

　　杨军走到小区外面，到了一个面馆要了一碗面。

　　晚上王诗远和阳阳依然没有回家。

　　杨军感到心中很空，仿佛身体被掏空了一般。他一个人在屋子里来回走着，不知道要干什么也不知道想干什么。

　　他胡乱地吃了一点儿子的饼干，喝了一点开水，拿起一本书，又放下了，他没有心思看下去。他掏出手机想给王诗远打一个电话，又想她不会接，但还是忍不住拨了她的号，电话信号正常，直到出现忙音也没有接。

　　杨军有些心烦意乱，他打开了电脑，放了一首他平时最爱听的歌曲，把音量放到最大，但还是无法沉浸到音乐中去。已经到了 12 点，他还是没有一丝睡意。他把灯关了，屋子里一片黑暗，还是睡不着，他干脆睁着眼一直到天亮。

　　第二天，王诗远和阳阳还是没有回来。

　　第三天依然如此。

　　第四天是星期六，杨军想阳阳双休应该回来了，但娘俩依然没有回来。

　　他决定去一下岳父家。

　　岳父家位于县城最西部，以前是市纱厂宿舍区，那会儿还叫淮江县纱厂，岳父曾在纱厂任过一段时间劳资科科长。厂里集资建房时，岳父按资历排也弄到了一套房。杨军记得王诗远跟他讲过，当时集资时，厂里出了 1/3，个人出了 2/3，当时县纱厂还是国有企业，效益还不错。按厂里中层正职集资的房子 98 平方米，三室一厅，一家四口刚好够住。王诗远还有一个弟弟叫王子清，父母溺爱有加，从小顽皮好动，上小学后经常打人或被打，同学父母找，学校老师找，父母整天疲于应付处理儿子的事。他到初中时更是三天打鱼两天晒网，好不容易初中毕业，没有考上高中，父母考虑年龄太小一旦走上社会更容易惹是生非，就让他读了职业中学，在职中王子清更是如鱼得水，整天纠集一班乌合之众走街串巷，打架斗殴无人敢惹。甚至被派出所找过好几次，职中三年制，他第三年等于没去，父母找了好多关系才把毕业证书弄到手。

姐姐王诗远结婚以后，王子清有段时间消失了，父母也不知道去向。后来通过他一个要好的同学才知道他的下落，他去了广东东莞。

不到一年，王子清又因抢劫被判刑几年，出狱后已老大不小了，到工厂干活吃不了苦，干几天就不干了，没钱就伸手向父母要钱。

为了讨个媳妇，父母打算给他买一套商品房，但家里也没什么钱，就跟女儿借一部分，说是借其实就是要。总共 30 万的房子，王诗远就出了 5 万，父母出了 10 万，本来剩下的 15 万是可以做按揭贷款的，王诗远父母不同意，说是没有固定收入还，那一点退休金一家人还要吃饭开销，于是又向亲友借了 15 万，总算付清了房款。

亲戚朋友都知道王子清的德行，尽管父母托了不少人，但还是没人愿意为他介绍对象。眼看快 30 岁了，父母心急如焚，后来总算有了头绪，女朋友是他自己谈的。后来据说，这个女孩是王子清在唱歌时认识的，是个陪唱，出生农村，到广东打过几年工，也是在歌厅，人长得有几分姿色，比较受顾客欢迎。后来广东扫黄打非风头紧，娱乐业不景气她便回到家乡，依然在歌厅。一次王子清和一帮朋友去唱歌，王子清一眼便看中了这个名叫李雪儿的陪唱，这李雪儿倒也会哄客人开心，陪唱跳舞样样精通。

他后来便经常光顾这里，便和李雪儿熟悉了，后来又是送花又是请吃饭，用尽一切办法追求她，直至追到手。

婚后初期两人感情尚可，也有了一个女儿晴晴，孩子出生后，李雪儿也就没有上班，专心在家带孩子，而王子清本性不改，继续在外面鬼混，甚至一连好多天也不见影子。家中一切开销都依靠老爸的退休金，日子过得紧巴巴。王子清偶尔回来一次与李雪儿吵架一次，后来王子清索性也就不回来了，只是在春节才迫不得已回来一次。两人感情也就渐渐淡了，离婚也就提上了议事日程，李雪儿提出的离婚要求，王子清也同意，晴晴归李雪儿抚养，王子清每月出 1000 抚养费，王子清父母不同意他们离婚，但李雪儿离婚态度坚决，最后没有办法只好同意。

王子清虽同意离婚但他没有回来，这离婚手续也没办法办理只好拖着。

一晃几年过去了，晴晴上小学了，李雪儿每天接送，买菜做饭，间隙还要打点零工补贴家用。

李雪儿有时晚上看着熟睡的晴晴暗自垂泪，怪自己看错了人，叹命运不公。

有时早上起来，她对着镜子梳妆打扮，看到自己日渐苍老的容颜会忍不住失声痛哭。

王子清仿佛人间消失了一般，几年下来，没有只言片语，孩子甚至都不知道自己还有一个爸爸。

孩子的姓，李雪儿上学注册时便姓李，叫李晴晴。公公知道后大发脾气，认为孩子是王家的种就应该姓王，李雪儿坚持姓李，说是王家的种没错，但孩子父亲没有做到一个父亲的责任。公公说，姓李就不支付生活费。

李雪儿说："无所谓，随你的便。"

一个秋雨的早上，城市道路两边的梧桐树叶，在秋风秋雨中漫天飞舞。急驰而过的汽车卷起树叶和雨水撒向空中，树叶缓缓落下，溅得过往行人满身都是水。

李雪儿骑着电动车送晴晴上学，母女俩穿着雨披，快到上课时间了，李雪儿把电门加到最大挡位，终于到学校了，还好卡在时间点上，没有迟到。

晴晴进校门那一刻转过头来跟妈妈说一声"再见"，她摆了摆小手，粉红色的影子立马消失在校园众多的孩子中间。

在回来的路上，李雪儿显得轻松多了，不知不觉就转到一段人车混合道上。

雨下得更大了，雨水甚至模糊了李雪儿的双眼，突然迎面飞速驶来一辆汽车，车上装满了树枝，枝枝丫丫堆得像一个移动的大鸟巢。

李雪儿心里想着刚才晴晴挥手再见的可爱样儿，她看不清前方的路，一下子就斜到路中间去了。

车上一根突出的树枝迎面插过来，像一把锋利的钢刺，李雪儿躲闪不及，那"钢刺"直直插入她的胸膛。

她像一只蝴蝶轻轻地飘在空中，那红色的雨披仿佛一团燃烧的火焰。

李雪儿感到自己的身体似乎很轻，如一张飘在风中的纸，轻轻地飘向远方，她闻到了玫瑰的花香，沁人肺腑，有蜜蜂和蝴蝶在身边飞舞。她感觉自己像一个女王，昂起高高的头，那么多的人跟在她的身后，一个个像顺从的奴仆。30年来似乎只是一场梦，从前在歌厅，面对男人们一双双贪婪的眼睛，她从心里厌恶，但脸上还装着笑容。现在再也不用这样了，她大笑，发自内心地大笑，笑声震得大地摇摆。"我是纯洁的，像雪一样纯洁"，她一直这样想，但好多男人认为她很脏，像粪坑里的蛆虫一般，但千方百计地想占有她的身体。她感觉自己越飞越高，直到看不清地上的一切，然后又重重地摔向地面……

中午放学时，晴晴又来到校门右边那棵香樟树下，她想妈妈一定会在那儿等她，妈妈一定微笑着，让她快上车，摸摸她的头，说已为她做了好吃的。

奇怪，怎么不见妈妈！妈妈去哪儿了？

眼看同学们都走光了，可妈妈还是没有来。这时来了一个老爷爷和一个老奶奶，头发全白了。

"你是晴晴吗？"

晴晴点点头，她像一只离群的小鹿，不知所措。

"我们是你的爷爷奶奶。"

"爷爷奶奶？"

"是的。"

"跟我们回家吧。"

"不，我要等妈妈来接，妈妈放学就会来接我。"

两位老人叹了一口气。

"妈妈去了好远好远的地方打工了。"老奶奶说。

"我不相信，妈妈一定会来接我的。"晴晴眼睛向路的尽头看着，她希望看到那熟悉的身影从远处跑过来。

等来的却是一个穿着警察制服模样的阿姨和晴晴的班主任老师。

警察和老师证实了老爷爷和老奶奶的话。

她失望了。

阳阳有了一个新妹妹，其实是她的表妹晴晴。晴晴有了一个新家，她的姑妈家，这个姑妈对她来说是陌生的，甚至感觉从来没有见过她，杨军这个姑父她也从来没有见过。以前自她有记忆时，家中就只有妈妈和自己，她只有妈妈一个亲人，现在听说妈妈去了遥远的远方，不知道什么时候回来。

阳阳这个哥哥，她感觉对自己还不错，有什么好东西也都愿意和自己分享，周六周日还带自己到处玩，这无形中分散了思念妈妈的念头。

当王诗远对杨军说要带晴晴回家这件事，杨军表示同意，其实他不同意也不行，由不了他，这个家王诗远说了算。杨军也感到晴晴很可怜，这么小的孩子便没有了母亲，其实也没有了父亲。

王诗远认为把晴晴放她爷爷奶奶那儿不现实，王子清长年不在家，甚至李雪儿出事了家里想与他联系都找不到他的联系方式。老人养孩子只能提供一点吃的喝的，对孩子的教育不能提供任何帮助。

"必须像对待阳阳一样对待晴晴"这是王诗远反复对杨军强调的话。

杨军打内心也喜欢这个孩子，听话、懂事、有礼貌。当晴晴喊"姑父"时，杨军感到很亲切。

晴晴的到来，使王诗远彻底改变了对杨军的态度。

他们都暂时把那段不愉快藏到了心里，维持了一种表面上的和谐，甚至一家四口还利用双休日出去玩、下馆子。

对杨军这个女婿，岳父是满意的。每当杨军去他家吃饭时，老岳父总是拿出酒，与杨军一起喝酒。杨军其实是不爱喝酒的，上大学时同学聚餐开始喝酒，被同学灌了几杯酒就晕头转向了。工作后有了应酬，杨军不得已开始喝酒，但不胜酒力，经常喝醉，不过酒量也增长了不少。

当岳父笑眯眯地把酒瓶拿上来时，杨军就知道又要喝高了，岳父是一个喝酒必须喝尽兴的人。杨军赶快接过酒瓶把盖子打开，倒酒，两人一直喝到脸红脖子粗，这时岳父便开始给杨军上政治课。

家里其他人早已吃过饭，岳母开始收拾碗筷并催岳父快点，"小杨还要有事呢。"

岳父有些不耐烦，"你忙你的，管那么多干吗?"接着端起酒杯一饮而尽，杨军也端起酒杯一饮而尽。

"做干部做领导要学会三快，手快，腿快，眼快。"老岳父眯着眼，用筷子夹起一片肉放在嘴里，似乎没有吞咽动作，肉已经到了肚子里。

"手快呢就是做事要麻利，让领导满意。腿快就是要学会多跑，尤其是要常到领导那儿跑，多汇报工作。眼快就要学会察言观色，按领导眼色行事。"

杨军不停地点头，表示认可。

"这是我在实践中摸索出来的，很有用的，不要看我当年只是一个劳资科科长，可这是一个几千人的大厂，好多人争也争不上的。"

杨军也不说话，只是点头。

"你出生农村，不要怕，会慢慢适应的，按我要求的去做。你现在是一个科长，将来会当副主任、主任的。"

菜凉了。

老岳母过来热菜。王诗远从房间里出来刚好看到，把母亲手里的菜夺过来放到桌子上，"热什么热，热好了他们会喝到天黑，你看看几点了。"

老岳父停止了说话，无奈地看了一眼王诗远，"算了，算了，下次再喝，下次再喝。"

杨军如释重负。

第十章　我们做了好事

1

杨小满感到自己很孤独。

全班45个孩子就他1个从农村来的，他个子瘦小，老师把他安排在教室的最右边第二排靠墙的位置。

他清楚地记得爸爸送他来学校的情景，那是老家快要拆迁了，爸妈在城里买了房，简单装修好就搬了进来，正赶上秋季开学，爸爸决定就转到这所城西小学读三年级。城西小学不是淮江城里最好的小学，最好的小学是淮江县实验小学。从前年开始淮江便开始实行划分学区，按学区分配相应的中小学，学区划分导致好的学区房价飙升，甚至超过大城市的房价。

城西小学，顾名思义是位于城西的小学，城西是老工业基地，化肥厂、绢纺厂、机械厂等20世纪八九十年代县里的重要工厂都位于这个区域。2000年以来，经历过市场经济、企业改制等一系列改革阵痛，不少企业已走向没落。2003年淮江县在县城东部专门划出一块区域设立淮江经济开发区，原城西一些老企业按要求迁入经济开发区。淮江县也开始对城西进行改造，原来的老厂区、老住宅楼都被拆除建起了商品房，原有住户就地安置。因这块区域房价相对便宜，不少家住农村经济不宽裕的人进城购房这里也成为首选之地，杨满便是其中一个。

瘦弱的小满每天进教室后除了上厕所便一直待在教室，他像一只受惊的小鸟，害怕地望着周围的一切。现在还没有同学主动和他玩，他更不会主动和任何一位同学说话。课间他通常趴在桌子上把眼睛闭起来，等着上课。

语文老师是班主任，是一位三十来岁的年轻女老师，显得和蔼可亲，小满感觉她很好，老师像妈妈一样关心爱护他，但有一点不同就是不像妈妈一样风风火火。班主任上课时会提问一些问题让学生回答，当然也会提问小满。

有一次，班主任在课堂上提问："今天你最担心的事是什么？"有的同学回答"出门忘记关门"，有的同学回答"弟弟被小朋友欺负了"，当问到小满时，小满的头脑"嗡"的一下，他显得很紧张，"我担心爷爷在家里忘记喂猪，猪挨饿。"课堂上一下哄堂大笑，小满的脸红了，有些不知所措。班主任没有笑，她说杨小满同学的回答很好。

班上有一个名叫李轩的同学，是个出了名的调皮大王，出名到全校师生都能认识他。李轩的爸爸原是县公安局治安中队的中队长，妈妈是县环保局的一名中层干部。2006年的时候流行干部下海经商，李轩的父亲便辞职做了一名律师，他在辞职前已考到了律师证，他利用在职时积攒的人脉，律师倒也做得风生水起，收入更上翻了好几倍。按他们夫妻俩的收入足够在县城购买最好的房子，他们家只是在公安局附近购买了一套普通住房，县公安局是位于城西的位置，李轩也只有上城西小学。

上帝在为他打开一扇窗的同时也会关上一扇窗，夫妻俩没有自己的孩子，有人说问题出在男方，也有人说问题出在女方，总之好多年过去女方也没有怀孕。他们后来便要了李轩，有人说李轩是一个私生子，母亲是小三，生下便送了人。

李轩上幼儿园时还好，上小学时表现出了与众不同，爱打架，有暴力倾向，每天不打人手就痒痒。

上课时，李轩也不遵守纪律，大声说话，甚至老师在课堂上讲课，他从座位上下来直接走到黑板前用粉笔在黑板上乱画，严重扰乱课堂秩序。有一次，他还在教室里摸一位漂亮女同学的脸和屁股。女同学回家告诉父母，父母直接找到学校要求调班。长期这样，老师在课堂上都无法正常上课了，班主任多次跟李轩父母反映，后来李轩母亲干脆坐在课堂上陪读。李轩母亲不能长期这样陪读，她也要上班，当母亲不在课堂上，李轩又恢复了原样。

李轩坐在杨小满的后面，上课时常常用脚踢杨小满，杨小满不敢吭声，任由他踢。

杨小满和何谷坐一起，有时李轩也会踢何谷，但何谷也不是好惹的人，他会反击，但他打不过李轩。

何谷和杨小满住同一个小区，还是同一栋楼。何谷的爸爸何有为是一个出租车司机。

一天李轩在课间活动时，把何谷打了，头都打破了，班主任送到医院，缝了5针。

何谷回家后，何有为看到儿子何谷被打，直接找到学校，班主任让李轩父母前来，两家协商处理。

李轩父母赔了医药费，何有为要求给儿子调班，学校也同意了。后来有更多的家长要求转到其他班级，学校领导一看这个班级除了李轩外全都要求转班级，这样一来也不行啊，学校领导便做李轩父母的工作，让李轩转到其他学校，李轩父母又不同意。李轩爸爸毕竟是个律师，他说，按照义务教育法等相关规定，学校无法开除或要求转学。学校领导一看人家是律师，不同意也不敢再采取措施以免惹火烧身，就这样李轩继续留在这个班。学校后来单独安排一间教室对李轩进行一对一教学。

李轩的父亲后来到河南发展，他把李轩带到了河南上学，自此李轩便离开了城西小学。

李轩不再进教室众多家长的心才放下来。

半学期过去了，杨小满渐渐对学校也熟悉了，他尝试着和同学们说话，但除了何谷外，其他同学还是不太愿意和他说话。

有一次坐在小满前面的一个女生带了一个苹果放在桌子上，那个女同学一不小心把苹果碰掉到地上，刚好掉到杨小满的脚边，小满忙伸手拿起苹果递给那个女生，谁知那个女生拿起苹果一下子就扔到了垃圾桶里，坐在她旁边的女生问为什么。

"乡下来的，脏！"

杨小满默默地看着这一切，泪水模糊了双眼。

何谷也看到了这一切，他一把抓住那个女生的头发"啪"就给了她一巴掌。那个女生"哇"一声就哭了，有同学连忙报告给班主任，班主任把何谷和那个女生一起叫去了办公室。

问清原委后，老师对那个女生说："人都是平等的，农村来的与城市来的都是一样的，大家都是同学不能有高低贵贱之分。同学们之间要相互帮助，杨小满同学好心为你捡东西，你怎能这样对待人家呢？"那个女生也意识到自己错了。老师又对何谷说："你不应该去打人，尤其打一个女生，她做得再不对好好说就行了。"何谷表示自己错了，下次坚决改正。

这件事在杨小满脑海中留下了深深的烙印。

同学们渐渐改变了对杨小满的态度，与他有了交流，这让小满很高兴，自卑的心理也有了改变。

班主任为了锻炼小满，还让他担任了小组长，这让小满很开心，回到家后第一时间就告诉了父母。

不知不觉一年就过去了，杨小满升入了四年级，由于家离得近，小满便不要父母接送了。父母都要赚钱，本来爷爷在家专门负责接送，小满说爷爷年龄也大了，除了阴雨天便不要他接送了。

何谷见小满不要大人接送便他也不要接送，他和小满一起上学，一起回家，两个孩子除了睡觉不在一起外其他时间都在一起。

一天下午放学后，杨小满和何谷一起边说边笑地往家走，在一陡拐弯处，一辆电动三轮车突然拐弯把一个老奶奶撞倒在地，三轮车扬长而去。老奶奶在地上动弹不得，杨小满和何谷连忙上去把老奶奶扶起来，谁知那个老奶奶一把抓住小满不让走说是他们打闹时撞的。

有路人打了 110 和 120，老奶奶被送医院，只是 110 到的时候老奶奶还死死地抓住两孩子的衣服。110 的警察说："您放开手有我们在，我们会调查清楚的，现在就给孩子家长打电话，您上车吧。"

老奶奶这才松了手。

何有为接到警察电话时正在做一个炒鸡蛋，油已倒在锅里，6 个鸡蛋打了 4 个，正拿第 5 个鸡蛋的时候电话响了。一个陌生的电话，他以为打错了，没接，挂了。把第 5 个鸡蛋打了，放到锅里，电话又响了，还是那个电话，他接了。电话中说，"我是警察，刚才有个老奶奶说你儿子把她撞了，请你到医院来一下。"

何有为脑子"嗡"一下，手中拿的第 6 个鸡蛋也忘了打。锅里的油还在炸着鸡蛋，"啪啪"地响着，一会儿便冒起了烟。等他回过神来，锅里已在冒青烟了，他连忙把火关了。

杨满接到电话时，正像一只大蜘蛛一样在空中荡来荡去。这一栋楼用真石漆，最后一点面积在拐角处，用吊篮不好施工，只有用吊绳施工，他亲自上。下班时间到了，其他工人都已下班去吃饭了。

这栋楼由杨满承包外墙施工，风稍微有些大，他感觉有些飘。他刚用大铁勺子把一勺土黄色的真石漆装入枪中，电话响了。地面上压缩机刚好在充气，发出很大的声音，直到压缩机声音停了，他才听到电话的声音。

他一看是陌生的电话，想都不想就接了，他接陌生的电话已习惯了，有时是工人找他找活做，有时是老板找他干活。对方说是警察，杨满第一反应对方是诈骗的人，他觉得自己从来都是诚实公民，没犯过事。

杨满问什么事，对方说他儿子涉嫌撞人，让他快到医院来一下。杨满吓了一跳，挂了电话后想了想，对方没要钱，也没要银行卡密码，看来是真警察。他吓出了冷汗，忙把自己放了下来，换了干净的衣服骑上摩托车直奔医院。

当何有为到医院时，杨满也到了，警察正在老奶奶的病房里做笔录。

"我正在路上走着，那俩孩子相互追着跑，直接就撞我了，痛啊……"

"您是亲眼所见吗？"警察问。

"当然了，没有撞到我，他们扶我干吗？"老奶奶说。

"我刚才问俩孩子，他们说是一辆三轮车撞的，他们是做了好事扶您的。"警察说，"当然，我们还是需要调取监控看一下的。"

老太太的一个女儿站在床边，50多岁的年纪还留着长发，脸上的皮肤很薄，如一张白纸仿佛一吹即破，大概是长期美容的缘故。"敢做就要敢当，孩子不懂事，家长还能不懂事吗？"

另一个40多岁的男子双臂交叉在胸口，两条青蓝色的纹龙缠绕在手臂上，龙的眼睛和这个男人的眼睛一起望着杨满和何有为。

杨满说："如果调查清楚是孩子们撞的，我们出全部医药费。"

何有为表示同意。

杨满铁青着脸回到家后，小满正在吃饭。

"咋回来了？"李霞问，平时施工杨满都在工地上吃饭。

"还不是因为他。"杨满用手指着杨小满说，"他把人撞了，警察找我了。"

"我没有撞人"正在低头吃饭的小满一下子抬起了头。

"小满已和我说过这事了，他说是做好事，有监控的，警察调取监控不就看到真相了？"李霞说。

杨满不再言语。

何有为从医院回家后，见到何谷上去就是一巴掌。何谷捂着脸"呜呜"地哭了。

"你有毛病啊，不分青红皂白打孩子！"何有为老婆王桃气呼呼地说，"何谷回家已和我说了这事，调查清楚再说。我不相信没有天理了，听信那个老太婆胡说八道。"

第二天上午，何有为和杨满分别都接到警察的电话，通过调取监控，老太太不是俩孩子撞的，是一辆电动三轮车撞的，真相大白，两人悬着的心放下了。

杨小满和何谷所在的城西小学领导也找了两个孩子了解情况，要他们做诚实的孩子，说诚实话。

俩孩子说，没撞人，是做好事。

学校领导说，做好事要表扬，如真的是追逐撞了人，要严肃处理。

俩孩子说，如说谎愿接受处理。

学校领导也接到了警察的电话，俩孩子果真是做好事没有撞人。

班主任在班级对杨满和何谷进行了表扬，让大家都要向两位同学学习。

城西小学的校长在一次全校师生大会上，号召全校师生向杨满和何谷学习。校长说，今后大家遇到这种情况要大胆地扶，有责任学校担着。

不久，关于"扶不扶"的问题引起了社会广泛关注，也引发了大家的讨论，这是后话。

2

杨修敬在大儿子杨满家已待了半年，这半年他除了每月一两次回到老家看看，再就是到老伴的坟上待一会儿，自言自语唠叨一阵。其实老家都拆光了，也没有什么好看的，他也就到曾经宅基地所在位置转转。

小满离学校不远，平时都是和何谷一起去一起回，不用杨修敬接送，只是雨雪天气才需要接送。至于做饭给小满吃，李霞就在附近的超市上班，半天班，有时间做饭。

杨修敬大多时间都处于闲得状态。

杨修敬有时会到传达室和保安大爷闲聊，保安大爷也想让杨修敬做保安，杨修敬以前是军人，适合做保安。他说现在小区多了，需要的保安也多，物业老板爱招年龄大的人，工资少，基本上也就1200、1300块一个月，杨修敬想和儿子商量下。他回家和杨满说了这事，杨满不同意，说物业总挨业主骂，不行。实在想做事还是到工地上，做小工也两三千。杨修敬说："我岂能做小工受人驱使？我做了几十年大工，实在不行还是去刮室内大白吧，只是年龄大了，腿上的枪伤发作受不了，不能爬上爬下。"

杨修敬现在又开始"重操旧业"，以前的生意往来都已不复存在，杨修敬接的第一单活是杨满介绍的。杨满自己有几栋外墙真石漆的活还没下来，等活下来后就让父亲去管理工地，杨修敬不干，说在家待的时间太长了，受不了，现在就要出去找活干。

杨满刚好接到了一家内墙涂料的活，是一家装修公司总包的活。杨满不想做内墙，收入太少，质量又要求高，不像外墙，活粗收入高，这几年他几乎不接内墙活，除非没有外墙活闲得没事。

杨满把这活介绍给父亲杨修敬。

谈好价格后，杨修敬进场施工，他所施工的小区名为盛世名苑，这是一个高档小区。大门也是杨修敬所见过的最大的小区大门，门楼大约有三层楼高，"盛世名苑"四个金色大字熠熠生辉，两个头戴紫红色贝雷帽的年轻保安站在大门两侧。业主都是刷卡进入小区，没有小区通行卡的人都被这两个年轻的保安请到值班室登记。保安一看杨修敬的打扮老远就用手一指值班室，请到值班室登记。

这是一套170平方米的大平层，杨修敬第一次做这么大面积的单套面积。

由于没有小工，所有活儿都要他一个人干，当杨修敬把一袋袋墙衬打开倒进桶里再和的时候，他刚开始不感到吃力，当和了几袋，上墙刮了之后，一种疲劳感随之而来。他坚持又和了一袋粉，吃力地提到墙边，还是坚持做了起来。当再和一桶料子后，再也刮不动了，手臂抬不起来了，杨修敬直接坐在地上，大口地喘气。

时值夏天，杨修敬的衣服被汗水湿透了，他坐在满是尘土的地面上，望着刚刮的墙面发呆。

一个上午结束了，肚子饿得咕咕叫，杨修敬想吃饭。在小区门口一个小吃店里要了一碗面条，他舍不得炒菜，面条吃完后，杨修敬再次回到了施工的房子里，他要休息一会儿。外面的热浪一阵阵涌进屋里，杨修敬坐在墙脚，闭上眼，任凭汗水流淌。

为了保证进度，杨修敬给自己制定了施工时间，下午 2 点他准时施工。他的头发上、衣服上都落满了厚厚的灰尘，这些灰尘和汗水交织在一起弄得他浑身难受。

下午 5 点他准时收工，当迈着沉重的步伐走出小区时，杨修敬感觉外面更热，热得他几乎喘不过气来。

回到家后，杨修敬累得几乎不想说一句话，简单吃过饭后倒头就睡。

第二天去工地时，杨修敬甚至有一种畏惧的心理。

杨修敬想找一个小工，但现在小工的工钱太高，每天包吃最少要 100 元。他担心赚的钱都付小工工钱了，杨满接的这家活，价钱实在太低了，如果不找小工，在规定的时间内肯定完不了工。

他决定找一个小工。

晚上收工回家后，他给曾经的合作伙伴一一打电话，最终还是失望了。以前的那些合作伙伴，有的年龄大改行了，做保安或看工地，不愿做重活了，有的在家带孙子，早已不外出做活了。杨修敬感到自己老了，属于他们的时代已经过去了。

最后还是杨满帮他找了一个小工，这个小工来自老家，年龄和他差不多大。

有一个人做帮手，杨修敬现在轻松多了，和灰、提灰这些苦活、累活都由小工来做，他现在只是刮腻子和打砂纸。其实现在砂纸也不用打，有专门人用机器打，杨修敬考虑到请别人用机器打磨又要出一笔钱，他决定自己打磨。

182

装修公司的项目经理每天都要来看一次，用手摸一摸刮过的墙面，看是否光滑。有一天，他用手摸一处阳角，突然发起火来，"你看，你看，这处阳角连阳角条都没用。"杨修敬连忙解释，"我已经用刮板靠过了，绝对直，没问题的。"谁知那小子把眼一瞪，顺手拿过一根铝刮板向墙角一靠，发现真的很直，觉得面子过不去，又朝房间走去，在门边又靠了一下，刮板与墙面有大约一厘米的缝隙。

"老杨，老杨，你快过来，你自己看看这有多大的缝隙！"杨修敬走过去一看，连忙解释，"这个房间还没有找补，今天就开始第二遍找补。"

"这样吧，按照施工节点，后天要进行墙面验收，验收后再喷漆。"说完把门使劲一拉，头也不回地走了。

杨修敬和小工面面相觑："抓紧吧，后天验收不过去又要扣钱了。"小工笑着说："下次千万不能接装潢公司的活啊，要求高又不好要钱。"

杨修敬苦笑着摇了摇头。

墙面验收那天，杨修敬特意买了两包好烟、几瓶饮料准备招待验收的人。

项目经理面无表情，甚至对杨修敬递上的烟及饮料看都不看，他拿起靠尺一处一处地靠，对一些小问题当场就指出了。

通过了验收，杨修敬长长地舒了一口气。

内墙油漆最主要的工序算是完成了，剩下的喷漆工序也就是最后一道工序就简单多了，只要不喷花就行。

完工验收那天，杨满也来了，他显得老练多了。项目经理刚进门，杨满便把两包"中华"塞进他的口袋，接着拿出一个红罐"王老吉"，"啪"的一声拉开盖子递了上去。

杨修敬静静地看着这一切。

验收出奇地顺利，项目经理甚至只是看看，在验收单上签了字就走了。

验收通过，第二天杨修敬便来到了那家装修公司结账，女会计刚好在公司，杨修敬表明来意，原本正在低头玩手机的女会计抬起了头，吓了杨修敬一跳。金黄色的长发下是一张苍白的脸，这似乎是粉涂得过多的原因，高高的颧骨，小小的眼睛，那涂满口红的嘴巴真像是血盆大口。杨修敬想这人真像传说中的妖怪，那"妖怪"说话又吓了杨修敬一跳，完全是一个男人的声音。

"刚验收过就来要钱，以前没干过活吗？"

"我是按合同来的"杨修敬说。

"合同？现在有几个真正按合同来的？"

杨修敬再问，"妖怪"索性不说话了，又低头玩起了手机。

杨修敬站了一会儿，见和她说也没什么作用，打算去找当家人——公司老板。

在二楼一间房门上标有"总经理"三字的门前，杨修敬轻轻地敲了三下门。

"进来！"

屋里传出了一个男人的声音。

杨修敬推开门，迎面是一张茶桌，茶桌是一整块厚木头做的，木头的纹理清晰可见。茶桌上摆了好多个小小的、薄薄的茶杯。

屋子的正中摆了一张硕大的办公桌，桌子后面是一把老板椅，椅子后面的墙上是一幅字"生财有道"，装裱在框里。

杨修敬纳闷儿，刚才明明是有人的，咋没见人呢？

正想着，老板椅上突然冒出一个头来，杨修敬想这个老板原来是个矮子。

杨修敬说明来意并双手递上了合同。

那老板大略看了看，显得很惊讶，"昨天才验收过，今天就来要钱了？"

"主要是小工要结账。"杨修敬说。

"先缓缓，公司最近紧张，过些日子吧。"老板递过来一根烟，杨修敬接着，点燃，吸了一口。老板也点燃了一支，屋里顿时烟雾缭绕。

两人都不说话。

一支烟抽完了。

杨修敬说："我回了，过些日子再来。"

回到家后，杨修敬心情压抑，他不想再出去接活，每天起床后只是在小区内转转，遇到阴雨天接送小满，似乎又恢复了以往的生活。

他偶尔也会去街心公园转一转，端着茶杯看几个老年人打牌，或看下棋。他自己从不参与，也不发表议论，只是看着，时间久了，抬头看看太阳的高度，知道要回家吃饭了，就立马骑上电动自行车回家了。他不想让儿媳李霞打电话催，那样不好。他也试着做饭以减轻儿媳负担，她上班还要回来做饭很辛苦。

小满不喜欢爷爷做的饭，说没味，不如妈妈做的饭好吃。也难怪，杨修敬几乎就没做过饭，小时候父母做饭，长大后当兵在部队吃食堂，结婚后一直由老伴儿做饭。

小工又来找杨修敬了，这让他很闹心，他干脆带上小工一起去找那家装修公司。

老板不在，上次的那个"妖怪"还在，问了老板的去向，她似乎很不耐烦。

"老总去哪儿我怎么知道？他也没跟我说。"

她正在玩抖音，头也不抬。

杨修敬和小工无奈，只好回家了。

晚上杨满回家后，杨修敬向儿子说了白天去公司的事。

杨满说，现在跟装修公司合作都是这样，房主的钱施工完了就结给了装修公司，而装修公司一般不会及时支付给施工队。

杨修敬说，他们以前干这活的时候还没有装修公司，都是主家直接找工人做。杨满说，现在不像以前了，现在生活条件好了，装修层次也提高了，都会找装修公司设计和施工。

杨修敬说，这都什么世道了，干完活就应该给钱，哪有拖着不给的道理，过几天再去找他。

当小工再次来找杨修敬的时候又一个月过去了，他们这次倒是见到了老板。

老板倒也很客气，邀请他俩坐到茶桌边，亲自为他俩倒茶，又拿起放在茶桌上的一包烟，发给两人一人一支，自己也叼了一支。

老板又亲自为他们点烟，烟点上后屋子里顿时烟雾缭绕。

"这次你们来还是工程款的事，你们不说我也知道。"老板说着，端起茶杯，"喝茶，喝茶。"

两人也端起茶杯，只是那茶杯太小了，两人一口便喝干了。

老板微笑着摇摇头，他的茶杯只喝了大约三分之一。

"现在公司的日子也不好过，业主也不能按时结款。比如你们做的这家到现在一分钱也没结，当然了，业主也表示所有工程完工后一起结。"

"老总，我们这只是小钱啊，而且合同也签了。"杨修敬说。

"这我知道，我们是守合同、讲信誉的公司，不会少你们一分钱的。"老总说着把手中的烟蒂狠狠地压在烟灰缸里。

"我家里实在困难，老伴儿也生病了，需要钱治。"小工哭丧着脸说，"现在真是等米下锅啊。"

"你们做的这家已扫尾了，只剩下窗帘，这几天装好了就整体完工了。完工了业主就可以总体验收，验收合格了就会付全部工程款，到那时你们的钱也会全结清。"老板笑着说。

"现在咋那么难呢？打仗也没这么难。"杨修敬自言自语地说。

"打仗？"那个老板显然吓了一跳，脖子上像拴狗链子一样的金项链似乎也抖了一下。

小工连忙解释，说老杨参加过对越自卫反击战，在老山前线猫耳洞待过。

那个老板似乎松了一口气。

"原来是最可爱的人啊。"他的脸上又浮起了一丝不易觉察的微笑。

"我的外公也打过日本鬼子，老新四军，彭雪枫的部下。"老板说，"我最尊敬老军人。"

"既然这样，你就解决一点吧。"小工说，"老杨也不容易，这么大年纪，身上还有好多弹片取不出来。"

"这我理解，我理解。"老板又为二位倒满了茶水，"这样吧，你们20天后来，我一定解决。"

回到家后，杨修敬就开始一天天地数日子，好不容易20天到了，那个小工也来了，两人一起去那家装修公司。

到了那家装修公司大门前一看，两人傻眼了，大门紧锁，透过玻璃大门向里一看，里面空空如也。老杨又看了看大门上方的公司名称大牌子，只留下了牌子的痕迹，牌子早已不知去向。

再打上次老板留下的手机号码，显示无法接通。

"莫非公司倒闭了，人跑了？"小工说。

"没事，老板跑了你的工钱我也不会少你一分的，毕竟是我找你干的活。"杨修敬说。

"给你儿子打个电话吧。"小工对杨修敬说。

杨修敬一想也是，忙给儿子杨满打电话，活是杨满联系的，或许他知道老板的去向。

杨满的电话通了，他说晚上回去再说，正在空中干活呢。

晚上杨满回来后，杨修敬忙问什么情况，杨满笑了笑说："没事，跑了庙跑不了和尚，我会找到他的。"

几天后，杨满给了杨修敬 5000 块钱，说找到那老板了，要了这钱，剩下的年底会结清。

老杨长长地舒了口气。

他打算用这钱把小工的工钱结了，自己的钱不急，年底就年底吧。

晚上回到房间，杨满对李霞说："那个老板外面欠了太多的钱，玩失踪了。今天结了我的工程款给了老爸 5000 元，说是找那老板要的，你不会生气吧。"

李霞说："说的是哪里话，我知道你也是为老人着想，怕他知道真实情况心急生病。"

杨修敬睡不着，推开窗，远处一个新建的小区还在施工，强光把工地照得像白天一样，塔吊转动发出了很大的响声，在寂静的夜空中传得很远。

此后，杨修敬又去几次那家装修公司，大门依然紧锁，只是多了一张租房启事，他回家后和杨满说了这事。杨满说，老板去南京发展了，南京市场大，淮江只是一个小地方。杨修敬问那钱还能要回来吗，杨满说没问题，和老板都有联系，年底会结清。

杨修敬像病了一样，整天待在家里，哪儿也不想出去，甚至连小区都不想去转转。

当年一些一起当兵的战友有时会来看看他，他坐在沙发上很少说话，有时低下头一言不发。

"他是不是病了？"战友们看过杨修敬都有这个看法。至于原因，有的战友分析是因为老伴儿去世了，心情不好，有的战友认为是因为给装修公司干活要不到钱，心里不舒服。

一段时间过后，杨修敬似乎更加严重了，好多战友过来看他，他都叫不出名字，估计是老年痴呆症。战友们让杨满赶紧带杨修敬去医院查一查。

杨满联系了杨军，兄弟俩约好周六带杨修敬去淮江县人民医院看一下。

杨修敬不同意去医院，说自己没病，兄弟俩没有办法。杨军说，找他一个战友来做做工作。找谁呢？兄弟俩一合计就找一个附近小区的战友，他经常来家里看父亲。但不知道他的手机号码，杨军拿过父亲的手机找到了那个战友的手机号码，电话打通没多久他就过来了，工作也做通了，杨修敬同意去医院。

抽了血，做了 CT、B 超、脑电图，结果一切正常。杨修敬说："我哪里有病啊，都是你们疑神疑鬼的。"那个战友说："没病当然最好了。"

杨修敬回家后又躺在了床上，甚至不肯见任何人，饭也吃得越来越少。这下可愁坏了杨满、杨军二兄弟。

现在的杨修敬除了能认识家里最亲的几个人外，其他人基本上都不认识了，甚至连杨军的媳妇王诗远，他也不认识了，有人建议带到省城大医院看。当杨满向他提出到省人民医院时，杨修敬躺在床上，伸出枯瘦而又无力的手摆了摆，表示拒绝。

杨满又想请他的战友来帮忙，请了上次的战友，结果杨修敬说不认识了，更不要说动员去省城医院了。

眼见父亲日渐消瘦，杨满、杨军兄弟俩心急如焚。杨满想到了父亲以前经常提到的战友大江，何不联系他试试？杨军从父亲的手机里找到了大江叔叔的手机号打过去，电话接通了。

大江听说老战友的情况后也很着急，他说最近几天就会过来。

三天后，大江和麦子夫妻俩风尘仆仆地赶来了，一见面大江便握住杨修敬的手流下了眼泪。距离上次分别仅仅过去一两年时间，老战友竟变成这个样子。

杨修敬睁大了眼睛，望着大江和麦子："你们是……是大江和麦子？来找我一起去云南看望那里的兄弟吗？"

"是啊，你要把身体看好了，我们才能去云南啊。"麦子说。

"我想你们啊，你们再不来恐怕就看不到我了。"杨修敬说着流下了泪水。

"你考虑得太多了，我们这次来就是和你一起去省人民医院的。"大江叹了一口气说，"你不能总躺在这里，要多出去活动，不运动会生病的。"

杨满和杨军两兄弟从父亲的房间里出来，让他们三个人好好地谈一谈。

"现在苏北的发展不比苏南差啊，我坐车一路看过来，这两年苏北变化可真大。"大江说着，他瞟了一眼杨修敬，发现他又闭上了眼睛。

大江和麦子就静静地坐在床边望着杨修敬。

过了好大一会儿，杨修敬又缓缓地睁开了眼："我刚才又做了个梦，跟真的一样，我好像在老山的猫耳洞里，手里拿着枪，连长也在洞里，只有我们两个人。外面的月光很亮，白天一样。我突然想抽支烟，我没有烟，问连长要，连长给了我一支大重九。我摸了摸口袋，没有打火机，连长也没有，我想到虎子身上有，他在我的下一个猫耳洞里。我对连长说，我去拿一下，连长同意了，要我小心。我慢慢地出了洞口，弯下身子前进，快到虎子洞口时，发现了两个人，凭他们戴的帽子我就知道是敌人，对方也发现了我，举起机枪便射击，我一个战术动作滚进了洞，可是发现虎子不在洞里，我一紧张便醒了，原来只是一个梦。"杨修敬说着似乎很疲惫，又闭上了眼睛。

过了好大一会儿，杨修敬又睁开了眼，对麦子说："你还记得吗？我和大江第一次去你家时，你是那么年轻，那么美。"

"咋不记得呢，那时的我们都很年轻，一晃几十年就过去了。"麦子微笑着说，"人生也就几十年的光景，凡事都想开点，知足常乐，不要想得太多，活得累。"

不知不觉吃晚饭的时间到了，杨军安排在外面的饭店吃，杨修敬不去。大江说，老战友来了不欢迎吗？还是去吧。杨修敬不再言语表示同意。

杨满和大江把杨修敬扶了起来，慢慢下了床，他似乎不会走路了，像婴儿学步一样，好不容易扶上了车。

杨军又找来了父亲的好几位战友，酒席上，战友们在一起说说笑笑，杨修敬还是不怎么说话。

第二天一早，杨军开车带着父亲、杨满以及大江夫妻直奔省城。

到了省人民医院，杨军通过咨询，了解到父亲这种病适合挂神经科。

当他们上午赶到省人民医院的时候，上午号已经挂完了，只好挂下午号，杨军挂了专家号。

在诊室门前排队的时候，杨修敬坐在椅子上一声不吭，他面色苍白，闭上眼睛。大江和麦子坐在杨修敬的两侧，也是默不作声，杨满在医院的过道里走来走去，他对医院太熟悉了，特别是前年住院好几个月，他见到医院甚至都有了畏惧的心理。

杨军眼盯着大屏幕，上面显示着排队的情况。终于排到了，他上前扶着父亲站了起来，杨满也走过来，三个人进入了诊室。大江夫妻也想进去，门口的护士拦住了，说不能进去这么多人。

接诊的医生60来岁，花白头发，戴着一副眼镜，微笑着，显得很亲和。

"何主任，请您给我家老父亲看一看。"杨军从门口一侧的医生介绍，已知这位医生姓何。

"咋了，哪儿不舒服？"那个医生一边问一边翻看着杨满递上的一叠淮江人民医院的检查报告。

杨修敬还是一句话也不说。

杨军说："他主要整天躺床上不想见人，也不爱说话。另外记忆力也变差了，好多熟悉的人也不认识了。"

"他以前爱说话吗？"医生问。

"特别爱说，见到熟人说个不停。"杨军思考了一下，接着说，"我父亲是参加过战争的人，他越来越沉湎于过往的回忆中。"

医生点了点头。

"发现不正常之前，有没有受到过刺激呢？"医生直盯着杨修敬。

"就是我母亲去世不久，就发现他说话越来越少，很不开心的样子，他们俩感情非常好。"杨军接着说，"我母亲是突然去世的。"

"还有今年春天的时候他接了一单活，我父亲是个油漆工，老板跑了，可能心里也很急。"杨满在旁边补充道。

"老板跑了？老板跑了吗？"一直不说话的杨修敬突然睁开眼说话了。

"没跑，没跑，他在南京呢，昨晚我还和他打了电话呢。"杨满说。

医生说："先检查一下吧。"接着在电脑键盘上"啪啪"地敲打。

好不容易检查完又在等结果，结果出来后再找到那个医生，只剩下十来分钟了。

兄弟俩赶紧进入诊室，此时诊室里还有一个中年女人，那个女人脸上带着不是正常的笑容。她不看医生只是看着杨修敬笑。

医生正对着一个大概是那女人的丈夫的人说着话，那男人不住地点头。不一会儿医生又敲击了一通键盘，说药开好了又做了一番交代，便结束了那个病号的诊疗。

医生接过杨修敬的检查报告，仔细地看了一番，接着把报告放在桌子上说："他的症状就是抑郁症的表现，另外年龄大了有老年痴呆的表现。"

"如何治疗呢?"杨军问。

"目前还没有特效药物，仅仅依靠药物治疗效果也不会明显。主要靠心理治疗，当然也要配合一定的药物。"医生看了看手腕上的表，大概看到已到了下班的时间，便又开始在键盘上"啪啪"地敲击。

"要多带他出去转转，多和他说话。"医生说。

"如果他不愿意出去呢?"杨满问。

"多想办法，办法总会有的啊。"医生说着停止了敲键盘，药开好了，他接着把各种报告诊疗卡递给了杨军，便站起了身。

杨军和杨满赶紧扶父亲站了起来，往外走。

"一个月后来复诊。"当杨军他们走到门口时，那医生又补充了一句。

省人民医院之行就这样结束了。

大江夫妻本来想从南京直接乘坐火车回苏州，杨军再一次挽留，说父亲回家还要引导出来活动。

大江夫妻只好一起又回到淮江。

3

回到淮江后，大江每天都搀扶着杨修敬出来，到小区里转，大江和杨修敬说一些在云南打仗的往事。

　　杨修敬起先不做回应，后来慢慢也跟着说几句，到了吃药的时间，麦子就提醒回家吃药。

　　战友们听说了杨修敬的病情，纷纷前来探望。

　　一天，又有几个战友前来，他们陪着杨修敬在小区里散步，在小区里的一个凉亭里他们坐下来闲聊。

　　说到生活的无奈，这一群白发苍苍的老人感慨万千，纷纷说生活不容易，钱不好赚反而好用。

　　"像我们这样的年纪打工没有人要，种地又没有田可种，自己做生意没本钱也没那头脑。"一个战友说。

　　"接孙子啊。"另一个战友说。

　　"关键是孙子也大了，不用接了。"一个战友笑着回答。

　　"你那俩儿子都是公务员，铁饭碗，还用你赚钱，享福吧。"

　　"关键是感觉自己还没老到那地步，还能做点事。"

　　"现在再有战事还能不能扛起枪？"

　　"能！"战友们异口同声地说。

　　"大江，你们江南发达，见过事物也多，能不能为我们这帮老兄弟指条路？"

　　"路倒是有一条不知大家愿意不愿意？"大江说。

　　"你就直说吧，大家都从一个战壕里出来的，不用拐弯。"

　　"其实我也想了很多，这次修敬大哥有了这病，我就在思考，一来能让修敬大哥尽快好起来，二来也让老战友们的生活有个着落。"

　　"快说吧。"

　　"我建议成立一个家政公司，做家政服务、搬家、保洁等。名字我都想好了。"

　　"什么名字？"

　　"军人家政服务公司。"

　　"这个好，现在这类需求不少，我们凭自己的力气吃饭。"

　　"关键还要投入啊。"

　　"投入也不多，主要就是一辆卡车投入大，我们可以买二手的，也不值几个钱。"

"还要雇司机，也要支出。"

"不用雇，我就会开车，你忘了我在部队里就是汽车兵。"

"是啊，我倒忘了。"

"我们共同投入收益大家平分如何？"

"好!"

甚至连杨修敬都露出了笑容。

几天后，"军人家政服务公司"正式开张，地址就是原来杨修敬为其做工的那家装修公司的原办公房子，还没租出去，老兵们正好租了下来。

放了一挂很长的鞭炮后，公司的牌子挂上了，老兵们把杨修敬搀扶到房子里，杨修敬乐呵呵的，气色也好了许多。

淮江县这次加入军人家政服务公司共有9人，这9人平均入股，平均分红。

淮江县的报纸、电台对公司的成立进行了广泛宣传。整个淮江县的干部群众都知道，有一群老兵成立了家政公司。

公司成立后第二天，大江和麦子就回家了。临行前，大江把杨修敬送到公司，杨修敬微笑着摆摆手，让他们经常过来。

可是定多少价格合适呢？他们中没人干过这活，其中有个老兵自告奋勇地说去打听一下，他有个亲戚干这行。打听后，这个老兵还到其他家政公司进行调查了解，基本上摸准了淮江县家政服务行情。

有的老兵提议要制定公司服务价格表，大家觉得有道理，于是9个人坐下来讨论，最终定下了服务价格。有的老兵提出了要明确分工，比如每次与服务对象谈价格的人、公司的总牵头人、公司的财务管理制度等，也就是公司的建章立制也都要明确。有的事情需要时间来思考、讨论，他们就等到下一次会议上再研究。

总之迫在眉睫的服务价格问题在第一次会议上通过了。

军人家政服务公司接的第一单活是一家搬家生意，从城市中心的一栋高层住宅楼搬到郊区的一栋别墅中。家主是一个生意人，平时在外地做生意只有节假日才回家，他约定本周日搬家，说找人看过了，那天是黄道吉日，诸事可行。

到了约定的日子，9个人天一亮就到了那户人家的楼下。军绿色的卡车威风凛凛地停在那儿，像随时上战场的勇士一样。杨修敬的分工是留下来照看从楼上搬下来的东西，防止被人拿走，或小孩子弄坏。

一车装满拉走了，去了4个人搬东西，杨修敬继续留在那里，另外4个人继续从楼上往下搬，一直拉了4车，现在楼上只剩下一架钢琴。家主说钢琴很贵，值10多万，搬的时候要千万小心，他们从来没有搬过钢琴，几个人犯了难。后来，还是那个打听价格的老兵打电话询问他那做家政的亲戚，知道了如何搬运，用毛毯或薄被子包着运。几人都说要回去拿，最后看谁家离这儿最近，离近的人回家取。

被子取回来后几人包住了钢琴，小心地移，到电梯里又是问题，只有把钢琴立起来才能放进去，但钢琴立起来又怕坏了。最后，他们决定从楼梯慢慢抬下去，这可是17层的楼梯。一个老兵说，这点困难还能有在前线难，布满地雷的原始森林都能穿插过去，抬吧！

8个人，4人一组换着抬，他们唱着军歌精神抖擞，经过2个小时奋战终于把钢琴抬到了楼下地面上。

8个人像刚刚洗了澡，浑身湿透了。

这一切，家主都看在眼里。

最后结账，原本谈好了3000元，家主多给了600元，说当兵的人就是不一样。

杨修敬的病奇迹般地好了，复查的医生都感到奇怪。

至此，这辆老兵家政服务车穿梭在城市的大街小巷，成了一道流动的风景线。

第十一章　回家的异乡人

1

　　杨满这两年接了不少工地的活，基本上全是外墙的活，内墙的活基本上不接了，做内墙利润低。外墙用真石漆利润高，淮江刚出现真石漆时，每平方米可达到 120 元，当时只有几个东北人掌握这种施工技术，真石漆也是从外地运来。后来，本地人也学会了这种施工技术，而且规划真石漆的小区外墙也越来越多，几年后淮江几乎所有的外墙全部用真石漆。真石漆的价格也有了大幅下降的趋势，有的小老板甚至报出了 40 多元每平方米的包工包料价格。

　　2020 年初，一场波及全国的新冠疫情很快席卷了淮江，一瞬间所有的行业都受到了影响，工地停止干活，甚至销售部都不允许开门，小城的居民待在家里。一个月还能应付，两个月、三个月依然这样，有房贷的居民受不了，没有收入还要还房贷，压力太大。杨满似乎没有这样的压力，他的房子是全款购买，封闭在家的那些日子里，杨满和李霞就窝在家里，他们除了吃饭的时间外，都在玩手机，儿子小满在他的卧室里上网课。

　　政府也承受了巨大的压力，人们无法上班就没有了收入，房贷、生活、子女上学费用等都是问题。几个月后，新冠疫情有所好转，除了服务业外，许多行业开始放松，但建筑工地管控依然很严。

2

　　疫情管控放松，杨满又开始施工，不过工地不在淮江本地，而是在遥远的山东。这个项目的开发商以前在淮江开发和杨满有过合作，对杨满的施工感到很满意。在山东的房地产项目到了外墙施工阶段，开发商在确定施工班组时，首先就想到了杨满。杨满刚好这一段时间在家也无事可干，便立即答应，前往山东考察后，便签订了合同。

山东的这个项目名叫临江花苑，工程量比较大，工期大约需要一年时间，价格也比淮江高一些，出于保险，杨满开始谈的是包手工不包材料，开发商不同意，要求必须包工包料。开发商想减少资金投入压力，将压力转移到施工方。这样一来，杨满的资金压力非常大，人工成本、材料成本、机械成本等压得他睡不着觉。在签订合同前，杨满也征询过李霞的意见，李霞明确表示不同意，认为投入成本过大，家里没有那么多钱。杨满说可以融资，签的是分期付款合同，施工完一期对方就要付款的，周转也快。李霞说："万一搞砸了你认为能翻得了身吗？"杨满依然坚持，他做了预算，这个项目全部结束可以赚好几百万，以后不用干活也够用了。李霞见劝不动他也不再过问这事。

进入 2021 年，全国房地产行业非常不景气，房子卖不掉，山东也是如此，杨满施工的海景房销售不容乐观，有时一个月下来也卖不了几套房。开发商回不了款，也就无法付杨满的工程款。杨满急得如热锅上的蚂蚁，银行的贷款将至，他已没有能力还款。

整个项目一期刚结束，二期只做了个地基便停工了，杨满一分钱工程款都没拿到。他每天都到公司等老总，开始老总还在，后来老总干脆躲着不见了，公司每天都被大小老板带着工人包围着。为了缓解危机，公司降低了销售价格，原先买房子的人花了高价又不干了，围住了售楼部，愤怒的购房者甚至砸了沙盘模型。

政府出面维持秩序，要求开发商迅速拿出解决办法，但最核心的还是钱。银行已贷给开发商上亿资金，正愁要不回来，不可能再贷给他们。政府也出台了一系列刺激政策，如奖励契税、农村进城奖励配套资金等，但收效甚微。

杨满每天都到公司去，他也知道希望不大，但只要有一点希望都要去。

李霞开始还问一问杨满的进展，后面也懒得问了。杨满和她商量贷款的事她都不想听。她说："家里就剩下这一套房子，你卖了我们一家到哪儿住？我也没能力解决这问题，当初你不听我的话，现在让我咋办？"

杨满的头发白了很多，他每天除了去公司就是去工地转转。公司早已人去楼空，每天大门紧锁，一些施工老板和农民工来站一会儿也就走了。

一些嫩绿的小草从工地杂乱的砖头间冒了出来，看着这钢筋和混凝土构成的粗糙世界。工地那深蓝色的大门已被讨薪的工人砸开，一些流浪的野狗、野猫乘虚而入，它们在这方自由的天地里嬉戏，这是它们最好的家园。高高的塔吊一动不动，长长的臂膀上出现了一个巨大的鸟巢，有鸟停在塔吊臂膀上唱歌。

一个寒冷的冬夜，杨满回到了久违的家，家是暖暖的，他首先到儿子的房间看了看，儿子小满正在熟睡，他轻轻带上门。他又到父亲杨修敬的房间门前，父亲的鼾声如雷，他站了一会儿，回到了自己的房间。

李霞听到动静，打开灯坐了起来。

"你回来也不和我说一声？"

杨满也不言语，坐了老半天，开始脱衣服。

"我们离婚吧。"杨满说，他想抽烟，从身上摸了一根皱巴巴的烟，用打火机点上，"银行的贷款快到期了，按现在的情况是没办法还的，房子和孩子都归你，至少还有个安稳的地方。"

"这是你的真实想法？不是假离，离婚不离家？"李霞问。

"我现在只想你们安稳就行，爸爸可以到老二那儿去住。"

"听说银行可以保留一套自住的房子不执行。"李霞说。

"那些工人咋办，他们会天天来家里闹，我们离了，他们也就没理由了。"

"你是想真戏假做，还是假戏真做？"李霞关了灯，黑暗一下子涌了进来。

黑暗中传来了李霞的抽泣声。

杨满的烟在黑暗中一亮一亮的，像飞舞的萤火虫。

李霞一夜没睡，就这么坐着。

天亮的时候，杨满起床为一家做了早饭，李霞还是没有起床。

小满吃过饭后，杨满送儿子到了楼道口，何谷已在外边等了。

杨满返身进了屋里。

杨修敬问："是不是和李霞闹别扭了？李霞还没过来吃早饭。"

杨满摇了摇头。

杨修敬说："只要有人在其他都不是事儿，生意上的事一时遇到困难也难免，如战场上打仗一样胜败乃兵家常事，一定要想开。"

杨满点点头。

杨满到房间后，李霞问："离婚手续什么时候办？"杨满说："今天中午吧，等会儿就去。"

李霞点点头。

离婚手续办完后杨满又消失了，没人知道他去了何方。

李霞办完手续后回到家里，发现李方正在家里。

李方见李霞气色不好，问怎么啦，脸色这么难看。

李霞说，没什么，最近身体不舒服。李方说："听说姐夫回来了，人去哪了？"李霞叹了一口气，告诉了李方具体情况。

李方沉默良久，他说："我和姐夫面临的是同样一个情况。开发商也跑路了，我剩下的工程款也没有了着落，现在工人整天围着我要钱。"

李霞问："你打算咋办？"

李方说："我现在又变成一无所有的穷光蛋了，只是以前就经历过，心态还好。我打算到四川去寻找李雨娘俩，好好过日子。听说政府要组成工作组进驻不知结果如何，感觉还是要等房地产市场回暖，这要等到何年何月呢？"

李霞点点头说："其实与杨静的事结束了就应该去找。"李方说："只是想把淮安这个工程钱赚到手，去找她也风光，不承想……唉！"

李方走后，李霞一个人在小区里漫无目的地转着。

3

政府工作组入驻了临江花苑。

购房的业主们仿佛看到了救命稻草，纷纷前往工作组所在地——售楼部。

各个施工队老板、农民工纷纷涌入售楼部。

工作组有5名成员，组长为市住建局副局长。工作组对购房业主进行安抚，承诺尽快开工，业主们不同意，纷纷要求退款。工作组长解释，退款也不现实，只能做到不烂尾，尽快开工。

愤怒的业主们围住售楼部大声嚷嚷，每个人都在声讨开发商，反复表达着自己的诉求。有的业主甚至打出横幅：还我血汗钱！

组长出来讲话，他的声音很快就被淹没在一片声讨中，业主们只看到他的嘴在动，听不到他的声音。可怜的组长不停地擦拭着额头上的汗水，其中一个组员看到这情形立马跑到什么地方，借来一个扩音器递给组长。组长的声音一下子大了起来，他考虑这样下去不会有什么结果，便要求业主们推选3名代表到办公室谈。

业主们大多相互不认识，七嘴八舌一时产生不了代表。组长已回到办公室，他仿佛得到了解脱，还在擦拭着额头上不断渗出的汗水。

最后，3名闹得最厉害的业主被推选做了代表。3名代表走进了组长的办公室，组长让代表们把诉求说出来，代表们说组长记在了本子上。组长说："请你们转达其他业主一定要相信党委政府，政府一定会有办法、有能力来处理这个项目的问题。工作组马上撰写一份报告，会把业主们的诉求反映给市委市政府的领导。"

代表们说，业主们不能无限期地等下去，总要有个期限，这样他们也好对业主们交代。组长说，15日内一定会有答复，处理问题一定要给时间。代表们同意了，到外面对业主们进行了转达，业主们慢慢地散了。

对于开发商欠施工队及银行的钱，工作组开始清理往来款。开发商不敢露面，委托财务负责人出面，经过10天清算，账目终于核对清楚，开发商共欠各类款项近亿元。

工作组及时撰写报告，上交了市委市政府。

市政府召开了常务会议，住建、财政、银行等部门负责人参加。会议决定由市国有公司城市投资公司（简称城投公司）全面接手，原开发商各项债务暂时搁置，债权债务由城投公司负责。城投公司接手一个月内确保开工，原开发商剩下的未开发部分由城投公司开发，对于原开发商的债务，城投公司无论收益如何，两年内还清。

工作组又向业主们进行了传达，业主们纷纷表示，到时间不开工将继续来。

一阵鞭炮声过后，停下了好久的塔吊又开始动了。

业主们纷纷涌来，见证这一激动人心的时刻，工人们开始忙碌，各色的安全帽在阳光下发出夺目的光芒。

一个秋日的下午，杨满出现在工地的大门口，他长发披肩，胡须很长甚至盖住了嘴巴，他像一个艺人，更像一个乞丐。

他望着高高的、巨人般手臂转动的塔吊，眼睛在阳光的照射下眯成一道缝，他是个孤独的异乡人，身边来来往往的人没有人能认出他。

城投公司进驻后不久第一期项目全部完工，并向业主们交了房。业主收房这一天，鞭炮一阵阵响起。

第二期项目也开始动工，有新的购房户前来购房。

房地产危机终于过去了。

到春节前，城投公司实现了收益，开始偿还原开发商的欠款。

杨满拿到了首笔100万元的工程款。

他在这座陌生的城市买了一身新衣，理了发，刮了胡须，他像变了一个人。

大年三十这天中午，杨满站在了自己家的单元楼下，他望着那个熟悉的窗口，徘徊了好几次，还是没有勇气上去。

"爸爸，你咋在这儿还不回家？妈妈把饭都做好了，爷爷刚才还念叨你呢。妈妈让我出来放鞭炮。"

杨满摇摇头。

小满急忙用手拉，杨满却甩开他的手走了。

"杨满！"传来了一个熟悉的声音，门开了，是李霞。

"回家吧，过年了。"李霞说。

杨满一回头，杨修敬、李霞、杨小满、杨军、王诗远、阳阳、晴晴都站在了他的身后。

泪水霎时模糊了他的双眼。